幽鬼の塔

江戸川乱歩

目次

幽鬼の塔

奇妙な素人探偵《しろうとたんてい》

この物語に登場する素人探偵は河津三郎《かわつさぶろう》という二十八歳の奇妙な青年である。

河津三郎は数年前に両親に死にわかれ、兄弟もなく、まったくの独りぼっちで、そのうえ食うに困らぬ財産に恵まれた、うらやむべき自由気ままの身の上であった。彼はどこかのあまり立派でない私立大学で社会学を勉強したのだが、それで身を立てようというわけでもなく、学校を出てからもただブラブラと遊んでいた。だが普通の有閑《ゆうかん》青年のように、平凡に遊んでいたのではない。彼には一種異様な奇癖《きへき》があったのである。

「俺《おれ》は探偵になるか、でなければ大泥棒になるほかに能《のう》のない人間だ」

彼はよく友達にそんなことをいった。だが、幸いにして大泥棒にならないで、奇妙な素人探偵を開業した。といっても、何々探偵事務所という看板を出して事件の依頼に応じたわけではない。世間には少しも知らせないで、ただ独りで探偵を楽しんでいたのである。つまりこの世の隅々から、犯罪をあさり歩くことを道楽《どうらく》としたのである。

彼は世田谷《せたがや》区の淋しい区域に、広い地所に囲まれた邸宅を持っていたが、その家は書斎と、化学実験室と、衣裳部屋の三つに分かれていて、書斎には犯罪と探偵に関係するあらゆる書物がぎっしりとつまり、実験室はまるで警視庁の鑑識課を小さくしたような趣《おもむ》きがあり、衣裳部屋には、あらゆる階級と職業の衣服と附属品が、古着屋の店のようにぶらさがっていた。彼はそういう奇妙な邸宅に、十七歳の書生とただ二人で住んでいたのである。

河津三郎は、その衣裳部屋で、ほとんど毎日のように服装を取りかえて外出した。青年外交官のような服装をしてホテルの夜会に出たり、貴族の若様《わかさま》というかっこうで、借りもののパッカードにおさまって、築地《つきじ》あたりの待合《まちあい》(注1)に乗りつけたりするかと思うと、またある時は、屑屋《くずや》に化けて屋敷町を流して歩き、サンドイッチ・マンになって盛り場をさまよい、観音《かんのん》さまのお堂の前の乞食にさえも変装することがあった。彼はそういうあらゆる種類の衣裳を持ち、どの衣裳を身につけても、すっかりその人になりきってしまうという、不思議な俳優的才能を持っていた。

ある時は少壮政治記者になりすまして、内閣の記者クラブにまぎれこみ、紙と鉛筆を持って、書記官長の情報発表を筆記しているかと思うと、ある時は流しタクシーの運転手になって、巧みにハンドルをあやつりながら、街で拾った乗客と高声《たかごえ》に話しあい、またある時は、郵便集配人になりすまして、鞄《かばん》の中から偽物《にせもの》の手紙の束をつかみ出しながら、奥深い邸宅の中へノコノコとはいりこんで行ったりした。

これという目星《めぼし》をつけた事件もなく、退屈な時には、彼はよく大ビルディングの屋上へ出かけていった。平凡な縞《しま》の背広に鳥打帽という目立たぬ服装で、小脇にかかえた折鞄の中へプリズム双眼鏡を忍ばせて、日本橋《にほんばし》、京橋《きょうばし》あたりのビルディングをつぎつぎと巡廻《じゅんかい》した。そして、階上の事務所への訪問客をよそおって、何食わぬ顔でエレベーターに乗りこみ、こっそり屋上に出て、持参の双眼鏡で下界を眺めることを楽しむのであった。

ごく倍率の高い双眼鏡であったから、その視野《しや》の中には、下界の生活のさまざまの場面を手に取るように眺めることができた。それらは多くは平凡な日常茶飯事《にちじょうさはんじ》であったが、時とすると、意外な獲物をとらえることもあった。一丁も二丁も先の邸宅の、窓の中にうごめく人物の、なんとなくうさんな挙動を注意深く観察して、それをいとぐちに大きな犯罪事件を発見するようなことも一度ならずあった。彼はそういう掘り出しものを楽しみにして、二時間でも三時間でも、人なき屋上の胸壁《きょうへき》にもたれて、根気よく双眼鏡をのぞきつづけるのであった。

そんなふうにして、奇人河津三郎はあらゆる社会の裏面に通暁《つうぎょう》し、そこに隠れている犯罪的なものを、(注2)ごかいでも掘るように、地面の中から掘りだすことを無上のたのしみとした。これが彼の風変わりな道楽であった。犯罪をあさり、その真相をつきとめる冒険と知的興味のほかには、なんの求めるところもなかった。だから、彼にとっては、犯人の逮捕《たいほ》とか処罰《しょばつ》とかいうことは、いわばどうでもよいことであったが、しかし、みすみす犯罪を発見しながら、見逃しておくことはできないので、そういう場合には、なるべく自分で手出しをしないで、匿名《とくめい》の速達便か電話によって、警視庁の刑事部長に、犯罪の事実と犯人の所在とを報告することにしていた。

彼が奇妙な素人探偵を開業してから三年のあいだに、そういう密告をしたことが五十数回に及び、その八十パーセントまで真犯人が逮捕されていた。その中には、偽造株券による百万円詐欺事件、富豪令嬢誘拐事件、小学校長毒殺事件、トランク詰め片腕事件など、新聞の社会面を数日にわたって埋《うず》めつくしたほどの大事件も少なくはなかった。それでいて、当《とう》の功労者河津三郎の名は少しも世間に知られていないのだ。彼はそれらの手柄を誇る気持はみじんもなく、あくまで蔭《かげ》の人として、犯罪の発掘《はっくつ》そのものを楽しんでいたのである。

ところが彼が素人探偵をはじめて四年目、彼の二十八歳の春のこと、この犯罪探求家を、心の底から堪能《たんのう》させるような奇々怪々の事件が起こった。さすがの奇人河津三郎も、この事件ばかりは、あまりの異様さぶきみさに、気も顚倒《てんどう》して、脂汗《あぶらあせ》にビッショリぬれながら、素人探偵など開業したことを、つくづく後悔したほどの、なんともえたいの知れぬ恐ろしい事件であった。

犯罪事件の釣師《つりし》が、異常の手ごたえに、釣竿《つりざお》を上げて見ると、糸の先に未だかつて見たこともない怪魚がかかっていたのだ。そして、その怪物がギロッとした目をむいて、まっ赤な口を開いて、いきなり釣師めがけて飛びかかって来たのだ。それは一つの恐ろしい悪夢であった。狂気の国の出来事であった。

黒い鞄

その春、犯罪事件の釣師河津三郎は、また一つの新しい釣場を発見していた。

彼はそのころ、毎晩のように黒の背広、黒の鳥打帽という、忍術使いのようないでたちで、隅田川《すみだがわ》の橋の上へ出かけて行った。東京名所に数えられるそれらの橋の上には、設計者の好みこのみの構図によって、巨大な鉄骨が美しい人工の虹を描いていた。黒装束の素人探偵は深夜十二時前後に、橋の袂《たもと》にタクシーを乗り捨て、人通りのとだえたところを見すまして、その人工の虹の鉄骨の上によじのぼるのであった。

闇のなかの幅の広い鉄骨は、黒装束の一人の人間を充分下界から隠すことが出来た。彼はその冷えびえとした大鉄骨の上に身を横たえ、まるで鉄骨の一部分になってしまったかのように、身動きもしないで、二時間、三時間、闇の中に目をみはり耳をすまして、その下を通りすがり、その下に立ちどまる人々を観察するのであった。

この新しい釣場は、河津三郎に、ビルディングの屋上にもました楽しみを与えた。鉄骨の下には、一《ひ》と晩《ばん》に一度や二度は必ず何かしら獲物《えもの》を発見することができた。今仕事をして来たばかりのすりとすりとのひそひそ話、よたものたちの陰謀の下相談《したそうだん》、若い恋人同士のむつごと、そういうありふれたものにまじって、時には犯罪の海の珍しい怪魚がその下にたたずみ、鉄骨の上の素人探偵をワクワクさせることもあった。

この物語の発端をなす四月五日の夜、河津三郎は例の黒装束に身をかためて、厩橋《うまやばし》の鉄骨の上に横たわっていた。

もう十二時に近かった。両岸のネオンの電飾も消え、河ぞいの家々の窓もとざされ、橋の上の自動車の往き来もとだえがちになって、昼間雑沓《ざっとう》の場所だけに、その物淋しさはひとしおであった。

まったくの闇夜であった。空一面厚い雲におおわれ、なま暖かく底気味のわるい大気は固体のように動かなかった。

「こんな晩は、なんだか面白い獲物がありそうだぞ。おや、向こうから変なやつがやって来る。妙にソワソワしているじゃないか。フフン、何か曰《いわ》くがありそうだわい」

河津三郎は、鉄骨の上から、ソッと首を出して、釣師が浮きを見つめるように、下の人道を見つめていた。そして今、どうやらその浮きが異様に動きだした様子である。

橋の西の袂から、人道をつまずくようにして、何かあわただしく歩いて来る人影があった。ひどく急いでいるようにも見えたが、どこか行く先があって急いでいるのではなくて、物に追っかけられているような、奇妙な感じであった。

近づくにしたがって、その男の風体《ふうてい》が遠明かりでだんだんハッキリわかってきた。型のくずれたソフト、みすぼらしい背広服、ワイシャツもネクタイもなく、シャツの上にじかに上衣《うわぎ》を着ているらしい。やせた背《せい》の高い、四十前後の男だ。職を失った労働者といった感じである。左手に、何か大切そうに、黒いスーツ・ケースをさげている。

「奴《やっこ》さん、橋向こうの木賃宿《きちんやど》へでも帰るのかな。だが、それにしては、どうも落ちつきがないぞ。この歩き方はねぐらに帰るかっこうじゃないぞ」

そんなことを考えながら、目を放さないでいると、男はちょうど河津三郎の隠れている鉄骨の下で立ちどまった。何か用ありげに立ちどまって、キョロキョロと前後を見まわしている。はたして何かわけがあるのだ。

あたりに人影がないことを確かめると、男は手にしていたスーツ・ケースを開いて、中から何か新聞紙で包んだものを取り出して、空《から》になった鞄を、アッと思うまに、欄《らん》干《かん》から川の中へ投げこんでしまった。

そして、またキョロキョロとあたりを見まわし、今の挙動を誰にも見られなかったことを確かめると、鞄の中から取りだした新聞包みを、大切そうに小脇にかかえて、そそくさと歩きだすのであった。

そのうすぎたない身なりの男が、たとい古鞄にもせよ、惜しげもなく川の中へ捨てるというのはただ事ではなかった。こいつは盗みをしたのかも知れない。そして目印になる鞄だけを、人知れず処分するために、わざわざこの橋の上へやって来たのかも知れない。だが、犯罪者の挙動を見慣れている河津三郎には、ただそれだけのことではなくて、もっと深いわけがあるように感じられた。「こいつは、ひょっとしたら意外な大物だぞ」という直覚が、素人探偵の心臓を異様にくすぐった。

彼はむろん、この獲物を逃がさなかった。音もなく鉄骨を這い降りて得意の尾行をはじめた。

新聞包みを小脇にかかえた男は、前こごみになって、せかせかと歩いていく。だが、まだねぐらへ帰るという感じではない。何か探している様子だ。

町角へ来るたびに四方を見まわして、明るい方へ、明るい方へと曲がって行く。煙草屋でも探しているのかしら。いや、そうでもない。まだ店を開いている一軒の煙草屋の前を、振りむきもせず通りすぎた。

しばらく行くと、狭いごみごみした商店街に出た。商売熱心な二、三軒の店があかあかと電燈をつけて、夜ふけの客を待っていた。その中に、靴《くつ》と鞄を並べている小店があった。

男がさいぜんから探していたのは、そのお店であった。彼はホッとしたように足を早めて、いきなり靴と鞄のショウ・ウインドウの中へはいって行った。

河津三郎はそのあとを追って、店の前に立ち、ショウ・ウインドウを眺めるふうをよそおって、店内の男の動作を注視した。

男は店主に黒い擬革《レザー》のボストン・バッグを出させて、その錠前《じょうまえ》をしらべていたが、そこの明るい電燈の下で見ると、彼は病人のようにやせた青黒い顔をしていることがわかった。頬骨《ほおぼね》が突きでて、顔一面に無精鬚《ぶしょうひげ》がはえ、大きな目が熱病やみのようにギラギラ光っていた。

「これ、すぐだめになるんじゃないかい」

男は鞄の錠前をいじくりながら、ぶっきらぼうにたずねた。

「だいじょうぶですよ。このごろできた新案の錠ですからね。お請け合いします」

「そんならいいが、前に買った鞄は、三日もしないうちに、鍵がだめになったのでね」

男の口のききかたには、なんとなく知識的なところがあった。そう云えば、するどく引きしまった容貌にも、どこか風体にそぐわぬものが感じられた。

男はその鞄を買って、小脇に抱えていた新聞包みを入れると、丁寧に鍵をポケットから取り出した大型の札入れの中へしまいこんだ。そしてその札入れから十円紙幣を二枚抜き取って支払いをしたのだが、その時チラと札入れの中が見えた。男は店主の方にばかり気をとられていて、ショウ・ウインドウの外に、恐ろしい人物がのぞいていることは少しも気づかなかったので、札入れの中身がハッキリ見えた。驚いたことには、そのみすぼらしい札入れの中には、千円紙幣が厚ぼったく詰めこんであった。おそらく百枚に近い厚みであった。百枚とすれば千円である。このうすぎたない労働者がそんな大金を持っているなんて考えられないことだ。むろん盗んだものにちがいない。

「よし、俺もあれと同じ鞄を買ってやろう」

河津三郎は、ふと妙なことを考えついた。この泥棒が何か大切なものを入れている鞄と、寸分《すんぶん》違わない鞄を持つということに、一種の誘惑を感じた。

男がその店を立ち去るのと入れちがいに、彼は店内に飛びこんで、けげん顔の店主をせき立てながら、今のとまったく同じボストン・バッグを手に入れた。そして代金を投げだしておいて、また男のあとを追った。

人通りもまれな夜ふけの町なので、幸いに、男を見失うこともなく、尾行をつづけることができた。男の方では何かひどく心を悩ますことがあるとみえ、まるで放心状態で、尾行など少しも気づかぬ様子である。だが、いったい何をそんなに悩んでいるのであろう。あの青ざめた顔、あのギラギラと血走った目、普通の泥棒だったら、千円に近い大金を握って、あんな不景気な顔をしているはずはない。何か深いわけがあるのだ。あの男は、泥棒などよりも、恐ろしい罪を犯しているのかもしれない。血の臭《にお》いがする、いや、血よりももっと恐ろしい気違いめいたものの臭いがする。

河津三郎は怪獣を見つけた猟犬のように、心がはやるのをおぼえた。喜びとも恐れともつかぬ一種の感情のために、心臓の鼓動の高まるのを感じないではいられなかった。

鞄を手に入れてからは、男の足どりが俄《にわ》かにたどたどしくなった。なんの目当てもない浮浪者のように、夜ふけの町をさまよい歩いた。そして、二十分も同じような町をグルグル廻り歩いたすえ、けっきょくたどりついたのは、一と目でそれと分かる簡易旅館街であった。やっぱり彼はねぐらを求めていたのだ。

男はそこの「吉野館《よしのかん》」という電燈看板の出ている家の前に立ちどまり、少し躊躇《ちゅうちょ》したあとで、思いきったようにガラス戸をあけてはいって行った。外から見ていると、彼は初めての泊まりとみえ、玄関に立ったまま、ぶあいそうな番頭の差し出す宿帳をつけ、宿泊料の前払いをして、それから、ノロノロと靴をぬいで、小女《こおんな》の案内で奥に消えて行った。千円の札束をふところにして、泊まりつけでもない木賃宿に泊まるとは、いったいどういう気持なのか。いよいよ不思議はますばかりだ。

河野三郎は、それを見すましておいて、同じ簡易旅館へはいっていった。宿帳をつける時、すぐ前の欄を見ると、そこには意外に立派な書体で「名古屋《なごや》市中区《しなかく》古渡町《ふるわたりまち》二ノ五、亀井正信《かめいまさのぶ》」と書いてあった。奇妙な男は亀井と名乗っているのだ。おそらく住所も姓名もでたらめとは思ったが、河津三郎はともかくそれを記憶にとどめた。

宿泊料を払って廊下にあがると、別の小女が先に立ったので、そっと二枚の紙幣を握らせて、亀井の隣室へ入れてくれるように頼んでみたが、ちょうどその隣室が空いていて、べつに怪しみもせず、そこへ案内してくれた。

床の間もない三畳の部屋であった。隣の亀井の部屋も同じ構造にちがいない。小女がうすい夜具を敷いて立ち去るのを待って、隣室との境の壁を調べてみると、それは土の壁ではなくて、うすい板張りの上に、茶色の壁紙が貼ってあることがわかった。そのうえ、都合のよいことには、板と柱の合わせ目に大きな隙間《すきま》ができているのだ。

そこへ目を当ててのぞいて見ると、隣室の三分の一ほどが視野にはいった。亀井と名乗る男は、夜具の上に洋服のままあぐらをかいて、向こうを向いている。何か考え事をしている様子だ。例の擬革《レザー》のボストン・バッグは、大切そうに膝の横に引きよせておいてある。

自分を尾行した男が、隣の部屋に泊まったなどとは少しも気づかず、何かしら心の悩みにたえかねて、思い沈んでいるのだ。

急に横になる様子もなく、モゾモゾと坐りなおしては、みだれた頭髪のなかへ両手の指を突っこんで、頭をかかえるようなしぐさをする。

素人探偵は窮屈《きゆうくつ》な姿勢で、いつまでも隙見をやめなかった。先方が何か変わった挙動をするまでは、夜明けまででも根《こん》くらべをするつもりである。

異様の品々

三十分もたったかと思われるころ、亀井は大きく身動きをして、ヒョイと立ちあがった。どうやら手洗所へでも行くらしい様子である。彼の身体《からだ》が視野の外に消えたかと思うと、障子の開閉する音がして、廊下を上草履《うわぞうり》の足音が遠ざかっていった。

「よし、今のうちだ」

河津三郎は心の中でつぶやいて、自分の空の鞄をさげて、音を立てないように、しかし大急ぎで廊下に出た。そして、亀井の後ろ姿が洗面所の方へ消えるのを見すまして、隣室へ忍びこんだ。蒲団《ふとん》の上に例の鞄が置いてある。いくらなんでも、洗面所まで鞄を持ちこむことはできなかったとみえる。

そこで、手早く、例の怪しげな新聞紙包みのはいった鞄と、空っぽの鞄とのすり替えが行われた。河津三郎のつもりでは、もっときわどい手品のようなすり替えを予測して、同じ鞄を買っておいたのだが、機会は案外早く来たうえに、わざわざ替玉の鞄を用意しておくにも及ばなかったほど、やすやすと事が運んだのである。

部屋に帰って障子をしめきり、自分の鍵でその鞄を開き、新聞包みを取りだして見た。なんだか柔かくてズッシリ重いものだ。音を立てぬように注意しながら、幾重にもまいた新聞紙をほどくと、ひどくよごれた薄茶色の衣類を丸めたようなものが出て来た。プンとかびの臭いがする。薄気味わるく思いながら、指でつまんでひろげようとすると、その衣類につつんであった何かが、バサッと畳の上に落ちた。うすぎたない麻縄の束と、俗に万力《まんりき》という木製の滑車《かっしゃ》とであった。滑車の車は直径三寸ほどのものなので、何か重いものを吊りあげる時に用いる道具だ。このごろでは鉄製のものばかりになっているので、めったに見られない古風な万力である。

衣類の方をひろげてみると、洋画家の着る仕事着のブラウズであることがわかった。それもひどく着古した時代のついた代物《しろもの》で、一面に絵の具でよごれているうえに、数カ所に破れ穴があいていた。

木製の滑車と、長い麻縄と、それから絵の具によごれた仕事着。なんという奇妙な取りあわせであろう。どんな貴重な品物が出てくるかと、好奇心にワクワクしながら包みをあけた河津三郎は、その意外な、まるで謎《なぞ》のような中身に、あきれかえってしまった。こんなつまらない品物を、あいつはなぜ、あれほど大切そうにしていたのであろう。古鞄といっしょに隅田川に投げ捨てても、けっして惜しくないようなものばかりではないか。

「ひょっとしたらあいつは気違いじゃないかな。俺はとんでもない思いちがいをしたのかもしれないぞ」

だが、鞄屋での会話や、宿帳の文字を思いだしてみると、どうも気違いとは考えられなかった。すると、この三つの妙な品物に、何か深いわけがあるのだろうか。あの男にとっては、それほど大切にしなければならない特別の理由があるのだろうか。

さすがの素人探偵も判断のくだしようがなく、面喰らっているうちに、亀井と名乗る怪人物は、もう隣室へ帰ったらしく、かるい咳《せき》ばらいの音が聞こえて来た。

三つの奇妙な品物の謎は急に解けそうもない。それよりは、やはり怪人物の挙動を観察するのが早道だ。そこで、彼はそれらの品を元のように新聞包みにして、鞄の中にしまいこみ、また例の隙見をはじめた。息を殺してのぞいて見ると、男は洋服をぬいて、宿のうすぎたない浴衣《ゆかた》に着かえているところであった。今度はこちらを向いているので、顔がよく見えるのだが、やっぱり青ざめたとげとげしい表情である。どこか健康を害しているのにちがいない。もしかしたら肺病患者ではあるまいか。

男は浴衣を着て、紐がないので、よれよれになった革のバンドをしめ、どっかりと蒲団の上にあぐらをかいた。そして、何か口の中でブツブツつぶやいていたが、ふと心配そうな顔つきになって、上衣のポケットを探り、例のふくれた札入れを抜きとると、その中から銀色に光るものをつまみだした。鍵だ。鞄の鍵だ。

ギョッとする心を押し静めて、なおも見つめていると、男ははたしてかたわらの鞄を引きよせ、鍵穴に鍵を入れた。よくよく中の品物が気になるとみえる。睡《ねむ》る前に一度調べないでは気がすまぬという様子だ。パチンと音がして鞄の蓋があいた。男の青ざめた顔がその中を覗きこんだ。言うまでもなく鞄の中は空っぽである。男はわが目を疑うように、両手でむなしく鞄の中をかきまわした。そして、そこに何もないことをたしかめると、まるで舞台で役者がするように、ハッとのけぞって、両手をうしろに突いた。

隙穴のまっ正面に男の顔がある。ああ、その顔。河津三郎は後にも先にも、こんな恐ろしい顔を見たことがなかった。極度のおどろきと、極度の恐れと、極度の悲しみとのまじりあった表情である。両眼は飛びだすばかりに見開かれ、唇は子供の泣き顔のように引きゆがみ、顔色は青いのを通りこして土気色《つちけいろ》になっていた。やがて、彼はそそくさと立ちあがった。部屋の中をグルグル廻り歩いた。蒲団をはねのけてその下を探しさえした。だが、鍵のかかっていた鞄の中の品物が部屋の中に落ちているはずはない。盗まれたのでもない。誰かが盗んでいったとすれば、鞄の錠前があいていなければならぬ。

「アッ、そうかもしれない」

男ははげしい息づかいの下から、声にだしてつぶやいた。そしてふるえる手で浴衣を脱ぎ捨て、また洋服を着はじめた。外出するつもりなのだ。かわいそうに泥棒が隣室にいるとも知らないで、外へ探しに出るつもりだ。

河津三郎は、男のおどろきのあまりのはげしさに、つい気のどくになって声をかけようかと思ったが、喉まで出た声を押し殺してしまった。憐れみよりは好奇心が強かったのだ。もし外出するなら、あくまであとをつけて、この不思議な男の一挙一動を見まもり、その正体を見とどけたいと考えた。

男は帳場の番頭に、ちょっとそこまでと云い残して、あわただしく外出した。云うまでもなく、素人探偵はそのあとをつけた。

もう一時を過ぎていた。自動車の通らない狭い町々は、死にたえたように静まりかえって、動くものとては何もなかった。だが、尾行はさして困難ではない。男はうしろを振りかえる余裕など、まったくなかったからだ。彼は走るようにして、夜ふけの町を急いだ。そして、まもなく、例の鞄屋にたどりつき、しめきった大戸を、いきなり乱打しはじめた。

「ちょっと開けて下さい。急用があるのだ。早くここをあけて下さい」

男が気違いのようにわめきつづけるので、知らぬ顔もできなかったのか、しばらくするとガタンガタンと大戸があいて、お神《かみ》さんらしい女が顔を出した。

「僕はさっきここで鞄を買ったんだが、その時忘れ物をしたんだ。こんな新聞包みだ。取っておいてくれただろうね」

男の剣幕《けんまく》に、お神さんはあっけにとられて引っこんで行ったが、すると、奥から主人らしい声でどなるのが聞こえて来た。

「ああ、さっきのお客さんですね。その新聞包みなら、あなたがちゃんと鞄の中へ入れて、お持ち帰りになったじゃありませんか。間違いありませんよ」

「いや、それが鞄の中にないんだ。ちょっと店を調べさせて下さい」

男は相手の返事も待たず、店の間へ踏みこんでいって、自分で電燈をつけて、そのへんを探しまわった。寝間《ねま》着姿の主人とお神さんも、いちいち物をとりのけて親切に探してくれたが、むろん新聞包みがあろうはずはなかった。長いあいだ、家探《やさが》しをしたあとで、男は絶望の面持《おももち》で、フラフラと店を出た。そして、よろめきながら夜の町を歩きだした。簡易旅館へ帰るのかと思うと、そうではなくて、反対の吾妻橋《あづまばし》の方角へよろめいて行く。

やっぱり後ろ暗いところがあったのにちがいない。普通なれば、すぐ宿に帰って、番頭に頼んで宿泊人を調べてもらうはずだ。それでも駄目ならば警察に届け出る方法もある。だが、亀井と名乗る男は、それをしなかった。第一、旅館へ帰るのを恐れるもののように、反対の方角へ歩いているのだ。そして、いつのまにか吾妻橋を渡っていた。

「ハテナ、こいつはいったいどこへ行くつもりなんだろう」

河津三郎は、むろん尾行をやめなかった。たとい徹夜をしてでも、この異様な人物の落ちつく先を、突きとめないではいられなかった。

悪魔の火

吾妻橋を渡った男は、まるで酔っぱらいのようなおぼつかない足どりで、馬道《うまみち》の方へ曲がって行ったが、やがて、二天門《にてんもん》をくぐって浅草公園《あさくさこうえん》へはいって行った。

五重の塔が、闇の空に奇怪な大入道《おおにゅうどう》のようにそびえていた。男は何を思ったか、その五重の塔の前に近づいて、珍しいものででもあるように、しきりとその屋根を見あげている。見あげながら、塔のまわりをグルグルと廻りはじめた。

「変だぞ、やっぱりこいつ気違いかしら」

ますますわけがわからなくなって、思いまどっていると、向こうの闇の中からコツコツと静かな靴の音がひびいて来た。境内《けいだい》を巡回しているお巡《まわ》りさんだ。やがてその制服の姿が、ぼんやり現われて来た。

男は警官に気づくと、ひどくあわてた様子で、塔のそばを離れ、急ぎ足に公園の奥の方へ歩きはじめた。警官におびえるところを見ると、どうも気違いではなさそうだ。

男はずっと離れた闇の中から、何か残り惜しげに、五重の塔を眺めていたが、巡回の警官はなかなか立ち去りそうもないし、それに、五重の塔の間近に交番があって、そこにも一人のお巡りさんが立番をしているので、こんなところに長居はできないと思ったのか、そのまま公園を突っきって、映画街を通りぬけ、上野公園《うえのこうえん》の方角へ歩き出した。

合羽橋《かっぱばし》の電車通りを横切って少し行くと、道ばたに道路工事の赤いランプがおかれ、掘りかえした地面のまわりに杭《くい》を立てて、そこに普通の藁《わら》の縄でなくて麻縄の古いのが張りめぐらされてあった。

男はそれをみると、ふと立ちどまって、なぜか胡散《うさん》らしくあたりを見まわした。尾行者はそれと悟って、す早く身を隠したので、寝静まった深夜の町に、ほかに人影などあろうはずはなかった。しばらくあたりを見まわしたうえ、男はその杭に近づいて、すばやく麻縄を解きはじめた。結び目を一つずつ解いていって、手もとにたぐりよせてみると、二丈《にじょう》(約六メートル)にあまる長い縄であった。彼はそれを手ごろの束に結んで、ズボンのポケットにねじこみ、そのまま何喰わぬ顔でまた歩きだした。

気違いでないとすると、この男はよくよく不思議な人物である。よごれた麻縄などを盗んで、いったい何にするつもりであろう。そんな真似をしないでも、懐中には十万円近い金を持っているのだ。夜が明けるのを待ちさえすれば麻縄なんか、いくらでも買い求めることができるではないか。

「だが待てよ。鞄の中の新聞包みにも長い麻縄がはいっていたぞ。そして、ここでもまた麻縄だ。いったいこの男は麻縄に憑《つ》かれてでもいるのだろうか。麻縄を見ると自分のものにしないではいられぬ精神病とでもいうのだろうか」

素人探偵は事ごとに面くらうばかりであった。彼の豊富な犯罪学の知識も、実際上の経験も、今夜ばかりはなんの頼りにもならなかった。この男を観察すればするほど、刻一刻《こくいっこく》、謎は深まってゆくばかりなのだ。

それからは別段の出来事もなく、男は目指す場所でもあるのか、一直線に西へ西へと進んで、車坂《くるまざか》の電車通りを越え、大陸橋を渡って上野公園へとはいって行った。

「やっぱり上野公園だった。あいつこの公園の中で、野宿でもするつもりなのかしら」と思っていると、どうもそうではないらしい。広い公園の闇の中を、西の方に突っきって、東照宮《とうしょうぐう》の境内にはいってゆく。

ニョキニョキと物《もの》の怪《け》の立ち並んでいるような石燈籠《いしどうろう》のあいだを通りすぎると、その広っぱに五重の塔がそびえていた。おお、またしても五重の塔だ。ではこの男は、五重の塔を眺めたいばかりに、わざわざ上野公園まで歩いてきたのであろうか。

男は、広っぱに立って、熱心に塔の屋根を見あげている。見あげながらグルグルと塔のまわりを歩きはじめる。浅草の場合とまったく同じしぐさだ。よくよく塔が好きとみえる。だが、いくら好きだからといって、夜よなか、遠い道をテクテク歩いて塔を見にくる奴もないものだ。これには何か、他人には想像もつかぬ深い仔細《しさい》があるのかもしれない。ほとんど半時間ほども、男は立ち去りがたい様子で、塔のまわりをさまよいながら、その屋根を眺めていたが、ついに疲れはてたように、そこの地面にうずくまると、両手を顔に当てて、さめざめと泣きはじめた。最初は低いすすり泣きであったが、やがて、その声がだんだん高くなり、しまいには、まるで幼い子供のように、手放しに泣きわめくのであった。

ああ、これはなんとしたことであろう。千円の札束を持った大泥棒が、深夜の公園の中で、だだッ子のように泣き叫んでいるのだ。しかも彼はいろいろな点から考えて、気違いなどではなく、正気の人間なのだ。いったいこの男はどうしてこれほど悩むのか。その悩みの奥にはどんな恐ろしい秘密が伏在《ふくざい》しているのか。

そうして二十分ほども泣いたであろうか、やっと泣きやむと、彼は今度は何か探しものでもするように、キョロキョロと地面を見まわしながら、そのへんを歩きはじめた。

木蔭に身を隠して、何をするのかと見ていると、地面に落ちている木切れだとか、紙屑《かみくず》などを、たんねんに拾い集めている。掃除の行きとどいた公園の中にも、探せばあるもので、しばらくすると、男はそういうゴミのようなものを、一《ひ》と抱《かか》えも集めて、それを塔の前の空地に積みあげた。そして、ポケットからマッチを出すと、その木切れと紙屑に火をつけたのである。

やがて異様な焚火《たきび》がメラメラと燃えはじめた。闇の中に、まっ赤な焔《ほのお》が悪魔の舌のように踊りはじめた。男はその焚火の前にしゃがんで、じっと焔を見つめている。赤い火焔に照らされて、男の顔がクッキリと宙に浮いて見える。ああ、その顔！　木蔭の素人探偵はあまりの恐ろしさに身ぶるいしないではいられなかった。それは人間の顔ではなかった。今地獄から這い出して来たばかりの悪鬼の相好《そうごう》であった。しばらくのあいだ、まるで火焔とにらめっこでもするように、身動きもしなかったが、やがて、その硬《こわ》ばった表情が、異様にくずれはじめた。笑っているのだ。今泣いたばかりの彼が、今度はゲラゲラと声を立てて笑いだしたのだ。おかしくておかしくてたまらないように、腹を抱えて笑うのだ。

闇の中に、男の顔だけが赤茶けた逆光線を受けて異様にものすごく笑っている。悪鬼の笑いを笑っている。こんな不思議なことが、この世に起こり得るのだろうか。俺は恐ろしい夢にうなされているのではないかしら。さすがの河津三郎も、あまりのことに、自分自身の正気をさえ疑わないではいられなかった。

瘦《や》せさらぼうた悪鬼は、ただ笑っているばかりではなかった。彼はいつのまにか、ポケットの例の札入れを取りだし、その中からあのおびただしい紙幣の束を抜きとって手にしていた。そして、それを焰の上にかざしながら、一枚ずつ焚火の中へ落としはじめたのだ。五枚、十枚、二十枚、千円紙幣は美しく焰に照りはえて、木の葉のようにヒラヒラと落ち散ってゆく。

上から降る紙幣と、すでに焼けこげて、半ば灰となって舞いあがる紙幣の火の粉と、入りみだれ混りあって、キラキラと輝く中に、焰を受けて火と燃える悪鬼の顔が、さも心地よげに、物狂わしく、いつまでもいつまでも、笑いつづけている。

風鈴男

河津三郎ははるかの木蔭に身を隠してそれを見ていたが、とっさの場合これという考えもうかばず、ためらううちに、おびただしい紙幣はたちまち灰となって、闇の空に舞いあがって行った。

「ひょっとしたら、あいつは紙幣贋造《がんぞう》の犯人じゃないかしら。にせ札でもなければ、あんなにむぞうさに焼き捨てられるものじゃない」

にせ札とすれば別に惜しむこともないので、いくらか安心して、なおも様子をうかがっていると、男はすっかり紙幣を焼き捨てたあとの焚火を、地だんだを踏むようにして、足で踏み消し、そのままそこに突っ立って、じっと、塔を見あげている。放心したもののように、いつまでも黒い塔の屋根を見あげている。

捕えようとすれば、今が絶好の機会であった。

「だが、この男にいったい、なんのとががあるのだ。古鞄を隅田川へ投げこんだからか。道普請《みちぶしん》の麻縄を盗んだからか。紙幣を焼き捨てたからか。いずれにしても、罪というほどの罪ではないじゃないか。

「捕えるにはもう少し様子を見て、のっぴきさせぬ急所を押さえなければならぬ。それにはあくまで尾行をつづけるのだ。そして、同類があればその所在を突きとめなければならぬ。贋造犯人ならば、その贋造機械の隠匿《いんとく》場所をたしかめなければならぬ」

河津三郎は、そんなことを考えながら、じっと相手の挙動をうかがっていた。

すると、男はまたしても尾行者の意表に出た。彼はその場を立ち去るかわりに、五重の塔の柵に近づいて行った。そして、アッと思うまにその柵を乗りこして、塔の縁《えん》に登り、正面の観音開きの扉の前に立っていた。

そこで、しばらくのあいだ、何かゴトゴト音をさせていたが、たぶん扉の錠前をねじ切ったのであろう。やがて、その観音開きを、スーッと開いて、塔の中へ姿を消してしまった。

「おやッ、あいつ塔の中で寝るつもりかしら。だが、塔の中で寝るために、遠い道をわざわざここまで歩いて来るというのは変だ。もしかしたら、塔の中のものを盗むつもりかもしれないぞ。しかし、あの塔の中に盗むような物があるだろうか」

なんとなく腑《ふ》におちぬところがあった。あれほど興奮していた男が、ねぐらを求めてノコノコ塔の中へはいって行くというのも変であった。まさかこの塔の中に紙幣贋造の機械が据えつけてあるのでもなかろう。

木蔭を離れて、忍び足に柵のところまで近づき、今男の消えて行った扉をすかして見ると、観音開きは元の通りピッタリしまっていて、中からはなんの物音も漏《も》れて来ない。

「塔の中には階段があるはずだ。五階まで階段でつづいているはずだ。ひょっとしたら、あいつ埃《ほこり》まみれの階段をのぼっているのじゃあるまいか」

河津三郎は、ふとそんなことを考えた。なぜか階段というものがひどく気になった。そこを這いあがっている男の姿が、気味わるくまぶたの裏に浮かんで消えなかった。

「今ごろはちょうど三階にいる時分だ」

「もう頂上の五階に達したかもしれない」

塔の闇の中の男の位置を心に計りながら、彼はだんだん柵をはなれてあとじさりをして行った。頂上を見ようとすれば、どうしても塔から遠ざからなければならないのだ。

あとじさりをしているうちに、どこか遠くの方からかすかな物音が聞こえて来た。どうやら塔の頂上あたりかららしい。

目をこらすと、闇ながらややほの白く見える空に、塔の屋根がまっ黒な層を作ってそびえていた。だが、全景が影絵のように見えるばかりで、細部はまるでわからない。

気のせいか、塔の五階の扉があいたような気がする。そして、人影らしいものが、そこから身を乗り出して何かしているように感じられる。

目を塔の頂上に釘《くぎ》づけにしたまま、だんだんあとじさりをして、いつのまにか元の木蔭に戻っていた。彼はその木の幹に手をかけて、何かしら異様な予感におびえながら、塔の屋根をにらみつづけた。

すると、とつぜん、頂上の屋根の端に、大きな風鈴がぶらさがって、風もないのに、烈《はげ》しくゆれているのに気づいた。

だが、あんな大きな風鈴があるだろうか。屋根の端で左右にゆれているのは、いかにも風鈴そのままだけれど、そのまっ黒なものは、釣鐘型《つりがねがた》ではなくて、人形のように見えた。頭や手足がついていた。

河津三郎はハッと夢からさめたように、事の次第を悟った。あの男が道で長い麻縄を盗み取った理由が読めた。

「そうだったのか。あいつは自殺するつもりだったのか」

彼はやにわに駈けだした。木柵を一《ひ》と飛《と》びにして、さいぜん男の姿を消した観音開きへと躍りあがった。扉は苦もなく開いた。

「ああ、そうだ、懐中電燈があったっけ」

それは素人探偵の七つ道具の一つとして、いつもポケットに用意されていた。彼はその小型懐中電燈を出してスイッチを入れた。

塔の内部は思ったより狭かった。狭いながらに仏像一つ置いてあるでなく、ガランとした感じであった。

頑丈《がんじょう》な階段が目の前に立ちふさがっていた。彼はそれをかけあがった。グルグル廻りながら、二階、三階、四階と、息を切らして登りつづけた。

やっと頂上にたどりつくと、壁に四角な風穴があいていて、そこから冷たい外気が吹きこんでいた。そこにも一階と同じような観音開きの扉があって、それがあけ放ってあるのだ。

扉の外をのぞくと、狭い廻廊《かいろう》のようなものがあって、漆《うるし》のはげた木製の欄干が見えた。彼はその廻廊に出て、ソロソロと歩きながら、懐中電燈を振り照らした。

廻廊の角を一つ曲がると、とつぜん、電燈の光の中へ、ニューッと二本の足が現われた。裾の破れたきたないズボンに、泥まみれのドタ靴が、振子《ふりこ》のようにブランと揺れていた。

男はさいぜんの麻縄を、頂上の屋根裏の垂木《たるき》にかけて縊死《いし》していたのだ。

河津はそれを助けおろそうと、いろいろに試みたが、どうしても一人の力には及ばなかった。うっかりすると、足をすべらせて、彼自身が墜死《ついし》しそうだった。それにもうだいぶ時間がたっている。たとい無事に助けおろしたところで、男が蘇生《そせい》するとも考えられなかった。

「チェッ、俺はどうして自殺ということに気がつかなかったのだろう。そうとわかれば、ほうっておくのじゃなかったのに」

腹立たしげにつぶやいて、彼はまた大急ぎで塔をかけ降りた。そして、心おぼえの交番へと走りだしたが、その途中に公衆電話があるのに気づくと、たちまち予定を変えて、その中へ飛びこんで行った。遠い交番へ走るよりも、電話を利用した方が、手っ取り早くもあり、彼の日ごろの方針にもかなうわけであった。

意外の発見

それから、上野の森の木の下闇《こしたやみ》に、彼はほとんど朝までをついやして、その後の一部始終を見とどけた。

警察の手配は非常に早く、十分もたたぬまに一人の警官が塔の下にかけつけ、電話の訴えがいつわりでないことをたしかめて、走り去ったが、それからまた十数分の後には、三人の警官が塔に登って、なんの苦もなく首吊り男の死体をとりおろしていた。

塔の前の広場は、自動車のヘッドライトや、提灯《ちょうちん》や、いくつかの懐中電燈などで、市でも立ったように明るく、それらの光の中に、不思議な男の屍体《したい》が横たわっていた。その屍体のすぐそばに、さいぜんの焚火の跡があり、燃えのこりの紙幣の端さえ落ち散っていた。

屍体のまわりにはだんだん人の数が多くなって、署長とおもわれる肩章《けんしょう》いかめしい人、背広姿の医師らしい人物、東照宮の宿直員等もまじって、十人に近い人が集まり、何か声高《こわだか》に話しあっていた。

河津三郎は、その光景を見ながら名乗って出ようとはしなかった。事件はこの男の死によって落着《らくちゃく》したのだ。鞄の中にどんな物を隠していたかというようなことを、今さらあばき立ててみたところで、その筋に手数をかけるばかりで、なんの効果があるわけではない。それよりも、彼は今夜の異常な見聞《けんぶん》を、家《うち》に帰ってゆっくり味わってみたかった。この不思議な男の素性《すじょう》を、彼自身の探偵眼によって判断してみたかった。それは警察の仕事というよりは、彼のような好事家《こうずか》の領分に属することだと考えた。

もう空がほの明るくなりはじめたころ、屍体がどこかへ運び去られるのを見とどけたうえ、彼はやっと木蔭の隠れ場を出て、一《ひ》とまず例の簡易旅館に引きかえし、不思議な三品《みしな》のはいっているボストン・バッグを大切そうに抱えて、家路についた。

夜明かしのタクシーを拾って世田谷の自宅に帰ると、そのまま寝室にはいって一と眠りしたが、鞄の中の三品への好奇心が、彼をいつまでも眠らせておかなかった。九時ごろにはもう目をさまして、化学実験室にはいっていた。

彼はまず第一に、昨夜塔の前でソッと拾って来た燃えのこりの紙幣の端を、拡大鏡にかけて調べて見たが、それは、予想のとおり本ものの千円札に相違なかった。

「フーン、やっぱり贋造紙幣の犯人じゃなかった。俺の考えたとおりだ。しかし、あいつ、たとい自殺するにしても、いったいなんのため札を焼いたのだろう。千円に近い大金を」

河津三郎は、実験台の前の肘掛椅子《ひじかけいす》によりかかって、腕を組み宙《ちゅう》に目を注ぎながら、自問自答した。

「札を焼いたのも解《げ》せないが、それよりも、第一の不思議はあの突然の自殺だ。奇想《きそう》天外《てんがい》な自殺の方法だ。

あいつはなぜ死んだのか。少なくとも木賃宿に泊まるまでは、今夜自殺しようなどとは考えていなかったに相違ない。それがとつぜん、気でも違ったように自殺を思い立ったのは、鞄の中の品物が紛失したとわかった時からだ。あの変てこな三品が、あいつにとってはそれほど重大な意味を持っていたのだ。

それにしても、あいつは、木賃宿で手洗所へ行っているあいだに、誰かが盗んだのだと、どうして疑ってみなかったのだろう。普通の人間ならまずそこへ気がつくはずだ。そして、木賃宿の主人に頼んで、泊まり客を調べてもらうことを考えつくはずだ。

あいつがそこへ気がつかなかったとは考えられない。気はついたけれど、騒ぎ立てることができなかったのだ。騒ぎ立ててあの三品を人目にさらすよりは、むしろ死を選ぶ方がましだったのだ。ハテナ、そう考えて来ると、いよいよあの三品には何か深い秘密が隠れていそうだぞ」

素人探偵はうれしくてたまらないというように、ペタペタと舌なめずりをした。

「フフン、広い世界に、この興味深い秘密を知っているのは俺一人なんだぞ。これから、それをゆっくり嚙みしめて、楽しみながら、解いてゆくのだ。まずこれをと……」

彼はそんなことを口に出して云いながら、広い実験台の上にのせてあった例のボストン・バッグを引きよせ、まるで守銭奴《しゅせんど》が金貨の袋でも開くように、大事そうにゆっくりゆっくりとそれを開いた。

まず木製の滑車をつまみあげて、匂いを嗅《か》いでみたり、拡大鏡でのぞいたりしたが、これという手がかりもない。次には麻縄を一尺一尺たぐっていって、どんな小さなしみでも見逃すまいと、時間をかけて検査したが、これも別段の発見はなかった。

「なあに、この二品はまアどうでもいいのだ。それよりも肝腎《かんじん》なのは仕事着のブラウズだて。どこかの絵かきが永いあいだ着古したものにちがいないが、その男の歴史がこの仕事着にはしみこんでいるはずだ。ブラウズ君、一つ君の経歴を、くわしく俺に話してくれないかね」

油絵具の一面にしみついたブラウズを、台の上にひろげて、楽しそうに眺めていたが、ふと一方のポケットを押さえてみると、中に何かはいっているらしい手応えがあった。

「おや、こんなものを見落としていたぞ」

ソッと指先で探ると、小さな紙包みがあった。二本の指でつまんで、丁寧に取り出し、ゆっくりゆっくり開いてゆく。

開くにしたがって、素人探偵の目はまん丸く見開かれ、顔色が白っぽくなっていった。

それは灰色をした細長いしわくちゃのものであった。カラカラにひからびた人間の指であった。

それを見ると、さすがの好事家も、しばらくは口もきけなかったが、やがて、やっと乾いた唇をなめて、しゃがれ声で独り言《ひとごと》をつづけた。

「フフン、やっぱり俺の見込みははずれなかったぞ。面白くなって来た。こいつは根もとから鋭い刃物で切り取ったらしい指のミイラだ。よほど古いものだな。少なくも五、六年、ひょっとしたら十年以上もたっているかもしれない。

「わかった、わかった。こんなものが隠してあるので、あいつは木賃宿の客を調べる気にはなれなかったのだ。誰かに盗まれたとしたら、きっとこれが見つかっていると察して、二度と木賃宿へ帰る勇気がなかったのだ。

「しかし、こんな指のミイラぐらいのことで、自殺までするというのは少し腑に落ちないぞ。昔の遊女などは情人《いろ》に小指を切って贈ったものだ。ただ指一本発見されたからといって、人を殺したとはきめられない。一本の指で自殺までするというのは、どうもおかしい。何かあるのだ。何かこれには深いわけがあるのだ」

彼はまたすっかり楽しい穿鑿家《せんさくか》の気持に帰って、その指のミイラに拡大鏡を当てた。

「フーン、指紋もはっきり残っている。ひからびていてもこんなに太いのだから、女の指じゃないな。男だ。爪の様子なんかで見ると、どうやら若い男の指だ。人差指らしいな。

「よし、これはまたあとでゆっくり調べるとして……」

彼はそれを元のように丁寧に紙に包んで、実験台の抽斗《ひきだし》のなかへしまいこんだ。そして、またブラウズを調べはじめた。

「ずいぶんよごしたものだなあ。それに、ボロボロに破れている。これもずいぶん古いものだぞ。十年、いや二十年も昔に着たものかもしれない。おやッ、これは変だ。これはどうも絵具のよごれじゃない。妙にドス黒い気味のわるい色だ。ア、ここにも、こっちにも、方々に同じようなしみがついている。まるで赤味を失っているけれど、こいつは血のあとかもしれないぞ」

河津三郎は目の色を変えて舌なめずりをした。

「さア、やっと実験材料にありついたぞ。こいつは年代がたち過ぎているので、少し面倒だが、面倒なだけにひとしお楽しみが深いというものだ」

彼はまず実験台の上に試験用のガラス皿を三枚並べておいて、両手をこすりながら、いそいそと抽斗からピカピカ光る小型の鋏《はさみ》を取りだすと、ブラウズの斑点のもっとも大きそうなのを三カ所選《え》り出して、その部分の布《きれ》を一分か二分ほど、小さく切りとり、それを一つずつガラス皿の中に入れ、一方の薬品棚から、小さな紫色の瓶を取って、つぎつぎとガラス皿の中へ水滴《すいてき》を落とし、ピンセットの先で布切れをつつきはじめた。息を殺し、目をすえて、いつまでも辛抱強くつっついている。

じつに楽しそうだ。上手な料理人が、何かすばらしい料理をこしらえているというかっこうである。別の薬瓶が二つ三つと取りだされ、おのおののガラス皿に注がれた。そしてまたピンセットの先でチョイチョイとつつくのだ。

そんなことを幾度も繰り返してから、今度は顕微鏡《けんびきょう》によるスペクトラムの試験がはじまる。彼はさも楽しげに、かすかに口笛を吹きながら、あれこれとまめやかに試験の準備を終わって、熱心に顕微鏡をのぞきこむのであった。

「フーン、やっぱりそうだ。ヘモグロビンの吸収線がハッキリ現われている。もう疑いはない」

彼はやっと満足したように、両手をこすりながら肘掛椅子にもたれこんだ。

「さて、これが古い血痕だとすると、いったいどうして附着したものかな。動脈を切った返り血というほど多量でもないし、ああそうだ。この指の切り口から流れたんだ。それがこんなに方々に飛び散ったのだ。ちょうどそのくらいの分量とみていい。

「すると、やっぱり殺人は証明されないな。ハテナ、指を切ったということがわかっただけではいっこう意味がないが、こいつは困ったぞ。だが、どうやら指のミイラは、このブラウズを着ていたやつの指らしい。自分で切ったか、人に切られたか、いや、まさか自分で切ったのではあるまいが、その時の血が着ていたブラウズを染めたのだ。

「やっぱり、若い男という想像に一致する。油絵を習っていた若い男、美術学生かもしれない。ウン、まあそんなところだな」

独りうなずきながら、彼はまたブラウズをあちこちと調べはじめた。しかし、いくら調べても、もうそれ以上の発見はなかった。

「あの男は両手とも指はそろっていた。これはあの男のものじゃない。すると、あの男が、このブラウズの主を殺したとでもいうのかな。いやいや、そんなことをきめるわけにはいかない。何か深い事情があるのだ。想像もつかない秘密があるのだ。フフ、こいつはよほどの掘り出しものらしいぞ」

河津三郎は目を細くして、さも嬉しそうにつぶやくのであった。

赤い部屋

滑車と麻縄とブラウズと人差指のミイラという取りあわせには、なんともえたいの知れない不気味なものが感じられた。その四つのものが、何か恐ろしい秘密を語っているのだ。さア解いてくださいと素人探偵の前に身を投げだしているのだ。

河津三郎はその日一日、さまざまの想像説を組み立ててはこわすことを楽しんだが、どう考えてみても、真相をつかむためには、何かもっと別の材料が必要であった。いつまでも、この四つの品物とにらめっこしているよりは、もっとしなければならぬ大切なことがあるはずだった。

いったいあの男はどこに住んで、何をしていたのか。身寄りはないのか。友達はないのか。簡易旅館の宿帳に書いた住所姓名はでたらめなのか。それらのことをたしかめるのが、何よりも必要であった。

そこで、彼は名古屋の友達に速達の手紙を出して、中区古渡町二ノ五、亀井正信というものがはたして存在するかどうか、その家庭、職業、友人関係などを調査してくれるように頼んでやった。その友達は探偵という仕事に理解もあり興味も持っている男なので、こういう依頼はよろこんで引き受けてくれるにちがいなかった。

その日の夕刊には、五重の塔首吊り事件が大見出しで掲載された。死んだ男の身もとなどはまだ少しもわかっていなかったが、その自殺方法の奇抜さが、新聞記者を刺《し》戟《げき》したのであろう。内容の貧弱な記事を引きのばすようにして、どの夕刊にも四、五段の大見出しでのっていた。

「うまいうまい、これだけ大きく新聞に出たら、どこからか身もとがわかってくるにちがいない。明日の朝刊にはそれが発表されないともかぎらぬ。身もとさえわかればしめたものだ。俺はそこへ出かけていって、材料をつかめばいいのだ。フフフ、面白くなって来たぞ」

実験室の肘掛椅子にもたれて、夕食後の煙草を味わいながら、その夕刊を読んでいるところへ、書生の少年がはいって来て、来客を取りついだ。

「隠遁者《いんとんしゃ》の俺にお客様とは珍しいこともあるもんだな。いったいどんな人だね」

「洋装のお嬢さんです。美しい方です」

少年はちょっと顔を赤くして答えた。

「ヘエ、洋装のお嬢さん？　そいつはますます不思議だね。いいから書斎へ通しておきたまえ」

読みかけた夕刊の記事を読んでしまって、書斎へ行ってみると、何かハッとするような異様に美しい十八、九の娘さんが、幽霊のように青ざめて、部屋の隅に立っていた。

「どうなすったのです。お顔色がよくありませんが」

思わずたずねないではいられぬほどであった。

「先生、わたくし、恐ろしいのです。目に見えない奴につきまとわれているのです」

娘さんは挨拶《あいさつ》も何もしないで、救いを求めるように彼の方へ近づいて来た。

ピッタリ身についた黒っぽい洋装、しなしなとして今にもくずおれそうな肢体《したい》、紙のように青ざめているけれど、なんとも云えぬ美しい顔立ち。独身の青年素人探偵は、この意外の闖入者《ちんにゅうしゃ》にどぎまぎしないではいられなかった。

「あなたはいったいどなたですか。僕は河津ですが、人違いじゃありませんか」

「いいえ、お目にかかったことはありませんけれど、或《あ》る事情で先生のことはよく存じております。先生のほかにおすがりする方はないのです。先生、どうか……」

また二、三歩よろよろと歩いたかと思うと、とつぜん、アッと声を立てて、胸を押さえたままそこにうずくまってしまった。

「どうなすったのです」

驚いてかけより、肩に手を当てると、美しい人はまるでおこりにでもかかったように、ブルブルとふるえていた。

「すみません。とつぜんおじゃまして、こんなことになって……」

「ご病気ですか。どこが苦しいのですか」

「胸が、心臓が弱いものですから……」

胸を押さえてえびのようにうつむいたまま、かすかに答える。

「それはいけませんね。医者を呼びましょう。静かにしていらっしゃい」

あわてて電話をかけようとすると、娘さんはそれを押しとどめるように、

「いいえ、お医者さまよりも、わたし、家へ帰ればよくなると思いますから、すみませんけれど、表にいる自動車の運転手を呼んで下さいませんでしょうか」

というのである。

口ぶりでは自家用の車らしいので、それなればと、運転手を呼びいれて、娘さんを自動車まで連れて行かせることにしたが、しかし、いくら未知の人でも、急病のかよ

わい娘さんを、運転手だけにまかせておくわけにはいかぬ。

運転手に住所を尋ねてみると、渋谷区《しぶやく》のさして遠くない場所とわかったので、

「じゃ、僕もお宅までお送りしましょう。途中が、心配ですから……」

というと、娘さんは辞退しないで、

「ええ、どうかお願いします。わたし、一人では恐ろしくって……」

と、何者かの襲撃を恐れているらしい様子である。いよいよほうってはおけない。それに、河津三郎は、この娘さんになんとなくひきつけられていた。病気と恐怖のために、見るかげもなく青ざめてはいたけれど、その顔立ちは、彼のもっとも好きな型で、しかも、その型の最上に属するものであった。

間もなく、彼は美しい人を抱くようにして、自動車のクッションにもたれていた。大型の立派な車であった。カーヴするたびに、バウンドの柔らかさが、こころよく感じられた。車と云い、服装と云い、この娘さんは、よほど富裕な家の人にちがいない。

途中別段のこともなく、やがて、車は淋しい屋敷町の立派な門の中へすべりこんでいた。

出迎えた三人の女中に、事の次第を語って、そのまま帰ろうとすると、娘さんはどうしても部屋へ通ってくれといって聞かなかった。女中たちも熱心に引きとめた。

三人の女中に手をとられ、腰を押されるような感じで、いつのまにか靴をぬぎ、廊下を歩いていた。そして、通されたのは、一種異様の飾りつけをした洋室であった。カーテンはまっ赤なビロードであった。壁にも赤いラシャが張りつめてあった。じゅうたんもまっ赤であった。そのうえ、椅子もソファも赤いビロードで張ってあった。真紅《しんく》の部屋である。さすが好事家の河津三郎も、こんな思いきった装飾の部屋は、かつて見たことがなかった。

夢のように、その大きな、赤い肘掛椅子に腰かけさせられていた。

娘さんは女中たちに介抱《かいほう》されて、その前の赤い長椅子に上半身を横たえていた。女中たちが立ち去ってしまうと、赤い部屋には、素人探偵河津三郎と、その奇妙な美しい依頼者と、ただ二人が取り残された。

「ご気分はどうですか」

黙っているわけにもいかぬので、たずねてみると、娘さんは、

「ええ、おかげさまで……」

と、甘い声で答えて、ばらのように美しく笑った。いつのまにか、顔色がすっかりよくなって、眉のしわもとれていた。もうどこにも病人らしい面影はなかった。いや、そればかりではない。さいぜんまであんなに恐れおののいていた恐怖の表情が、あとか

たもなく消え去っていた。

赤い部屋の赤い光は、娘さんを絵のように美しく見せた。この世のほかの幻想の国に、桃色の雲に包まれて、天女と遊んでいるような気持であった。

「先生、どうしてそんなお顔をなすってるの？　おかしいわ。ホホホホホ」

大きなばらは、面食らった素人探偵を揶揄《やゆ》するかのように、美しい声で、あでやかに笑うのであった。

黒猫の眼

河津は面食らって、口もきけなかった。

「先生、じつは病気なんてうそですのよ。ホホホホホ、ごめんなさいね。あたし、先生に折り入ってお願いがありますの。そのお話がしたかったものですから、あんなお芝居で、先生の誘拐《ゆうかい》をたくらみましたのよ」

ばらのような娘さんは、さも無邪気に云って、また溶けるように笑うのであった。

「じゃ、誰かにつきまとわれているというのも、嘘《うそ》だったのですか」

河津は相手が相手なので、怒るわけにもゆかず、中途半端な調子で聞きかえした。

「ええ、嘘よ」

美しい娘さんは子供のように笑った。

「先生、お怒りになって？」

「面食らっているばかりです。で、僕にどういうご用がおありになるのですか」

素人探偵は少し用心しはじめていた。これには何か深い仔細があるなと、やっとそこへ気づきはじめていた。

「お友達になって下さいません？」

彼女は赤い長椅子の上で、全身の嬌羞《きょうしゅう》を見せて、まるで恋をささやきでもするような調子でいった。

「お友達に？」

河津はまたしても相手の不意を突く話術に面食らわないではいられなかった。

「ええ」

女はうなだれるようにうなずいてみせた。

「それは、お友達になってもいいですが、しかし、どういう意味なのです。なぜなのです」

「お願いが聞いてほしいからですの」

うなだれたまま、ささやくような低い声で答えた。

「おっしゃってごらんなさい。どんなことですか」

「でも……」

彼女はようやく顔をあげて、恥じらい甘える目で、じっと男の顔を見つめた。

「お友達でなければいえないことですわ」

河津は今にも溺《おぼ》れそうになるのを感じた。用心しなければいけないと、どこかで強くささやく声が聞こえた。

「僕にできることなら、してあげますから、それをいってごらんなさい」

「ほんとう?」

「ええ」

「じゃ、思いきって云いますわ。あのう……あたし、先生の秘密を知っていますのよ」

「エッ! 秘密って?」

またしても、ギョッとさせられた。

「ええ、世界じゅうで、先生とあたしだけしか知らない秘密ですの」

気のせいか、女の顔が青ざめたように見えた。何かしら真剣な意気ごみが感じられた。

「あたし、先生が昨日の晩、上野公園にいらしったこと、知っていますのよ」

河津は思わず椅子から立ちあがりそうになった。不意を打たれて、顔色が変わるのを隠すことができなかった。

「先生があの男を尾行していらしった。その先生をまた尾行していた者がありますの。お気づきにならなかったでしょう」

それは責める口調ではなくて、おたがいに弱味を持っているのだから、仲よしになりましょうといわぬばかりの、甘えるような調子であった。

「先生、あたし、あの鞄がほしいのです。ねえ、先生、一生のお願いです。あの鞄の中身をソックリ私に譲って下さいません？　……あたし、どんなことでもします。どんな代価でも払います」

女は哀願するように、じっと素人探偵を見つめた。その切願の情がビリビリとこちらへひびいて来るようにさえ感じられた。

河津は気持を静めるのに、しばらく手間どったが、やがて平静を取りかえすと、わざと冷淡な調子で反問した。

「どうしてですか。どうしてあの鞄がそんなにほしいのです」

女はだまって、河津の心の中を探ろうとするように、じっとその顔を見つめていた。

急には返事をしなかった。

そのにらみ合いのさ中に、まっ赤なじゅうたんの上を、黒い一物が、音もなくスーッとこちらへ近づいて来るのが見えた。

一匹の大きな黒猫であった。

黒猫は少しの物音も立てないで、長椅子の女の膝《ひざ》の横へ飛びあがり、主人を守護するかのように、そこにうずくまった。

何かまがまがしい感じであった。何者かの生霊《いきりょう》が、黒猫の姿となって、そこへ忍びこんできたのではないかとさえ疑われた。

黒猫は長椅子の上にうずくまると、まるで彫刻のように微動もしないで、まっ正面から、じっと河津の顔を見つめた。糸のように細くしたまぶたのあいだから、燐光《りんこう》を放つ瞳が、鋭い刃物のように光って見えた。

白いうなじを見せてうなだれた女と、大きな黒猫との対照が、何かしら妖気《ようき》を感じさせた。部屋全体が夢幻《むげん》の世界に変じてゆくように思われた。

「そのわけは、或る事情があって、言えませんの。でも、どうしても、あれがほしいのです」

女はうなだれたまま、ささやくようにいった。その声も姿も、あらゆる意味の無抵抗を示していた。

　部屋のまっ赤な色彩と、徐々に強くなってくる香料の匂いとが、河津の脳細胞をしびれさせ、ズルズルとあたたかい靄《もや》の中へ引きこまれてゆくような気がした。

　悪夢を払いのけるのに渾身《こんしん》の力をふるわねばならなかった。今にもくずおれそうになるわが心と戦うのに長いあいだかかった。

「僕はこれでお暇《いとま》しましょう。残念ですが、あなたの申し出に応じるわけにはいきません」

　やっと理性が勝ちを占めた。河津は目の前のあやしく美しいものを恐れるように、もう椅子から立ちあがっていた。

「ああ……」

　予想を裏切られた女は、ハッとしたように立ちあがって、河津の腕にすがった。

「いけません。お帰りになってはいけません。あなたは、これほどお願いしているのが、おわかりにならないのですか」

　早口にいって、恨めしげにうるんだ目で、じっと男の顔を見あげた。

　河津はその視線をまともに受けることはできなかった。怖いもののように顔をそらした。だが、腕には女の手がまといついている。彼はそれを払いのけるのに、非常な苦痛を忍ばなければならなかった。

「僕はそういう取引を好まないのです。離して下さい」

自分自身の心にも云い聞かせるように、つッけんどんにいって、腕をふり離すと、思わず力がはいりすぎて、女はよろよろと倒れそうになった。

だが、河津はわざとそれを顧《かえり》みもせず、ドアの方へ急いだ。

「お待ちなさい」

背中からおそいかかるように、鋭い女の声が聞こえた。その声には、何かただならぬひびきがこもっていたので、河津も振りむかないわけにはいかなかった。

女は部屋の隅に立って、紙のように青ざめた顔で、こちらをにらみつけていた。

「これでも、お帰りになりますの」

右手に短刀が光っていた。そして、その足もとには、いつのまにか、あの黒猫が背中を弓のようにして、金色《こんじき》の目でこちらを見つめていた。

河津はギョッとして立ちすくまないではいられなかった。少しのあいだ、二人とも物もいわず身動きもしないにらみ合いがつづいた。

「僕を殺そうというのですか」

強いて落ちつきを見せて、詰問した。

「いいえ、恥かしいのです。あたしの美しさを信じすぎていたのが恥かしいのです」

女のまっ青な顔に涙が流れていた。それが電燈の光をうけて、キラキラと光ってみえた。

短刀を持つ手が、ワナワナふるえながら、徐々に上へあがって行った。河津を刺すのではない。彼女自身の胸を刺そうとしているのだ。

素人探偵は、この二十歳にもたらぬ美少女の、千変万化の戦略に驚嘆してしまった。最後の手段は生命であった。生命を投げ出しても、あの不思議な鞄の中のものを手に入れようとしているのだ。

おどかしかとも思ったが、女の真剣な表情と涙を見ると、必ずそうともきめられなかった。何にしても、その短刀を奪い取るほかはない。

河津は物をもいわず、鉄砲玉のように、相手に飛びかかっていった。

格闘は一分間もつづかなかった。女も烈しく抵抗したけれど、男の力には敵《かな》うはずがなく、たちまちそこへ組み伏せられ、短刀を奪われてしまった。

組み伏せられたまま、失神《しっしん》したようになっている女の処置に困って、むなしく部屋の中を見まわしていると、とつぜん、ドアがあいて、背広を着た中年の紳士がはいって来た。

「何をするかッ」

紳士は部屋の様子を一《ひ》目《め》見ると、当然誤解して、恐ろしい剣幕でどなりつけた。

「あなたは、この家の方ですか」

河津はとっさにその紳士を娘の父ではないかと察して、おだやかに聞き返した。

「そうじゃ。ここのあるじです。女中たちの話では、あんたは娘を送って来てくれたのだそうだが、いったい娘をどうしようというのです」

「いや、僕がどうこうしようとしたわけじゃありません。お嬢さんがとつぜん、自殺をなさろうとするので、お止めしたまでです」

河津は今奪い取った短刀を示して、さいぜんからのことを、手短に説明した。

主人はそれを聞くと、しきりに誤解を詫《わ》びて、

「しょうがないやつだ。また病気を起こしたんだな」

と、妙なことをつぶやいて、娘のそばへより、抱き起こそうとしたが、彼女は嘘かほんとうか、気を失ったように、身動きもしなかった。

「お嬢さんは、あの首吊り男の持っていた鞄を渡せといって、僕をお責めになったのですが、いったい、これはどういう意味なのでしょう。あの自殺者はお宅に何か関係があるのですか」

今度は河津の方が詰問する番であった。

「いや、いや、そうじゃありませんよ」

主人は何か合図でもするような目くばせをして、ニヤニヤと妙な笑い方をした。

「これは少し病気なのです。よくこんな不始末《ふしまつ》をしでかしますので、家の者に、かたく外出させないように申しつけておくのですが、いつの間に抜けだしたのか……この短刀も、どこから手に入れたのか、わたしはこれがこんな危険なものを持っているなんて、少しも知らなかったのですよ。

「いや、とんだ目におあわせして、なんとも恐縮です。いずれ改めてお詫びにうかがいます。今日はこれで、お引き取り下さい。なに、娘のことはご心配に及びません。こんな発作はときどき起こすのです」

主人は家庭の秘密を他人に見られたことを、ひどく困惑している様子で、言葉もしどろもどろに、わびごとをいうのであった。

では、この娘さんは精神病者だったのか。とっぴな部屋の飾りつけと云い、さいぜんからの非常識な挙動と云い、精神病者と聞いてみれば、いちいちうなずくことができた。

河津三郎は、まるで狐《きつね》につままれたような気持であった。まだどこか腑に落ちないところもあったけれど、気違いに引きずりまわされて、あんなに真剣になっていたかと思うと、妙に気恥かしくなって、その場に居たたまれない感じであった。

主人の方でも、ひどく気まずそうに、女中を呼んで自動車の用意を命じたりして、早く立ち去れがしの様子を見せるので、ほとんど話らしい話もせず、暇をつげることになった。

「いずれ後日お詫びに出ますが、どうか今夜のことはご内密に……」

主人は河津を玄関に送りだして、また例の妙なニヤニヤ笑いをしながら、幾度も頭をさげた。

窓の顔

河津三郎はまったく狐につままれた気持で、自動車に乗ったが、考えてみると、おかしなことに、まだあの娘さんの名も知らなければ、その父親が、どういう境遇の人かもわかっていないことに気づいて、苦笑しないではいられなかった。日ごろの河津にもない、何から何までヘマなことばかりであった。

幸い、その自動車は自家用車でなくて、近所のガレージの車だったので、運転手に話しかけて、それとなく聞いてみると、あの家《うち》の主人公は、進藤健三《しんどうけんぞう》といって、日本橋の有名な洋品雑貨問屋進藤合名会社の社長であることがわかった。

夫人は二年前に亡くなって、今では一人娘の礼子《れいこ》と二人だけの淋しい家庭だということであった。その礼子のことを、いろいろとたずねてみたが、運転手はあの美しい娘さんが精神病だとは少しも気づいていない様子であった。

河津は家に帰ると、実験室にとじこもって、今夜のえたいの知れない出来事について、あれこれと考えめぐらしてみたが、考えれば考えるほど、妙な気持になるばかりで、ハッキリした判断を下すことができなかった。

「第一に不思議なのは、あの娘が、昨夜の俺の行動をどうして知っていたかということだ。鞄を手に入れたことまでつきとめているのだから、誰かが俺のあとをつけて、何もかも見ていたと考えるほかはない。そいつが、あの娘さんにしゃべったと考えるほかはない」

まさか、礼子というあの若い美しい娘さんが、自身で河津のあとをつけたとは想像できなかった。

「俺のまだ知らないもう一人のやつがいるのだ。そいつが蔭であの娘を操っているのかもしれない」

この想像には何かしらゾーッとするようなものが含まれていた。

「それにあの娘はほんとうに精神病者かどうかも疑わしい。なるほど、云ったりしたりすることは突飛《とっぴ》だったけれど、鞄を手に入れるために打った芝居は、なかなか頭がよくて、どうして気違いどころではない」

「もし精神病者でないとすると、あの父親の進藤はヌケヌケと嘘をついて、俺を追い帰したことになるが、すると、進藤もグルなのかしら。いや、グルというより、あの父親こそ張本人《ちょうほんにん》かもしれないぞ」

「では、いったい進藤一家は、首吊り男とどんな関係があるのだろう。なぜそうまでして鞄を手に入れたがっているのだろう」

河津三郎の推理は、そこでパッタリ行きづまってしまった。どう考えてみても、進藤合名会社の社長ともあろう人が、またその娘さんが、あのみすぼらしい男とかかり合いがあろうとは想像できなかった。

「やっぱり父親は何も関係のない、娘だけの秘密かもしれぬ。するともう一人のやつだ。あの娘の蔭に、俺には想像もつかない変てこなやつが隠れているのかもしれない。

「フフン、だんだんおもしろくなってきたぞ。よし、これから一つ、あの進藤一家の内情を探ってみることにしよう」

実験室の椅子に腰かけ、空《くう》を見ながら、夢中で自問自答していたが、ふと気づくと、焦点の合わぬ視野の中に、何かしら見慣れぬ一物が映っていた。大きな黒い斑点のようなものであった。

変だなと思って、あわてて目の焦点を合わせて見ると、向こうの棚の、顕微鏡のそばに、大きなまっ黒な猫が、丸くうずくまって、金色の目でじっとこちらを見つめていた。

窓もあいていないのに、どこから忍びこんだのかしら、見ていると、その猫にはどうやら見覚えがあった。大きさと云い、全身の闇のような黒さと云い、あの進藤礼子のソファにうずくまっていた奴とそっくりなのだ。

河津はそこまで考えると、スーッと背筋がつめたくなった。なんとも知れぬ妖気のようなものが、部屋いっぱいにただよいはじめるのを感じた。

じっとにらみつけても、相手は少しもひるまなかった。金色の瞳は河津の目の奥をひたと見つめて、刻一刻その底光を増して来るように思われた。

河津はその不気味さにたえられなくなって、思わず椅子から立ちあがり、大声を立てて追い払おうとしたが、黒猫は落ちつきすまして身動きさえしなかった。

河津はもう気違いのようになって、いきなり机の上の鉛《なまり》の文鎮《ぶんちん》を取りあげると、烈しい勢いで猫をめがけて投げつけた。

ガラガラと物の割れる音がした。だが、猫はその一瞬前に棚から飛び降りていた。そして、まるで吹きすぎる風のように、目にもとまらぬ早さで、部屋を横切り、ドアの外の廊下へ姿を消してしまった。

すぐ廊下へ出て、その辺を探してみたが、妖術を使いでもしたように、黒い影はもうどこにもなかった。

「なんですか、今の音?」

島木《しまき》少年が書生部屋から出てきて、けげんらしく河津の顔を見た。

「猫が実験室へはいっていたのだよ。まっ黒な大きなやつだ。そっちへ逃げたのだが、君、気がつかなかったかい」

「いいえ、どこからはいったんでしょう。先生のお留守中は実験室のドアも窓もちゃんとしめておいたのですが」

少年は河津の青ざめた顔から、何か仔細があるらしいと読んだのか、真剣になって、部屋部屋を探しまわったが、やはり何も見つけることはできなかった。

河津はなんとなく不安であった。

「あの黒猫は進藤の家から、俺といっしょに自動車に乗って来たのかもしれない。自動車のクッションの隅っこにじっと隠れていて、俺が降りるといっしょに、ノコノコついて来たのかもしれない」

そう考えるとひどく不気味であった。

「あの気違い娘と、黒猫とは、何か共通の魂を持っているような気がする。娘の魂が猫に移っているのか、それとも猫の魂が娘に移っているのか……」

猫は主人の心持を察して、河津のその後の行動を見とどけるために、彼を尾行して来たのではないか。そして、今ごろはあの気違い娘の赤い部屋に帰って、ヒソヒソと猫の言葉で報告しているのではないかとさえ幻想された。

その翌日、河津は終日、進藤家の内情を探るためについやした。日本橋の進藤合名会社へも行ってみた。その取引先を訪ねて調べてもみた。また渋谷の邸《やしき》の附近を歩きまわって、出入りの商人などにいろいろと尋ねてもみた。しかし、終日の努力にもかかわらず、ほどんどこれという収穫はなかった。

進藤健三氏は静岡県《しずおかけん》の出身で、一代に産を成した人であること、資産百万といわれていること、亡くなったもと子という夫人は、郷里の豪農《ごうのう》の娘であったこと、夫婦仲は非常に円満であったが、子供には恵まれず、娘の礼子が一粒種《ひとつぶだね》であること、礼子は評判の美人だけれど、どこかしら変わりもので友達も少なく、婚約者というようなものも、まだきまっていないらしいことなどがわかったばかりであった。礼子が精神病者かどうか、彼女に恋人があるかどうかという二つの点は、もっとも熱心に探りだそうとしたのだが、誰もそれにハッキリ答え得るものはなかった。進藤家の主治医の病院も訪ねてみたけれど、その博士は医師の道徳を固く守って、患家《かんか》の噂話《うわさばなし》などは口にしようともしなかった。

さてその晩のことである。

河津三郎は、終日の奔走《ほんそう》に疲れて、十時ごろベッドにはいると、何を考えるまもなく、寝入ってしまったが、真夜中ごろ、何かしらかすかな物音を聞いて、ふと目を覚ました。

今のは夢だったのかしらと、あたりを見まわしていると、またキキと物のきしる音がした。彼は首をもたげて、音のしたと思われる方角を眺めやった。枕もとのスタンドの淡い電燈だけにしてあるので、部屋の中が霧のようにおぼろにかすんで、物の姿もハッキリとは見わけられなかったが、庭に面した窓のブラインドの下が、一、三寸あいているのが気になった。

昨夜は疲れていたので、ブラインドもしっかりおろさなかったのかしらと考えながら、その向こうに見えている窓ガラスに目をそそぐと、ガラスの向こう側の闇の中に、なんだか妙なものがあった。

ハッとして、ベッドに起きなおると同時に、そのものは消えさってしまったが、たしかに人間の顔であった。ギラギラと異様に光る、大きな二つ目が、ガラス板に頬をくっつけるようにして、室内をのぞきこんでいた。

一瞬間に消えてしまったうえに、ブラインドの隙間が狭いので、目と鼻の上部だけしか見えず、誰の顔とも想像することはできなかったが、人間の顔にはまちがいなかった。

「誰だ、そこにいるのは」

河津は大声に叫んで窓にかけつけると、ブラインドを引きあげ、ガラス戸を開いて闇の庭をのぞいた。

庭はまっ暗であった。室内のスタンドの余光がボンヤリと窓の附近を明るくしているばかりで、その向こうの植込みのあたりは、墨《すみ》のような闇であった。泥棒かもしれない。だが、どうもただの泥棒ではなさそうだ。時計を見ると、二時であった。

彼は箪笥《たんす》の上の懐中電燈を取ると、スイッチを入れて、寝間着のまま、いきなり窓の外へ飛びだしていった。

広い庭には手いれもしない樹木が茂っていた。その木立のあいだを、懐中電燈を照らしながら、あちこちと歩いていると、どこからともなく低い笑い声が聞こえて来た。なんともいえぬいやな笑い声であった。あざけるような、おどしつけるようなひびきを持った、異様に執拗《しつよう》な、地の底からのような声であった。

さすがの素人探偵も、その陰気な笑い声には、ゾーッと肌寒くなる思いがしたが、同時にまた、狂気のような敵愾心《てきがいしん》がムラムラと湧きあがってくるのを感じた。

彼は危険を忘れて、声のする方へ近づいていった。

そこは木立の奥のジメジメした塀ぎわであった。雑草が露《つゆ》を含んで、気味わるく足にからんだ。その雑草の中を懐中電燈で隈《くま》なく照らして見たが、うずくまっている人の姿などは見えなかった。

あの声はたしかにこの辺から聞こえて来たがと思いながら、しばらくたたずんでいると、またしても同じ笑い声が、すぐ身近から陰々《いんいん》としてひびいて来た。ギョッとして、思わず懐中電燈をめちゃくちゃに振り照らしたが、すると、その丸い光が、上の方をかすめた時、そこの高い黒板塀の頂上に物の姿が照らし出された。

黒猫であった。

あの見覚えのある大きな黒猫が、背中を弓のようにして、闇の空に突っ立っていた。懐中電燈の光を恐れる気色《けしき》もなく、金色に光るまん丸な目で、ジッとこちらを見つめていた。

笑い声はまだつづいている。まるで、その黒猫が人間の声で笑ってでもいるように、ちょうどその方角から、陰々としてひびいてくるのだ。

怪紳士

猫が笑うはずはない。そのかげに人間がいるのだ。どうやら笑い声は塀の外かららしく思われる。

河津はもう我慢ができなかった。人を小馬鹿《こばか》にした陰気な笑い声が、いよいよ彼を半狂乱にした。何を考える余裕もなく、彼はいきなり塀の方へ突進して行った。

その物音に、塀の上の黒猫は、たちまちサッと姿を消してしまった。

「ウヌ逃がすものか」

河津は塀によじのぼって、なんなく、外の道路へ飛びおりた。

ズッと生垣ばかりつづいた淋しい暗い町だ。淡い街燈にすかして見ると、二十間《けん》ほどむこうを、走って行く黒い人影があった。頭からスッポリとマントのようなものをかぶって、物の怪のように走って行く。さっき窓から覗いていたやつにちがいない。

「あれが礼子だろうか」

河津は何かギョッとするようなものを感じた。黒猫の出現が礼子を暗示していたけれど、曲者《くせもの》の後ろ姿はどうしても若い娘とは見えなかった。頑丈な男だ。礼子があんなに肥っているはずはない。それに、さっき窓からのぞいていた顔も、目ばかりしか見えなかったけれど、あれはどうも礼子の目ではなかった。

だが、あの恐ろしい目が、あの肥った後ろ姿が、もしかしたら礼子のもう一つの姿なのではあるまいか。彼女はそういう変身の妖術を心得ているのではあるまいか。

真夜中の暗闇が、そして、その闇をヒョロヒョロと走っていく、マントをかぶった妙な影法師が、河津の常識をゆがめた。何かしらそこには、さいぜんの夢のつづきのお化けの世界のようなものが感じられた。

彼は夢の中でのように走った。足が地に着いているという意識がなく、闇の中を、重量を失った人魂《ひとだま》のように、マントの怪物を追って走った。

町角を曲がり曲がり、四、五丁も走ったであろうか。だが、彼と怪物との距離はへだたってゆくばかりであった。そして、とうとう、その姿を見失ってしまった。さいぜん黒猫が消えたように、マントの怪物も、闇の中へとけこんでしまった。或る町角で姿を見失ってからは、いくらそのへんをグルグル歩きまわっても、もう怪物に再会することはできなかった。

「おや、変だぞ。俺がこんなところでウロウロしている間に、あいつは別の道から俺の家へ引っ返しているのじゃないかしら。そして、あいつが今夜、忍びこんだ目的のものを俺の部屋から盗み出しているのじゃあるまいか」

河津はふとそこに気づいて、ドキンとした。曲者の目ざすものがなんであるかはいうまでもない。亀井の鞄だ。その中の人差指と血のついたブラウズなどだ。

彼は人なき生垣道を、息せき切って引っ返した。そして、今度は表門をたたいて、書生の島木をおこし、戸をあけさせて、実験室へかけこんだ。

鞄は棚の上にあった。中のものも失われていなかった。曲者はあのまま逃げてしまったのだ。さすがに引っ返して来るほど向こうみずではなかったのだ。

河津はその鞄を抱いて、ふたたびベッドに横たわった。そして、鞄のさげ革を握ったまま、睡りについた。

その翌日は、少し遅い朝食をすませると、自動車を雇って、鞄をかかえて外出した。行く先は日本橋のM銀行本店の地下室であった。そこの保護預かりの貸し金庫をかりるためである。河津の家には金庫のそなえもなかったし、いくら厳重にしても、この大切な証拠品を自宅へおくのは危険に感じられたからだ。

M銀行に着くと、金庫をかりる契約をすませて、係り員の案内で地下室へおりていった。いかめしい金庫室の中の廊下には、左右に大小数百の鋼鉄の扉が整然とならんでいた。大きい貸金庫はひらき戸、小さいのは抽斗になっていた。それに一つずつ鍵の形のことなる錠前がついているのだ。

係り員が鋼鉄の開き戸の一つを開いてくれた。河津はかかえていた小鞄をその中におさめて、自分で鍵をかけ、その鍵をポケットのがま口の中へいれたが、ふと気がつくと、金庫室の入口の方に人声がした。やはり金庫を借りる客らしく、立派な洋服の紳士が、案内の係り員になにか話しながら、こちらへ歩いてくる。顔の下半面はきれいに手いれした頰髭《ほおひげ》でうずまっている。そのうえ目が悪いとみえて、大きな黒眼鏡《くろめがね》をかけているので、一目《ひとめ》みたら忘れられないような特徴のある風采《ふうさい》であった。年のころは五十歳ぐらいに見えた。

その紳士が黒い眼鏡の中から、じっと河津を見ているような気がした。気のせいかもしれない。だが、なんとなくそんなふうに感じられた。必要以上にこちらを見つめているように感じられた。

河津は用事もすんだので、そのまま金庫室を出たが、細い通路で、その紳士と肩をふれんばかりにすれちがう時、紳士が白い歯をみせて、ニヤッと笑いかけた。

「大切なものを隠しておくのは、ここに限りますね」

河津は、ギョッとして立ちどまったが、紳士はべつに彼に話しかけたのではないらしく、そのまま奥の方へ歩いて行く。案内に立っている係り員にいったのであろうか。それにしては、河津の顔を見て笑ったのが腑に落ちぬ。

だが、いつまでも立ちどまっているわけにもいかぬので、そのまま階段をのぼって、係り員に別れ、銀行の外に出たが、なぜか黒眼鏡の紳士が気になってしかたがなかった。

「変なやつだなあ。なぜあんなに俺の顔を見ていたんだろう。そして、大切な物を隠しておくんだろうといわぬばかりの、あてこすりのようなことをいった。隠しておくなんて、普通の場合口にすべき言葉じゃない。あてこすりにちがいない。それとも、あの男も何か後ろ暗い品物を隠しに来たとでもいうのだろうか」

河津は銀行の石段をおりながらまたしても奇妙な夢でも見ているような変な気持になった。

尾行者

それから二日間は別段のこともなく過ぎ去った。河津はそのあいだもあらゆる方角から、進藤礼子一家の調査をこころみたが、これという収穫もなかった。礼子が精神病者だということを知った者は誰もなかったし、彼女の恋人も判明しなかった。

ところが、首吊り事件後五日目の早朝、別の方面から、耳よりな報告に接した。河津が事件の翌日、名古屋市の友人に、自殺者亀井の住所を調べてくれるよう依頼状を出したことはさきに記したが、その返事が来たのである。

その大要、

「御依頼の件、当市古渡町二丁目五番地を調べたが、亀井正信というものは、この十年来同番地に居住した形跡がない、おそらく偽名《ぎめい》であったのだろう。しかし、なお附近を聞きまわっているうちに、同町一丁目二十五番地に、七年ほど前、鶴田正雄《つるたまさお》というものが住んでいたことが分かった。亀井正信、鶴田正雄、どことなく似ているではないか、鶴と亀、井と田、信と雄、すべてが連想しやすい文字だし、正の字は全く一致している。鶴田正雄が宿帳に変名をかく時、亀井正信とはいかにも心にうかびそうな名前ではないか。丁目と番地も変えてあるが、五番地と二十五番地、やはり五の字に馬脚《ばきゃく》をあらわしている。

鶴田の家は三間《みま》ばかりの小さな長屋であった。そこに今でも鶴田の妻であった近藤《こんどう》という三十四、五歳の婦人が住んでいるので、直接その婦人にたずねてみたのだが、すると、耳よりな事実が判明した。

鶴田正雄は七年ほど前、これという理由もなく家出をしたまま、その後まったく行方不明になっているのだ。警察にも頼んで探してもらったが、どうしてもわからないというのだ。

正雄の風采を聞いてみると、全く(注3)貴翰《きかん》の人相書《にんそうがき》に符合する。もう疑うところはない。亀井は鶴田なのだ。七年前行方不明になった鶴田こそ、その人物なのだ。

近藤八重子《やえこ》の家族は、八重子の母の六十何歳の老婆と、正雄との間にできた八歳の男児の三人ぐらしで、八重子が家政婦をつとめて、一家をささえているらしい。

さしつかえなかったら、すぐこちらへやって来ないか。君自身八重子に会ってくわしく調べてみる値打《ねうち》充分と思う」

その友達には、亀井が五重の塔の首吊り男だということは打ちあけてないので、近藤八重子がそのことを感づくはずはなく、行方不明の夫が東京で首を吊ったなどとはまったく知らないでいるにちがいない。

河津はこの吉報を読んで小おどりした。

「うまいぞ、あいつなかなか機敏にやってくれたな。よしッ、すぐ出発だ。朝の特急に間に合うだろう」

彼は島木少年を呼んで、旅行のことを告げ、名古屋の友人に電報を打たせ、身支度もそこそこに、車を飛ばして、午前九時発の特急に乗りこむことができた。

河津は名古屋のことばかり考えていて、身辺が少しお留守になっていた。車が家を出るとまもなく、どこからか一台の自動車があらわれて、彼のあとを追って来たのを、少しも気づかなかった。

駅に着いて、彼が車をおりると、尾行の車からも一人の紳士がおり立った。鼠色《ねずみいろ》の合《あい》オーバを着た小肥りの老紳士、きれいに手いれをした頰鬚、黒玉のロイド眼鏡、M銀行の地下金庫室で河津を見つめていた、あの異様な紳士であった。

紳士は河津の影身《かげみ》にそうようにして、河津が切符を買えば、彼も切符を買い、改札口も四、五間あとから出て、プラット・フォームの人ごみに身を隠すようにしながら、河津が乗った二等車のすぐうしろの二等車にすべりこんだ。

そして、名古屋までの五時間あまり、怪紳士は絶えず前の箱の河津の挙動に注意をおこたらなかった。汽車が停車駅に近づいて、速度がにぶくなるごとに、彼は洗面所へでも行くようなふうをして席を立ち、前の車とのあいだのデッキに出て、ガラス戸越しに、じっと河津の様子を見まもるのであった。

河津はそれを少しも知らなかった。ただ汽車の進む前方へのみ気をとられて、近藤八重子という女に会うことばかり考えて、身辺には少しも気をくばっていなかった。

長い五時間がやっと過ぎて、午後二時何分、列車は名古屋駅にすべりこんだ。河津は待ちかねたように席を立って、プラット・フォームへおり立ったが、あとの箱の怪紳士はもっとす早かった。彼は河津がこの駅に下車するとさとると、まだ車がよく停まらぬうちに飛びおりて、地下道へかけこんでいった。そして、河津の先へ先へと廻り、改札口を出て、あの白い大円柱《だいえんちゅう》の立ち並んだ名古屋駅の構内を、森の中でかくれん坊でもしているように、円柱の蔭から円柱の蔭へとわたり歩き、その蔭にたたずんでは、うしろから近づいて来る河津を待ちうけるのであった。

それとも知らぬ河津は、一直線に円柱のあいだを歩いて、駅の出口の自動車乗場へ近づいていったが、すると、そこに電報で知らせておいた友達が待っていた。それは河津と同年配《どうねんぱい》の青年紳士である。

「ここだ、ここだ、自動車が待たせてあるから……」

「ああ、三島《みしま》君、いろいろありがとう」

河津は友達に近づいて感謝の笑顔をみせた。

「一度宿へ落ちつくかい。それとも、これからすぐに古渡町へ行ってみるか」

「ウン、すぐに行こう。だが、その女は今家にいるかしら」

河津はせっかちであった。

「いなければ、行き先をたずねて呼びだせばいい。家政婦なんだからね」

二人はそんなことを急《いそ》がしく云いかわして、そのまま待たせてある自動車に乗りこんだが、円柱の蔭の黒眼鏡の紳士は、その会話を一言も聞きもらすまいと、じっと聞き耳を立てていた。そして、二人が自動車に乗りこんだとみるや、飛鳥《ひちょう》のようにかくれ場所を飛びだして、そこに客待ちしていたタクシーに乗り、二人の車を尾行するように命じるのであった。

首吊り男の妻

それから一時間ほどのち、古渡町からほど遠からぬ三笑《さんしょう》という料理店の離れ座敷に、鎌倉塗りの食卓をはさんで、河津三郎と一人のつつましやかな中年婦人とが相対していた。

婦人はいうまでもなく首吊り男の妻とおぼしき近藤八重子であった。河津は友人の三島と一緒にその家をおとずれて、重大な用件があるからと、ちょうど在宅した八重子をこの料理店にさそい出したのであるが、二十五番地の家というのはじつに見すぼらしい裏長屋で、近藤一家の貧窮《ひんきゅう》のほども推察されたが、それにしては、八重子はなかなか身だしなみのよい女とみえ、小ざっぱりした銘仙《めいせん》の外出着を着て、つつましく河津の車に同乗したのであった。

河津は今彼の調べているのが、東京の新聞を賑わしている首吊り男の事件だということを、友達の三島にさえ知られたくなかったので、三島とは再会を約して途中で別れ、八重子とただ二人この家へ来たのである。

「さきほど、鶴田正雄の行方をご承知のようにおっしゃいましたが、それはほんとうでございましょうか」

八重子は膝の上にきちんと手をおいて、烈しい興奮をおし隠すようにして、熱心にたずねるのであった。

苦労に痩せてはいるけれど、どこか娘々したところがあり、三十五歳と聞いても、五つぐらいは若く見えるほどであった。化粧をしていない皮膚もなめらかで、けっして醜い顔ではなかった。

「ええ、ほんとうです。それについて少しあなたにお聞きしておかなければならないことがあるんですが、おさしつかえないかぎり、ほんとうのことを話してくれませんか」

河津は、とつぜん相手を驚かせるよりも、その前に一《ひ》と通《とお》り彼女の夫の家出の次第を聞いておこうと思ったのだ。

「お恥かしいことですけれど、別にお話ししてはいけないというようなこともございませんから」

「失礼ですが、ご結婚なすったのはいつなんですか」

「家出しましたのが今からまる七年前の昭和××年十一月でございますが、その時私たちはまだ結婚して一年半もたっていなかったのでございます」

「ご主人はこの土地の方だったのですか。以前からのお知り合いなのですか」

「いいえ、結婚の三月《みつき》ほど前に初めて会いましたのです。お恥かしいことですが、そのころわたし時計工場の女工をしておりまして、その工場で知りあいましたの。鶴田はその工場の熟練工でございました」

八重子は夫の行方を知らせてくれる人と思えばこそ、恥も忘れて、何もかも打ちあけるのであった。

「で、ご主人のお国は？　親戚などいないのですか」

「九州の福岡のそばだと聞いていました。親戚も何もない天下に一人ぽっちの淋しい身の上だと申しておりました。それで、一しょになりましても、あの人の方から私の家へ同居することになったようなわけでございます。あの、お恥かしいのですけれど、私たちまだ結婚の手続すませておりませんでしたの。ですから、あの人に親戚があるのかないのか、原籍地がどこなのだか、ほんとうは私なにも知らないのでございます」

なんとなく腑に落ちぬ話であったが、まさか、八重子がうそをついているとも考えられなかった。おそらく同じ工場に働く二人は、恋愛に夢中になって、いつともなく同棲《どうせい》してしまったものであろう。

「ご主人は今いくつになられるのですか」

「四十四でございます。結婚しましたのが、二人とも大変おくれていまして、あの人の三十六の時でございました」

八重子は即座に夫の年齢をいった。忘れていない証拠だ。七年後の今でも、絶えず夫のことを思いだしているのだ。

「それからズッとあなたは独身でいらっしゃるのですね」

「ええ、子供もございますものですから。それにあの人がどんなことでヒョッコリ帰って来てくれないものでもないと、つまらない空頼《そらだの》みをしているのでございます……でも、あの人の行方がわかってこんなうれしいことはございませんわ。あの人どこにいるのでございましょう。人さまなんかお頼みしないで、なぜ自分で来てくれなかったのでしょう」

八重子は涙ぐんだ目で、じっと河津の顔をみつめた。

ああ、こんなに思いつめているのか。それほどとは知らなかった。もし亀井と鶴田とが同一人で、その夫が自殺したのだと知ったら、この女はどんなに嘆くことだろうと思うと、河津はいよいよ真実を打ちあけかねるのであった。

「待って下さい。私の知っている人は、今は鶴田と名乗っていないのです。ひょっとしたら人違いかも知れません。ですから、もう少しくわしいことをお伺いした上でないと……」

「でも、そんなこと、一と目会わせてくだされば、すぐわかるじゃございませんか。その人どこにいますの」

八重子はもう待ちきれないように見えるのだ。

「少しわけがあるのです。もう少したずねさせてくださいませんか」

河津は気のどくとは思いながらも、さりげなく落ちついてみせるほかはなかった。

「ご主人の家出された前後の事情はどんなふうだったのですか。何かいさかいというようなことでもあったのですか」

「いいえ、それがそうじゃございませんの。私今でも、どうしてあんなことになったのか、少しも腑に落ちないのでございます。

「あの人はいい人でしたわ。それに腕のある真面目な職工でした。いいえ、それはかりじゃありません。あのひとは偉い学者でした。横文字の本だってスラスラ読めましたし、お酒に酔った時なんか、哲学とかいうむずかしいことを、まるで学者のようにしゃべりましたわ。

「私、今でも、あの人はけっしてもとからの職工じゃないと思っています。何か深いわけがあるのです」

ああ、やっぱりそうだった。あれはただの職工ではなかったのだ。河津自身も、亀井が鞄屋でしゃべっている言葉を盗み聞きして、風采に似あわぬ教養を感じた。顔つきにもどこかしら知識的な憂鬱《ゆううつ》というようなものがあった。

それではもうまちがいはない。亀井と鶴田とは予期したとおり同一人物なのだ。八重子は語りつづける。

「今考えてみますと、あの人それまではほんとうに真面目な人だったのですけれど、子供ができたことがわかってから、気性が変わって来ましたの。いったいに無口な沈みがちな人でしたが、あれからというもの、もっと無言になって、工場から帰って来ても、青い顔をして黙りこんでばっかりいるのです。

「そして、むやみとお酒を呑みはじめました。べつに花柳界(注4)なんかへ遊びに行くのではありません。ただガブガブとお酒をのむのです。何か人にいえない苦しいことがあって、それをお酒でごまかそうとしているのでした。

「ほんとうに苦しそうでした。あの人は一日一日と痩せ細って、顔は死人のように青ざめてゆきました。でも、私がいくらたずねても、その苦しみのことを打ちあけてはくれません。少しでもそのことを云いだしますと、一そうこわい顔になって、プイとどこかへ出かけてしまいますの。そして、グデングデンによっぱらって帰って来るのです。

「子供が生まれますと、それでも、あの人は嬉しそうにして、少しのあいだ、あまりお酒ものみませんでしたが、一と月もたたないうちに、またもとのようになってしまいました。いいえ、もとよりももっとひどくなったのです。

「そして、子供が生まれてから三月《みつき》ほどたちました時、とうとう、あのわけのわからないことが起こってしまったのです」

「家出されたのですね。何かその直接の原因というようなものがあったのですか」

「ええ、今考えますと、あの人を怒らしたことが二つあったように思われます
「その一つは、子供を私生児にしないで、早く籍を入れてくれと頼んだことです。母と私といっしょになって一生けんめいに頼みましたの。すると、あの人にわかに機嫌がわるくなって、とても乱暴な口をきいて、外へ出て行ってしまいましたが、その時のなんともいえぬ恐ろしい顔を、今でも忘れることができません。

「でも、私、あの人を憎む気にはなれませんでした。何か深い、いうにいえないわけがあるのだと、あの人の苦しみを察して、気のどくでたまりませんでした。

「それからもう一つは、そのことがあって三日ほどあとでしたが、今度こそほんとうにわけのわからないことが起こりましたの。

「その日、家の押入れの中を掃除していまして、あの人の行李《こうり》を何げなく開いてみたのです。行李の中には古い着物だとかいろいろなものが押しこんであるので、きちんとかたづけようと思ったのです。そして、中のものを一つずつ取りだして見ますと、行李の底に、なんだかひどく厳重に紐でしばった油紙包みがあるのに気がつきました。

「そんなもの、これまで一度も見たことがなかったので、なんだろうと思って、私、つ

いその紐を解いて、中を見てしまったのです。

「油紙包みの中には、ひどく絵具でよごれた上っぱりみたいなものと、麻縄と、小さな木の車のようなものがはいっていました。こんなつまらないものを、なぜだいじそうに包んでおくのだろうと妙に思って、そのまま、紐もかけないで行李の底へ入れておきましたが、あの人が工場から帰って来た時、何げなくそのことを云いますと、私、びっくりしてしまいましたの。あの人はいきなりまっ青になって、気でも違うのじゃないかと思うような顔つきになって、恐ろしい力で私をそこへ突き倒し、『バカ、バカ、バカ』と、まるで子供のようにどなりながら、私の顔をなぐるのです。

「私、何がなんだかわけがわかりませんけれど、あんまりひどいことをするので、くやしくなって、泣き声を立てますと、母もそこへ出てきて、いっしょになって泣きだすというしまつで、えらい騒ぎでしたが、ちょうどその晩から、あの人の姿が見えなくなってしまいましたの。

「警察にもお願いして、できるだけ手をつくして探したのですけれど、それから今日まで七年のあいだ、あの人はどこへ隠れてしまったのか、まるで行方がわからなかったのです。死んだのか、まだ生きているのか、それとも遠い外国へでも行ってしまったのか、まったく見当もつきませんでした。

「ああ、その七年がどんなに永い月日だったとお思いです。あの人とのあいだにできた子供がもう小学校へあがるのですもの」

八重子はそこでポッツリ言葉を切って、深い溜息《ためいき》をついた。

彼女の夫があの奇妙な首吊り男であることは、もう一点のうたがいもなかった。行李の底にかくしてあった油紙包みの品々は、あの鞄の中の品々と、ピッタリ符合しているのだ。

彼は、七年前にもうあの品々を所持していたものとみえる。そして、それを発見されたと知ると、そのままかわいい妻子を捨てて家出をしてしまうほど、あの四品《よしな》には重大な意味があったのだ。ちょうど、河津のためにあの鞄を奪われて、自殺する気になったのと同じ心理から、行方をくらましたものに相違ない。そうとわかると、ますます彼の秘密の奥底が計りがたいものに見えてきた。あの四品のどこに、妻子を捨てさせたり、ついには自殺までさせる魔力がひそんでいるのであろう。常識では判断のつかないことだ。そこには常識を越えた、恐ろしい大秘密があるにちがいない。

河津はそこまで考えると、まっ暗闇の地の底の迷路にでもとじこめられたような気がして、なんともえたいの知れぬぶきみさに、ゾーッと心の寒くなるのを感じないではいられなかった。

「これですっかり申しあげてしまいました。さア、早くあの人の居どころを教えてくださいまし。いったいどこなのですか。名古屋ではないのでございましょうね」

八重子の催促に、河津はいよいよつらい話をしなければならぬ順序となった。彼女が夫に会えるものと思いこんで、ソワソワしているのがいたましく、その顔を見ると、何もいわないで逃げ出したくなるほどであった。

だが、ここまで深入りして今さら逃げられるものではない。身を斬られるようにつらいことだが、事実を打ちあけなければならぬ。

「近藤さん、僕が持ってきたのは吉報ではないのです。あなたを喜ばせるような知らせではないのです」

彼はビクビクしながら、やっと切りだした。

「エッ、では、何か悪い知らせでも……」

八重子はそれだけ聞いたばかりで、もうサッと青ざめて、一生けんめいの顔で、膝を乗りだすのであった。

「びっくりしてはいけませんよ。僕はつらい立場なんです。といって、何もいわないで帰っては、一そうあなたを心配させるばかりだし……」

「ええ、わかりました。あの人死んだのでしょう。もうこの世にはいないのでしょう」

八重子はまぶたも破れんばかりに目を見開いて、ふるえ声でつめよるのであった。

「残念ながら、あなたの想像なさるとおりです。しかし、ただ亡くなったというだけならばいいのですが……」

「エ、エ、では、あの何か恐ろしいことでも……」

八重子の緊張した顔は死人のように血の気を失っていた。

「しっかりして下さい。あなたのご主人は悪人だったかもしれないのですよ。何か恐ろしい旧悪を持っていたのかもしれないのですよ。ですから、あの人はあなたに愛される資格はなかったのです。そう思っておあきらめになるほかはないと思います」

「いいえ、いいえ、あの人はそんな悪いことのできる人ではありません。私はあの人の家内なのですから、誰方《どなた》よりもあの人の心をよく知っています。あの人は悪人ではありません。旧悪なんかあるはずがありません」

八重子は信じきっている夫を、もの狂おしく弁護するのであった。

「じゃ、これをごらんなさい。この写真の人があなたのご主人でなければいいと思うのですが……」

河津は用意してきた東京の新聞を取りだして、八重子の前にひろげて見せた。その社会面は、五重の塔の首吊り男の記事でいっぱいになっていた。記事のまん中に死人の顔の写真が大きく載っていた。

「アッ、あの人です。少しふけているけれど、あの人にちがいありません」

大きな見出しの活字が、八重子の目に焼きつくように写ったらしく、彼女は息をのんで、その記事に読み入った。

そして、大体のことがわかると、もう先を読む力もなく、そのまま食卓の上に、ワッと泣き伏してしまった。

「お気のどくです。僕は来なければよかった、あなたに会わなければよかったと、後悔しているくらいです。ね、しっかりして下さい。まだいろいろお話ししたいことがあるのです。及ばずながら、僕はあなたの力になってあげたいと思っているのです」

だが、打ちひしがれた八重子は泣き入ったまま、容易に顔をあげようともしなかった。苦労に痩せて細っそりした肩が、波を打つようにふるえていた。

河津は気のどくな八重子に気をとられて、夢中になっていたので、少しも気づかなかったが、さいぜんから、そのはなれ座敷の外の植込みのかげに、一人の男が身をかくして、じっと二人の会話に聞き入っていた。木の葉にかくれて、その顔ははっきり見えなかったけれど、どうやら、その男は黒い眼鏡をかけているらしかった。そして、濃い頬髯が顔の下半分をおおい隠しているように見えた。執念深い、えたいの知れぬ尾行者は、この料理店の中へまで、つきまとって来たのであろうか。

夜行列車

やがて、八重子は青ざめ泣きぬれた顔をあげて、河津を見た。

「あたし、どうしたらいいでしょう。もうあの人には会えませんでしょうか」

河津は八重子の歎《なげ》きをみて、名古屋へ来たことを後悔した。探偵のためとはいえ、この貞節な女に、それほどの悲しみを与えたのは、まことに心ない業《わざ》であったと、我が身を責めた。だが、今さら取り返しのつくことではない。

「もう死体は警察で処置してしまったようです。ですからね、僕の考えでは、あなたはこのまま黙っていらっしゃる方がよくはないかと思うのですよ。死んだ人には気のどくですが、やはり、どこの誰ともわからぬままにしておく方がいいのじゃないかと思います。

「あの人は何かしら大きな犯罪に関係しているのです。でなくて、なんの理由もなく家出をして、行方をくらますわけがないじゃありませんか。ですからね、お子さんの将来もあることだし、今さらあなたがあの人の妻だと名乗って出ても、なんの役にもたたないのですから、僕が今晩お話ししたことはいっさい忘れて下さるのですね。それが一ばんいいのじゃないかと思いますよ」

河津は八重子一家のためには、そうするのが最上の策であろうと考えた。

「そうですわね。子供のことを考えますと、お父さんが、こんな恐ろしい死に方をしたなんて、知らせない方がいいかもしれませんわね。でも……」

八重子は七年前の夫のことを急には思いきれない様子であった。

それからなお三十分あまりも、八重子は涙ながら愚痴を繰り返し、河津はそれをなぐさめて、しめっぽい会話がつづいたのであるが、そのあいだ、縁側《えんがわ》の外の庭の茂みの蔭には、例の黒眼鏡の怪紳士が、執念深く立ち聞きしていたのを、二人は少しも気づかなかった。

九時近くまで話しこんで、やっと八重子を納得させると、河津は彼女を自宅に送りとどけ、そのまま車を走らせて、友人三島の家を訪ねた。

三島は八重子のところをつきとめてくれた功労者ではあったが、八重子との約束もあり、また、今後の捜査のうえにも、秘密にしておく方が望ましかったので、彼には五重の塔の首吊り男については何事も語らず、しばらく雑談をかわして、ホテルにひきあげた。

その翌日、河津はまず、鶴田の七年以前勤めていたという時計工場を訪ねてみたが、その工場は三年前に持ち主が変わっていて、古い職工名簿などは残っていなかった。鶴田の履歴書によって、その原籍をたしかめようという企ては、まったく徒労に終わった。

次には半日を市立図書館で暮らして、七年以前の同地方の新聞の綴込《とじこ》みを、丹念に調べてみたが、鶴田の家出した日から一年以上さかのぼっても、犯人不明の殺人事件は一つも見当たらなかった。

結局、名古屋まで出かけて来た収穫といっては、首吊り男が鶴田正雄であることがたしかめられた以外には、何もなかったのである。

「いよいよ分からなくなって来たぞ。あいつは何か重大な犯罪に関係したにちがいないのだ。あの血染めのブラウズと、ひからびた人差指から想像しても、どうしたって殺人事件としか考えられないのだが

その証拠物件を細君に見つけられたから、家出をして行方をくらましたというのかもしれないが、それにしては、当時この地方に迷宮《めいきゅう》入りの殺人事件なぞ一つもないのがおかしい。

それから、七年もたって、あの鞄が無くなったといって、まるで気でも狂ったよう

にあわてて自殺したというのは、どう考えてみてもわけがわからない。

いや、そればかりじゃない。あの美しい進藤礼子という金持の娘はいったい全体、なんの関係があって、首吊り男の鞄の中のものをほしがるのだろう。やっぱり東京だ。この謎を解く鍵は東京の進藤家の中に隠れているんだ。この上は、東京へ引っ返して、進藤の家庭を根気よく探るほかはない」

河津はそういう結論に達して、その夜十時何分の汽車で、帰京することにした。見送ってくれた友人の三島に別れて、二等寝台車にはいると、すぐ浴衣に着かえて横になったが、妙に目がさえて眠れなかった。

岡崎《おかざき》駅をすぎてまもなく、手洗所に立ったが、両側の緑色のカーテンは、みんなぴったりしまって、ところどころにいびきの声が聞こえていた。

用事をすませて、ドアを開くと、ふと妙なものが目に入った。緑色の壁のように見える両側のカーテンの一カ所が少し開《ひら》いて、その隙間から人の顔がのぞいていた。

その顔は、こちらの姿を見ると、あわてたようにカーテンの中へ引っこんだが、それは一《ひ》と目《め》見れば忘れられない顔であった。大きな黒眼鏡、顔一面頬髯、あの男だ。つい三、四日前、銀行の地下室で出会った、あの妙な男だ。

「フフン、おかしいぞ。あいつは俺の行く先々《さきざき》へ顔を出すような気がする。偶然かもしれない。だが、今俺の方をコッソリのぞいていた様子では、どうも偶然じゃなさそうだぞ」

河津は少しも知らなかったが、この男こそに、料理店三笑の庭の蔭から、彼と近藤八重子との密談を立ち聞きしていた、あの怪紳士なのだ。

故意《こい》か偶然《ぐうぜん》か、その男の寝台は、ちょうど河津の寝台の真向こうであった。

「ますますおかしいぞ。よし、それじゃ、こちらからあいつの挙動を監視してやろう」

河津は何喰わぬ顔で寝台にはいると、カーテンの合わせ目から、じっと向こう側のカーテンをにらみつけていた。

二十分ほども、根気よく監視をつづけていると、相手はこちらが寝てしまったと思ったのか、ソッとカーテンを開いて、通路に立った。手洗所へ行くつもりかもしれない。

河津はそれを見ると、とっさに冒険心が湧きおこって来た。彼はサッとカーテンを開いて、いきなり声をかけた。

「おや、いつかは銀行の地下室でお目にかかりましたね。よくお会いするじゃありませんか」

怪紳士は不意を打たれて、ギョッとしたらしかったが、さすがにうろたえる様子もなく、観念したように向きなおった。

「ああ、あなたでしたか。そうでしたね。四、五日まえM銀行でお目にかかりましたっけね。どちらへ？」

白々《しらじら》しくたずねるのだ。

「名古屋まで。あなたは？」

「ハハハハハ。私も名古屋なんですよ。じゃ、ずっとごいっしょだったわけですね」

二人は心にもない笑顔を見せあって、しばらく無言でいた。

「どうも今夜は眠れなくって、少し煙草でもすおうと思ったのですが、どうです、あなたもあちらへいらっしゃいませんか」

怪紳士は何を思ったのか、河津を喫煙室へ誘うのである。

「私も目がさえてしまって。じゃ、あちらへまいりましょうか」

河津の方でも、この機会に、相手の正体をあばいてやろうという気持であった。

二人は寝台車附属の狭い喫煙室に、並んで腰かけ、てんでに煙草をすいはじめた。

怪紳士は河津の顔をジロジロ見ながらしばらく黙りこんでいたが、とつぜん、低い声で、

「河津さん」

といった。河津はそれを聞いて、ギョッとしないではいられなかった。相手がふてぶてしく腰をすえて、何かもくろんでいるような気がした。

「おや、あなたは私の名をご存じだったのですか」

わざと落ちついて、そのことは、こちらもちゃんと知っているのですよ、といわぬばかりの調子で聞きかえした。

「そうですよ。あなたが素人探偵でいらっしゃることも、名古屋へ何をしにお出でになったかということも、私はちゃんと知っているのです」

怪人物はニヤニヤ笑いながら、恐ろしいことをいった。

「ハハハハハ、これは面白い。それじゃ、あなたこそ探偵ですね。いったいどうしてそこまでご存じなのですか」

河津も負けてはいなった。こちらもニヤニヤして、怪紳士の心の奥をのぞきこむように、その髯武者《ひげむしゃ》の顔を見つめた。

「私は、あなたが三笑で誰と会って、どんな話をなすったかいうことまで知っているのです。あの女の人はたしか近藤八重子とか云いましたね」

これにはさすがの素人探偵も、ゾッとしないではいられなかった。この男はなんという恐ろしいやつだ。まるでこちらが尾行されていたようじゃないか。

「ヘエ、それもご存じですか。しかし、あなたはどうして、そんなに僕の行動に興味をお持ちなのです。何かわけがあるのですか」

「あるのですよ」

怪紳士はズバリといった。

「じつはそれについて、折り入ってご相談したいのです」

「エ、相談と云いますと」

河津はついに受太刀《うけだち》になってしまった。相手の大胆不敵な態度に圧倒された形である。

「河津さん、売って下さらんか。あなたの握っておられる品物と、今日までにお調べになった事実とを、私に売って下さらんか。今、現金はないけれど、小切手帳(注5)も実印も持っています。いくらでもあなたのお望みの金額を書こうじゃありませんか。五千円ではいかがです」

怪紳士はいよいよ不思議なことを云いだした。

「どういう意味でしょうか。私にはお話がよくわかりませんが」

河津はあっけにとられたようにたずねた。

「いや、何もおっしゃらないで、売っていただきたいのです。五千円では安くないと思いますが、どうでしょうか。お願いです。何も聞かないで、ご承諾下さい。これには深いわけがあるのです。あなたのご想像もつかないような恐ろしい理由《わけ》があるのです。

「ねえ、河津さん。何人《なんにん》かの命にかかわることなんです。どうか救ってください。あなたにはその力があるのです。ただ一週間ほどのあなたのご苦心を、五千円で売って下さればいいのです。あなたには少しも損害はないわけです。また世間にも迷惑は及ぼしません。あの男はただ自殺したのです。警察でもそう考えているし、世間一般もそう信じているのじゃありませんか。

「近藤八重子も子供のために、あの男のことはあばかないといっています。ただ、この秘密を探ろうとしているのは、あなた一人です。あなたさえその好奇心を捨てて下さればいいのです。あなたの好奇心を五千円で譲りうけようというのです」

怪紳士は、しまいには泣かんばかりの口調で、かきくどくのであった。

河津は狂気のようにしゃべりつづける相手の顔をじっと眺めていたが、ふと妙なことを気づいた。

今までは顔を見あわせていても、電燈が薄暗いので、それとも気づかなかったが、よく見ると、紳士の豊かな頰髯は、どうやら巧みにできたつけ髯らしいのである。彼が、われを忘れてしゃべりつづけるあいだに、その口の動きと頬髯の動きとのぐあいが、なんとなくチグハグで、皮膚からはえた毛ではないような感じがして来た。

「おやッ、この男は誰かに似ているぞ。いつか一度会ったことのある人物だ」

河津はいよいよおどろくべき発見に近づいていった。

黒眼鏡で隠しているので、目のかっこうはわからぬけれど、鼻と口のあたりにどこか見おぼえがあった。そういえば声までどこかで聞いた声であった。

あの濃い頬髯を取り去ったら、その下にどんな顔があるのかと、一心にそれを想像してみた。すると……

「アッ、そうだ！」

彼はたちまち思いだした。あの顔だ。短刀を振りまわす礼子を取り押さえているところへ、とつぜんはいって来て、「君は誰だッ」とどなったあの人物だ。礼子の父の進藤健三氏だ。進藤合名会社の社長だ。

ああ、やっぱりこの事件は進藤家に深い関係があったのだ。でなくて、この大金持が一介《いっかい》の素人探偵のあとを追いまわすはずがないではないか。

礼子は、精神病者でもなんでもないのだ。父と娘はぐるだったのだ。

おお、そういえば、深夜河津の研究室へ忍びこもうとしたあの疑問の人物も、やっぱりこの進藤氏であったかもしれない。闇の中を逃げていった太った後ろ姿は、どうやらこの人らしく思われる。

「ねえ、河津さん、一つウンといってくださらぬか。もし金額にご不足があれば、いくらでもお望みどおりさしあげる。エ、河津さん、ご承諾下さらんか」

怪紳士は青年河津三郎をくみしやすしと見てか、うむを言わせず押しつぶそうとする。多年事業界できたえた、商売がたきを圧倒する精神力が、黒眼鏡を通して、河津の身辺をおし包むように感じられた。

だが、河津の方では、すでに武器を握っている。相手がほかならぬ進藤健三であることを見ぬいている。この武器さえあれば、いかな古つわものにもひけをとることではない。

「つまり五千円で例の首吊り男の事件から手を引けとおっしゃるのですね。しかし、ただわけもなく手を引けとおっしゃっても、これは営利事業じゃないのですから、僕の正義感が許さないかぎり、どうすることもできませんよ。理由をおっしゃって下さい。いや、それよりも、僕はまだあなたのお名前さえ伺っていないのです」

河津はここで言葉を切って、数秒のあいだ相手の顔を見つめていたが、やがて、意味ありげにニヤリと笑った。

「進藤さん、その眼鏡とつけ髯をお取りになってはどうです。うっとうしいじゃありませんか」

濁流

進藤健三は、相手が自分の正体をさとることをすでに予期していたらしく、さして驚かなかった。

「ハハハハハ、やっとおわかりになりましたか。いや、べつに隠そうとは思いませんよ。さっきカーテンからのぞいていて、あなたに見つかった時から、もう覚悟していたのです。なにしろ素人細工《しろうとざいく》ですからね。顔をつきあわせてお話ししちゃ、とても隠しおおせるものじゃありません。

「いかにも私は進藤健三です。いつかは娘が大変ご迷惑をかけました。一度お詫びに出ようと思いながら、つい失礼していました」

この平然たる態度を見て、河津は相手のふてぶてしさに一驚をきっした。よほどしっかりしないと、相手の方が役者が一枚上かもしれないと思った。

「ハハハハハ、いや、あんなことは別になんとも思っていませんよ。それに、あなたは、ちゃんと私の家へお出で下さったじゃありませんか。もっとも、表門からではありませんでしたがね。庭から窓の外まで……」

河津も腰をすえて応対した。

「ああ、そこまでお気づきでしたか。さすがはお職業がらですね。私はあんなまねをしなければならないほど、あなたに関心を持っているのです。正直に申しますと、例の鞄が欲しかったのですよ。私はあの鞄の中の品物は、命がけでも手に入れなければならない事情があるのです。

「ところが、用心深いあなたは、鞄を銀行の保護金庫に預けておしまいなすった。もう盗みだす見こみもなくなったのです。そこで、私は最後の手段として、あなたに懇《こん》願《がん》してみようと考えました。懇願です。何も高飛車《たかびしゃ》にあなたを買収しようなんて、失礼なことは考えていません。私のお願いを聞き入れて下されば、そのお礼として、私の力に及ぶ金額を差しあげたいと思うのです」

進藤は執拗に同じことを繰り返すのであった。

「あなたがそれほどまでにして、あの鞄を手に入れたいとおっしゃるのには、よほど重大な理由がありそうですね……殺人事件ですか」

河津はあたりを見まわすようにしてソッと相手の膝を指でたたきながら、ささやき声になった。

だが用心するまでもなく、ぴったり閉めきった喫煙室は、まったく他の乗客から隔《かく》離《り》されていた。彼らの腰かけている座席の前には、ボーイの小部屋があったが、その中は乗客たちの山のような荷物ばかりで、ボーイはどこへ行ったのか、さいぜんから一度も姿を見せなかった。

窓の外はまっ暗闇で、ただゴーゴーと風の吹きすぎる音が聞こえるばかりであった。闇の中に、時々まっ赤な螢のようなものが、スーッとうしろへ飛びさって行った。燃えきらぬ石炭の粉《こな》が、煙にまじって飛んでいるのだ。

「いや、いや、あなたは誤解しておられる、そういうことではないのです。殺人事件などではないのです。犯罪でさえもないのです」

進藤はあわてて河津の推察を否定した。

「エッ、殺人でも犯罪でもないとおっしゃるのですか。では、あの鶴田という男はどうして自殺なんかしたのです。鞄の中のブラウズになぜ血がついていたのです。そして、あなたは、まるで犯罪者のような変装をして、僕のあとをつけたりなさるのです」

河津はむろんそんな子供だましの言いぬけを信じはしなかった。

「それには深い事情があるのです。しかし、それをあなたにお話しすることはできません。またたといお話ししても、あなたは到底信じてくださらないでしょう。

「あの男はなぜ五重の塔の頂上で首を吊ったと思います。ほかに自殺の方法はいくらもあるじゃありませんか。何を好んで塔の上などへ登って行ったのでしょう。そこに恐ろしい秘密があるのです。古い五重の塔が、あの男の魂《たましい》を呼びよせたのです。塔の呪《のろ》いです」

進藤は云いさして、何か恐怖にたえぬもののように身ぶるいした。

「いや、この話はよしましょう。とにかくあなたの想像なすっているような、殺人事件ではないのです。この事件の探偵を打ちきっても、あなたは少しも悔やむことはないのです。どうか私の懇願をいれてください。あの鞄を私にゆずって、この事件から手を引いてください」

河津は黙って相手の顔を見つめていた。むろんこんな申し出を承諾するつもりはない。

「河津さん、どうでしょう。もしなんでしたら、倍額の一万円差しあげてもいいのですが。けっしてでたらめをいっているのじゃありません。私がそのくらいの支払い能力を持っていることは、あなたもよくご存じのはずです」

河津は返事をしなかった。この上の問答は不必要だというような顔をして、黙りかえっていた。

「一万五千円でもかまいません。今小切手を書きますから、明日は東京の銀行でお受け取りになれるのです」

進藤は金額をむやみにせりあげていった。

「どうも僕には腑に落ちませんので、ご希望に応じかねます」

河津がきっぱりと答えると、進藤は絶望のうめき声をたてて、フラフラと席を立った。そして、何を思ったのか、一方のドアを開いて乗降口のデッキへ出て行った。

河津は、無言でその後ろ姿を見おくったが、進藤の顔が恐ろしく青ざめていたのが、なんとなく気がかりであった。

首吊り男の鶴田も、ちょうどこんなふうであった。絶望のあまり空《うつ》ろになった表情が、気のせいかソックリのように思われる。

河津は何かハッとするような感じで、思わず立ちあがった。そして、開いたままのドアから暗いデッキへ出て行った。

「どうなすったのです」

影のようにたたずんでいる進藤を呼びかけると、彼はまるで彫像《ちょうぞう》のような無表情な顔をヌッとこちらへ向けた。

「風にあたっているのです。なんだか胸ぐるしくなって来たものですから」

乗降口の扉は開け放され、そこから黒い風が烈しく吹きこんでいた。

二人は狭いデッキに肩をくっつけあうようにして、しばらく無言で立っていた。

「どうです。まだ苦しいですか」

と、河津がたずねると、相手はそれには答えず、またしてもあのことを云いはじめた。

「ねえ、河津さん。あなたにはなんの損害もないのです。ただ好奇心を捨てて下さればいいのです。私をかわいそうだと思って下さい……いけませんか」

「何度おっしゃっても同じことです。ご希望に応じるわけにはいきません」

すると進藤はまたかすかなうめき声を立てた。憤怒《ふんぬ》の声とも、絶望の溜息とも、どちらにも取れるようなうめき声であった。

またしばらく沈黙がつづいた。列車は烈しく揺れながら、黒暗々《こくあんあん》の世界を、非常な速度で走っていた。開け放った乗降口の向こうに、遠くの山と空とを劃《かく》する、おぼろげな曲線が、ウネウネとつづいていた。風は烈しい勢いでデッキに吹きつけた。

「河津さん、私が今何を考えているかおわかりですか」

進藤が静かな調子でいった。河津は答えなかった。

「音の変わるのを待っているのですよ」

「音って、なんの音ですか」

気違いめいた言葉に、河津はギョッとして聞きかえした。

「汽車の音ですよ」

「汽車の音がどうかしたのですか」

河津は思わず、相手の顔をのぞきこむようにした。

「それが変わるのですよ。ホラ、お聞きなさい。ゴーッという音に変わったでしょう……なんだと思います。鉄橋にさしかかったのですよ」

いかにも列車は今長い鉄橋の上を走っているらしく、車輪のひびきが恐ろしい音をたてていた。

「ごらんなさい、あの水！」

進藤が身体をよけて、大声にいった。

河津は誘いこまれるように、乗降口に身を乗りだして、下をのぞいた。はるかの下に、闇の中にもチラチラ光る波頭が見えた。水源に雨がつづいたのであろう、川幅いっぱいの水が、恐ろしい勢いで流れていた。

「なぜこれを待っていたかわかりますか」

進藤は意味ありげにいった。

「エッ？」

河津はよく聞きとれなかった。

「ハハハハハ」

進藤は異様に笑った。そして、早口につづけた。

「あなたが承知してくれないからですよ。だから、こうするよりほかに手段がなくなったのですよ」

河津は恐ろしい力で背中を突かれて、ハッと気づいたが、もう遅かった。指が、つかんでいた扉の端を放れた。そして、全身がサッと宙に浮いた。

いくらなんでも、進藤合名会社の社長が人殺しをするとは、まったく予想していなかった。そこに大きな油断があったのだ。

「アッ、俺を殺す気だなッ」

とっさにその考えがひらめいた。彼の身体は、一瞬の後、ゴツンと橋桁《はしげた》にぶつかって、それから下へと墜落して行くのが感じられた。

橋を離れてから、水面に着くまでのわずかのあいだに、河津の頭の中には、想像し得るかぎりのあらゆる奇怪な幻影が、現われては消えて行った。母の顔が笑っていた。

書生の島木少年の顔が笑っていた。幼年時代隣家から出火した火災の光景が、毒々しい焔の渦巻となって、ハッキリと現われた。五重の塔がピサの斜塔《しやとう》のように、グーッと倒れかかって来た。そして、その頂上の屋根から例の首吊り男がぶらさがってニヤニヤ笑っていた。等々……

ガーンと何かにぶつかった。液体ではなくて固体の中へ恐ろしい勢いで身体がめりこんで行くように思われた。雷のような恐ろしい物音が耳をつんぼにしてしまった。そして、彼は濁流の底へ底へと沈んで行ったのである。

デッキから転落した黒い塊《かたまり》が、ドブンと水面に着いた時には、進藤のたたずんでいる車輛はもう二十間も先を走っていた。

進藤はそのかすかな水音を耳にすると、まるで自分が水の中へおちいりでもしたように、ブルブルッと身ぶるいした。そして、なぜともなく、ニヤニヤ笑いながら、放心したような足どりで、デッキから喫煙室を通り抜け、ドアを開いて、自分の寝台へ帰って行った。

車内はすっかり寝静まって、誰一人起きている者はなかった。

進藤はフラフラしながら、自分の寝台にたどりつくと、そのまま中へ這いこんで、ぴったりカーテンをしめてしまった。

寝台車の中は、何事もなかったように、静まり返っていた。両側の緑色のカーテンは皆一様に閉じられ、あちこちから、さものんきらしいいびきの声がもれていた。単調な車輪のひびき、車体のきしみ、絶え間のない動揺。無心の列車は、茫漠《ぼうばく》たる暗闇の中を、はてしもなく走りつづけていた。

幽霊探偵

素人探偵河津三郎は、何か空気よりはもっと重い、まっ黒なものの中を、無限に下へ下へと沈んで行くのをかすかに感じていた。

ほとんど意識を失っていたのだけれど、それが水の中だということは、前後の関係から、おぼろげにわかっていた。だが、この世の河の水の中ではなくて、何か地獄への奥底の知れぬ長い長い道中を、無限にたどっているような感じであった。

地獄の暗闇の中の長い長い彷徨《ほうこう》の後、ヒョイと意識を取り戻して、水にぬれたまぶたを開いた時、まず彼の目に映ったのは、梨地《なしじ》のように空をおおっている美しい星の光であった。

その次の瞬間、彼は今濁流の中をただよっているのだという現実を悟った。しびれるような冷気が、胸、腹、脚とつぎつぎに意識された。

「変だなあ、俺はなぜこんな水の中にいるんだろう。それにしても、あの星のきれいなことはどうだ」

河津はボンヤリとそんな変なことを考えたが、やがて、夜汽車のなかのできごとが、ハッキリと思い出され、進藤の青ざめた死にもの狂いの顔が目に浮かんで来た。

「そうだ。俺はあいつに殺されようとしたんだ。しかし、死ななかったのだ。助かったのだ」

死ななかったのだと思うと、にわかに死の恐怖がおそいかかって来た。早くこの水の中から逃れなければならないという焦慮《しょうりょ》に、彼は手足を無茶苦茶に動かしはじめた。

水泳の心得があるというほどではないが、水に浮くことぐらいは知っていた。むやみにもがいているうちに、運よく岸近く流されていたものとみえて、何か蘆《あし》のような植物が手にさわった。

それから、疲れはてた身体で、河の堤《どて》に這いあがるまでの苦闘は、言語に絶するものがあったが、二十分ほどの後には、ともかくも、死の恐怖をまぬがれて、しっかりした大地の上に横たわっていた。

堤にぶっ倒れたまま、長いあいだ身動きもできなかったが、やがて少し元気を回復して、あたりを見まわすと、はるか向こうの森の中に、かすかに赤い光が見えた。どうやらそこに百姓家《ひゃくしょうや》でも建っているらしい様子である。

彼はその二丁ほどのたんぼ道を、ほとんど這うようにしてそこにたどりついたが、しあわせなことに、その小さな藁葺小屋《わらぶきごや》には、親切な百姓の一家が住んでいて、夜中もいとわず彼の介抱をしてくれたのである。

聞いてみると、彼が突き落とされたのは、増水中の安倍川《あべがわ》で、ここは鉄橋から十丁も下流の村落であることがわかった。

彼はその百姓家で一夜を明かし、翌日、用宗《もちむね》駅前の人力車を呼んでもらって、駅前の宿に移り、そこから東京の留守宅に長距離電話をかけて、電報為替《でんぽうがわせ》を送らせたり、番頭の世話で古洋服を手に入れたりして、その日の夕方になって、やっと東京行きの汽車に乗ることができた。

その翌朝、東京世田谷の河津の家では、留守番の島木少年が、とつぜん、裏口から忍びこむようにして帰って来た主人の姿にめんくらった。妙な古洋服を着て、勝手口からヌーッとはいって来たものだから、電燈会社からメートルを調べに来たのかと勘ちがいしたほどであった。

「昨日電話でいっておいたように、僕が助かったことは、誰にもいわなかっただろうね」

「ええ、ですから、進藤さんから、昨日電話が二度もかかって来ましたけれど、ただご旅行中ですって答えておきました」

島木は探偵助手として、一《ひ》とかどの役に立つ少年であった。

「ホウ、進藤から、二度も電話が？　やっこさんも心配になって来たんだな。ウン、それでいいんだ。これからしばらくのあいだ、僕は帰らないでいにしておくんだよ」

「でも、先生どうなすったんです。そんな古洋服なんか着て。それに、用宗の宿屋へお泊まりになるなんて」

「それはこういうわけなんだよ」

河津は奥の部屋にはいって、手短に事の次第を語った。

「だから、進藤は僕がもし助かって帰って来やしないかと心配でしかたがないんだ。しかし、昨日二度も電話をかけて、僕が帰っていないとわかったので、いくらか安心しているかもしれない。これからも、僕がぶじに東京へ帰ったことはけっしてあいつに知らせてはいけない。僕は安倍川のもくずと消えたものと思いこませておくのだ。

「そうして安心させておいて、あいつの一挙一動を執念ぶかく探ってやるつもりだ。

つまりこの世に籍のない幽霊が探偵をはじめるわけだよ」

「エ、幽霊ですって？」

「そうだよ。進藤は僕が死んだものと思いこんでいる。その進藤の身辺に僕がつきまとっていたら、あいつにとっては、つまり幽霊につきまとわれているようなものじゃないか」

河津は皮肉な調子でいって、声を立てて笑った。

「島木君、僕はこの仕事をはじめてから、今度ほど真剣になれたことはないよ。命がけの戦いだ。相手は何かの秘密を保つためには、僕を殺すぐらいなんとも思っていないやつだからね。

「君は僕がそんなひどい目にあいながら、なぜ進藤を警察に引き渡さないかと、ふしんに思うだろうね。警察に一と言云いさえすれば、あいつは確実に殺人未遂の罪にとわれるのだからね。

「だが、僕は自分のことなんかどうだっていいのだ。あいつを殺人未遂ぐらいで警察へひきわたしてしまってはもったいないのだよ。その奥にもっと大きな犯罪があるんだ。人殺しをしてまで隠したがっている大秘密があるんだ。その秘密をあばくまでは、僕はけっしてあいつを許さないつもりだよ。

「進藤は今日も電話をかけてくるかもしれないが、むろんまだ帰らないっていうのだよ。わかったね」

河津は島木少年に云い含めておいて、そのまま寝室に入り、夕方までグッスリ眠った。先夜以来の疲労がまだ充分回復していなかったからである。

案の定、進藤はその日も電話で問いあわせて来たが、島木少年は云いつけられたとおり、先生はまだ帰宅しないと答えるばかりであった。

顔と顔

その夜十時ごろ、渋谷の進藤健三氏の邸宅から一丁ほどはなれた闇の中に、一台の空《から》自動車がとまって、中からあらわれた運転手が、自動車をそこへ置き放しにしたまま、ノコノコと進藤邸の方へ歩きだした。

よごれた背広を着て、鳥打帽をまぶかにかぶっているので、それとわからぬけれど、この運転手は素人探偵河津三郎の変装であった。

いよいよ幽霊探偵が行動を開始したのである。

彼は先日来の調査によって、進藤邸の内外の様子をよく心得ていた。ただ、これまでは紳士の礼儀を守って、泥棒のように邸内に忍びこむことなど差し控えていたのであるが、安倍川の事件があった今では、もうその遠慮は無用である。彼は大胆に相手の身辺に近づいて、その一挙一動を探ることを思いたったのであった。

進藤邸の門はピッタリ閉まっていたが、低い門扉《もんぴ》は乗り越すのになんの造作《ぞうさ》もなかった。彼はあたりに人のいないのを見すまして、猿のようにす早くそれを乗り越し、広い邸内へ忍びこんで行った。

進藤の居間と寝室とが、母屋《おもや》の西洋館の二階にあることも分かっていた。河津は植込みをくぐって裏庭に廻り、その進藤の居間にたどりついた。見あげると、二階の居間の窓にはあかあかと電燈がついている。むろん主人はそこにいるにちがいない。耳をすましていると、聞き覚えのある咳払いの声が聞こえて来た。その明るい窓のすぐ前二間ばかりのところに、なんの木か、二階の屋根を越すほどの大樹がそびえていた。河津はそれを見て、闇の中でニヤリと笑ったかと思うと、いきなりその幹にすがりついて、音もなく樹上へよじのぼって行った。

ちょうど二階の窓の高さのところに、太い枝が出て、コンモリと葉が茂っていた。身を隠して、窓の中をのぞくのにはおあつらえむきである。彼はその枝にたどりつくと、それにまたがって、じゃまになる小枝をかき分けながら、つい目の前の窓の中をのぞきこんだ。

カーテンが開いたままになっているので、部屋の様子は手に取るように眺められた。進藤はテーブルの前に腰かけて、そこの卓上電話の受話機を耳にあてていた。

「あなたは河津さんの書生さんですね」

窓のガラス戸が少し開いているので、進藤の声がはっきり聞こえて来た。当の河津三郎が、つい目の先の木の枝に隠れているともしらず、彼はまたしても被害者の留守宅へ電話をかけているのだ。

「私は進藤です。たびたび恐縮だが、じつは非常にいそぎの用件があるのです。ご主人はまだ帰られませんか」

これはたぶん彼の六度目の電話である。相手の生死をたしかめるまではじっとしていられないのであろう。彼の青ざめた顔には不安と焦慮の色がまざまざと現われていた。

「フーン、まだお帰りにならん。何か手紙でも来ていませんか、いつごろ帰られるとかいう……まだ来ていない……いったい出かけられる時の予定は、いつ帰られることになっていたのですか……エ、一昨日《おととい》帰る予定だって？　それはおかしいね。ご主人は、予定のおくれるような時には、手紙なり電報なりで、君に知らせて来るのではないのですか……エ、いつもそういう手紙はよこさないって？　フーン、そうですか。それじゃまた」

進藤は電話を切ると、いきなり立ちあがって、部屋の中を歩きはじめた。外へ出ていくのかと見ていると、そうではなくて、まるで檻《おり》の中の動物のように、部屋を右から左へ、左から右へと、行ったり来たり、何度となく繰り返している。見ていると、牢獄の中の囚人のような感じがする。じっと空間を見つめて、自動機械のように、いつまでも歩きつづけている。極度の不安が、彼をじっとさせてはおかないのだ。

何か口の中でモグモグいったり、ハーッと大きな溜息をついたり、そうかと思うと、いきなり両手を髪の毛の中に突っこんで、夢中で引っかきまわしたりしている。

やがて、息苦しくてたまらないという様子で、ツカツカと窓に近づくと、ガタンと音をさせて、ガラス戸をいっぱいに開き、窓枠から上半身を乗り出すようにして、外気に顔をさらした。河津は木の葉のあいだから、じっと息を殺してそれを見ていた。高さはちょうど同じぐらい、距離も一間半か二間、殺人未遂者と、その被害者とは、たがいの呼吸が聞きとれるほどの近さで、不思議な対面をしたのである。

「もし俺が、この木の葉のあいだから、ヌーッと顔を出して見せたら、あいつはどんな表情をするだろう」

河津はふと変てこなことを考えた。その着想には何かしら不思議な魅力があった。危険は危険だけれど、どうしても相手に顔を見せないではがまんできないような衝動《しょうどう》にかられた。

そんな無謀なことをしてはいけないと、われとわが心を叱っている一方では、両手が無意識に動いて、目の前の小枝をかき分けていた。ガサガサと木の葉のすれあう音がした。

進藤はむろんその音を聞きつけた。そして、ギョッとしたように、闇の中をすかして、木の枝の茂みに目を注いだ。

すると、そこに、まるで木になりでもしたように、人間の顔が薄白くのぞいていた。仇敵《きゅうてき》はついに顔と顔とを見あわせたのである。一間半の近さで、二階の窓と木の枝という不思議な位置で、殺そうとしたものと、殺されそうになったものとが、じっと目を見あわせたのである。

河津はとっさに妙なことを思いついて、いきなりニヤニヤと笑ってみせた。すると、それに対して、相手の進藤もニーッと笑い返した。いや、笑ったのではない。泣き出したのだ。いや泣いたのでもない。なんとも云えぬ一種異様の表情になって、口を大きくあいて、何かけだもののような恐ろしい叫び声を立てたのである。

そして、今にも気を失わんばかりの様子で、ヨロヨロと部屋の奥へとあとじさりして行ったが、やがて思いなおして、また窓の方へおずおずと近づいて来た。今のは幻《げん》覚《かく》にちがいない。庭の木に河津の首がぶらさがっているなんて、そんなことがあるはずはないというように、おびえきったまん丸い目で、じっとこちらの闇をすかしてみるのであった。

怪自動車

その夜、進藤合名会社社長の進藤氏は、洋館の二階の居間の中を、動物園の熊のようにイライラと歩きまわっていた。

彼は人を殺したのであった。ある重大な秘密を保つために、素人探偵の河津三郎という青年を、進行中の汽車のデッキから、安倍川の濁流の中へ突き落としたのであった。

水源に雨がつづいたので、安倍川は増水して、恐ろしい勢いで流れていた。河津は不意をつかれて、高い鉄橋の上から、あの濁流の中へ転落して行ったのだから、おそらく溺《でき》死《し》したにちがいない。だが、ひょっとして、あいつが助かって、この東京へ帰って来たら。

それを思うと、進藤氏は居ても立ってもいられなかった。

「俺はなんというばかなまねをしたものだろう。気が違っていたのだ。いくらあの秘密が大切だからといって、人を殺して俺が殺人罪に問われたら、何もかもだめになってしまう。そんなわかりきった道理が、あの時はわからなかったのだ。あいつさえこの世から消えてしまえばと、それればかり考えていたのだ。エエ、ばかめ、ばかめ」

進藤氏は両手で髪の毛をつかんで、狂人のような目で、宙を見つめながら、セカセカと同じ場所を歩きまわった。

「いや、そんなに心配することはない。あいつはきっと溺死したにちがいない。あれからもうまる二日もたっているのに、河津は家へ帰っていないじゃないか」

河津の家へそれとなく何度も電話をかけてみたが、書生が、まだ主人は帰らないと答えるばかりであった。

「あいつの死骸は、川下のどこかへ流れついたかもしれない。だが、寝台車の貸し浴衣一枚では身もとがわかるはずはない。新聞に出ないのはそのためなんだ。河津の家へ通知が来ないのもそのためなんだ」

気やすめを考えてみても、しかし、やっぱり心が落ちつかなかった。

脂汗の浮かんだ顔はまっ青であったが、そのくせ、頭の中はカッカッと燃えるように感じられた。進藤氏は歩きまわっているコースを変えて、庭に面した窓に近づくと、そのガラス戸を開いて、つめたい外気に顔をさらした。

その二階の窓のすぐ目の前に、高い樫《かし》の木が枝を張って、茂った葉が、窓からの光を受けておぼろげに闇のなかに浮きあがっていた。

ふと気がつくと、その樫の葉が、風もないのに、ちょうど目の前の一カ所だけが、何かにかき分けられでもしたように、カサカサと動いた。

化物めいたその動き方が、進藤氏をギョッとさせた。思わず目を見はって、その部分を見つめていると、かき分けられた木の葉の間から、何か白い丸いものが、ニューッと首を出した。

それは人間の顔にちがいなかった。人形ではない、生きた人間なのだ。人間の顔が、地上から一丈もある樫の木の葉の中に、ぶらさがっていたのだ。

しかも、それは見知らぬ人間ではなかった。おぼろげながら、あの素人探偵河津青年の顔が、思いもよらぬ闇の空中で、ニヤニヤと笑っていたのだ。

進藤氏は子供のように恐怖の叫び声を立てそうになった。だが、さすがにそれは嚙み殺した。いや嚙み殺したというよりは、恐ろしさのあまり声も出なかったと考える方が正しいかもしれない。

二階の窓と、樫の木の葉の中と、一間あまり隔てたこの異様なにらみあいは、非常に永くつづいたようにも感じられたが、また、それはほんの一刹那《せつな》の出来事であったようにも思われた。

顚倒した心をおし静めて、理性を取り戻して、そこを見なおした時には、もう人の顔は消えうせていた。それの現われた場所には、ただ黒ずんだ樫の葉が厚ぼったく重なりあって、何事もなかったかのように少しも動かなかった。

つい今しがた宙に浮いていた人の顔が、夢のように消えうせて、シーンと静まり返っているのが――化物そのものよりは、それが消えてしまった後の暗闇が、一そう恐ろしいものに感じられた。

「気のせいだ。幻を見たんだ。あの男が、たとい生きているにしても、この夜ふけに、あんな木の上にのぼっているなんて、あり得ないことだ。幻覚にちがいない」

進藤氏はそうとしか考えられなかった。だが、幻覚だとすると、今度は自分の頭が不安になって来た。狂気の前兆《ぜんちょう》ではないかとさえ案じられた。

彼は大急ぎで窓の戸を閉めて、部屋のまん中に戻ったが、不安は脈を打って高まるばかりであった。誰かにすがらないでいられなくなった。

進藤氏はテーブルの前に腰かけて、いきなり卓上電話の受話器を取り、或る番号を呼びだした。

「三田村《みたむら》君、僕だ、急に君に会いたいことができたので、今から行こうと思うが、差しつかえないだろうね……ウン、その事だ。その事について、よく相談したいのだ……僕はもう一刻も一人ぼっちでいられないような不安を感じるのだ。会ってくわしく話すがね、僕はいまじつに恐ろしい立場なんだ……それじゃ、これからすぐ車で行くからね、起きて待っていてくれたまえ」

電話を切ると、そそくさと部屋を出て、階下へおりて行ったが、十分ほど後には、玄関の前に自家用車がエンジンの音を立て、進藤氏は洋服に着かえて、車中の人となっていた。

進藤氏の車は、門をすべり出て、薄暗い屋敷町を渋谷駅に向かって、つまり旧東京市の方角へ走って行ったが、その車が進藤邸を二丁ほど離れたころ、とある生垣の町角から、ヘッド・ライトを消した一台の自動車が現われて、進藤氏の自家用車を尾行するかのように、同じ方角へ走り出した。

怪しげな自動車の客席は空《から》っぽで、ただ運転手が一人乗っているばかりであったが、その運転手こそ、素人探偵河津三郎の変装姿であった。

彼は樫の木の枝の上から、進藤氏の一挙一動を観察し、電話の声も聞きとったので、先廻りして、自分の自動車に帰り、進藤氏の行く先をつきとめるために、その暗い横丁に待ち伏せしていたのである。

進藤氏の車は、それとも知らず、夜ふけの町を曲がり曲がって、省線のガードをくぐり、青山《あおやま》の方面へ疾駆《しっく》したが、やがて、とある裏通りの淋しい町角に停車した。

そこは、大東京の進歩に取り残されたような、古い住宅街であった。古風な黒板塀《くろいたべい》、色あせた門柱、波のようにうねった屋根、昼見ればその屋根の上にはおそらく苔《こけ》がはえていることであろう。いわば化物屋敷《ばけものやしき》のような住宅が、雑然と並んでいる一廓《いっかく》であった。

進藤氏は、車をおりて、その一軒の、こわれかかった門の中へはいって行った。門の中には木造二階建のかなり大きな建物が、闇の中に怪物のようにそびえていた。

尾行をつづけた河津三郎は、半丁ほど向こうに車をとめ、暗闇をさいわいにその家の近くまで忍びよって、進藤氏が屋内に消えるのを見とどけたが、進藤氏の自動車がそこにがんばっていたので、運転手の目をかすめて門内に立ち入るわけにはいかなかった。

向こう側の黒板塀の角に身をひそめて、しんぼうづよく見張りをつづけたが、進藤氏はなかなか出て来なかった。

待つ身には非常にながく感じられたが、腕時計を見るとまだ三十分ほどしかたっていなかった。

「いつまでこんなことをしていてもしかたがない。この家を覚えておいて、明日何喰わぬ顔で、ここの主人を訪ねて見ることにしよう」

そう考えて、自動車へ帰ろうとした時、ふと、妙なものが目にとまった。

いつのまに、どこから来たのか少しも気づかなかったが、一つの黒い影法師のようなものが、おそろしい勢いで、その門の中へ駈けこんで行くのが見えた。その者の行動が非常にす早かったので、背かっこうさえたしかめることはできなかったが、普通の訪問客ではない。といって、あの家の召使が帰って来たのでもない。たしかに人目を忍んで、飛鳥のように門内にすべりこんだのだ。

「おかしいぞ。いったいあいつは何者だろう。進藤とこの家の主人とが、相談のうえ、電話かなんかで仲間を呼びよせたのかもしれない。そして、三人が額《ひたい》を集めて、何事かを協議しているのかもしれない」

どうかしてその話し声を聞きたいものだと思い、横町から裏手の方へ廻ってみたが、この家は左右もうしろも他の邸宅に囲まれていて、裏口というものがないような建て方になっていることがわかった。忍びこむとすれば表がわの塀を乗り越えるほかはないが、すると、どうしても進藤氏の自動車の運転手の視野に、身をさらすことになる。残念ながらあきらめるほかはなかった。

そしてまた三十分ほども、がまんづよく見張っていると、やっと用件をすませたらしく、進藤氏の姿が門前にあらわれ、待っている自動車の中へはいった。

河津はそれを見とどけると、急いで自分の自動車に帰り、運転台に飛び乗った。なぜそんな真似《まね》をしたのか自分でもよく分からなかったが、たぶん進藤氏の車をまた追跡するつもりだったのであろう。

だが、考えて見ると、進藤氏の車は向こうへ行くのではなくて、こちらへ帰って来るのだから、その前にこちらが逃げださなければならない。なかなかむずかしい仕事だ。それに、考えてみると、進藤氏はもう自宅へ帰るばかりなのだから、これからまた尾行するなんて意味のないことであった。

「それよりも、あの家の主人に会ってみよう。何か口実《こうじつ》を作って押しかけてやろう。だが、その前に……」

彼はふとまた変なことを考えた。進藤邸の樫の木の上で襲われたあの気違いじみた気持であった。彼自身がお化けになって、彼を殺そうとした男を怖がらせてやろうという、奇妙な着想であった。

そんな真似をしたって、なんの利益もないことはよく分かっていたが、この着想の誘惑に打ち勝つことができなかった。

そこで、彼は手早く車のルーム・ランプを点じ、ヘッド・ライトを消したままにして、進藤氏の車が近づいてくるのを待っていた。顔を横に向けて、ルーム・ランプの光が半面に当たるようにして、車がすれちがう時、進藤氏が彼に気づくことを念じていた。

まもなく、進藤氏の車は徐行しながら河津の自動車のそばを通りすぎたが、案の定、その車が、二、三軒向こうで、キーッと音を立てて停車するのが感じられた。

進藤氏は、妙な場所にヘッド・ライトを消した車がとまっているのに不審をいだいた。なぜかそのまま通りすぎることができなかった。彼はわざわざ車をおりてあと戻りをして、その妙な自動車に近づいて行った。

車の中には運転手がただ一人、ぽつねんと腰かけているのが見えた。客を待っているのかもしれない。だが、それにしてはなんとなく様子がおかしかった。進藤氏は魚が餌《えさ》にひかれるような一種異様の誘惑を感じていた。自分の意志ではどうすることもできないような力に引きつけられてその暗い自動車に近づいて行った。

車のうしろの方から、ズッと通りすぎて、前に廻って、ヒョイとその運転台を振りむくと、そこの窓が開いて、運転手の顔がニュッとのぞいていた。これを見て下さいといわぬばかりにのぞいていた。

進藤氏は、心の底の方で予期していたものを、そこにみた。魚が餌に飛びついて、鉤《はり》にかかったのであった。

河津は目を細くして、ニヤニヤと笑っていた。樫の木の葉のあいだにぶらさがっていたあの顔と同じであった。

進藤氏はそれを見ると、一瞬間棒のように突っ立っていたが、両手を顔の前で、ヘラヘラ振り動かして、何かを払いのけるようなかっこうをしたかと思うと、そのまま恐ろしい勢いで待っている自動車の方へ駈け出して行った。

彼には、それが現実の出来事とは考えられなかったのである。罪の呵責《かしゃく》が生みだした幻影が、行く先々へつきまとってくる。あの逃げ場のない恐怖に打ちひしがれたのである。

車に飛びこむと、パタンと扉をしめて、「早く、早く」と運転手に声をかけるのがやっとであった。その運転手さえもヒョイとこちらを振りむけば、やっぱり河津の顔になるのではないかとその方を見る気力さえなかった。両手で顔をおおってクッションの隅に身をちぢめていた。

河津は予期した通りの結果を見て、彼自身ほんとうの幽霊ででもあるように、妙な声で笑い出した。

そのゲラゲラという化けものめいた笑い声が、いま出発しようという自動車の中までひびいて行った。

進藤氏はそれを聞くと、地の底からのつめたい風に吹かれたようにゾッと総毛立って、悪夢の中に身をちぢめるのであった。

恐ろしきアトリエ

進藤氏の車が立ち去ってしまうと、もう邪魔者がいなくなったので、あの怪しげな家に忍びこむのは容易であった。いや、もう忍びこむ必要はない。堂々と玄関から主人に面会を求めても差しつかえないのだ。さいぜんの黒い影のような人物が、まだいるにちがいないが、河津の顔を知っている気づかいはない。初めての訪問には少し夜がふけすぎているけれど、それはなんとでも口実を作ればよい。

「よしッ、思いきって、主人に会ってやろう」

青年探偵は今宵《こよい》はひどく冒険好きであった。日ごろからの風変わりな性格が安倍川で命びろいをしてから、一そう危険を冒して人の意表に出ることを面白がっているようにみえた。

彼は車をおりて、あのこわれかかった門をはいって行った。正面に二階建ての西洋館らしいものが黒くそびえ、玄関とおぼしきあたりにかすかな光がさしていた。

近づいてみると、ガラスの破《わ》れた開き戸がしまっている。手をかけると、べつに締まりもしてないらしく、わけもなく開いた。

「ごめん下さい」

声をかけると、正面のドアがあいて、パッと、明るい電燈の光が射し、その光の中へ妙な人物が現われて、

「誰だッ」

とどなった。

頭の毛を総髪のように長くのばして、ピンとはねた口髭をたくわえ、画家の仕事着らしい白いブラウズを着た中年の人物、ひどく痩せた背の高い男である。

「僕は通りがかりのものですが、さっきなんだか妙なものがこちらへはいってくるのを見ましたので、ちょっとご注意しておこうと思いまして」

河津はそれを口実にした。まんざらでたらめではないのだ。

「なんだって？　妙なものが？」

画家らしい男は、大きな声で叱りつけるように聞き返した。

「暗くってよくわからなかったのです。まっ黒な服装をした怪しい人物が、さいぜんお家《うち》へ忍びこむのを見たのです」

「泥棒かね。ハハハハハ、俺のところにゃ、何も盗むものなんかありやしないよ。書きつぶしの油絵が少し置いてあるきりだからね」

やっぱり画家であった。河津は相手のブラウズ姿を眺めながら、こいつこそ、あの五重の塔の首吊り男と深い関係があるのではないかと考えた。あの鞄の中にはいっていた血染めのブラウズは、昔この男が着ていたのではないかと疑った。

そう考えると、ただ顔を見ただけで帰る気にはなれなかった。何か口実を作って、この不思議な人物と話をして見たいと思った。

「べつに変わったことがなければいいのですが、もしお寝《やす》みになっていて、ご存じないといけないと思いまして……先生は絵かきさんですか。僕近ごろこのへんへ越して来たものですが、わかりもしないくせに絵が大好きなんです。失礼ですが、先生はなんとおっしゃるお方ですか」

あつかましい質問をしたが、相手は物にこだわらぬ性格とみえて、べつに変な顔をするでもなく、ぶっきらぼうな調子で答えた。

「俺は三田村というヘボ絵かきだよ。君は絵が好きかい。なんなら下手《へた》な絵を見せてあげてもいい。あがらないかね」

河津のたずね方もとっぴであったが、この家《や》の主人の答えは一そう非常識であった。この夜更けに、見も知らぬ男を家にあげようというのだ。よほど風変わりな性格とみえる。

「遠慮することはない。俺一人なんだ。誰もいないんだから、さア、こっちへ来たまえ」

先に立ってドアの向こうへ入って行くので、河津は靴をぬいでそのあとに従った。ドアをくぐると、そこは普通の部屋ではなくて、非常に天井の高い、アトリエのような広間であったが、その四方の壁には、大小さまざまの西洋画が、額に入れて懸《か》けてあった。

河津は無言で、それらの絵を見まわしていたが、やがて、ある奇怪な事実に気づくと、さすがの素人探偵も、愕然《がくぜん》として顔色を変えないではいられなかった。

じつに不思議なことには、それらの二十数枚の絵には、ことごとく五重の塔が描《えが》かれていた。大きな油絵もあれば、パステル画のようなものもあったが、それらが、どれもこれも、五重の塔の全景あるいは部分画で、塔というものを、遠近のあらゆる角度から眺めたものであった。

だが、不思議はそればかりではなかった。薄暗い電燈なので、初めは気づかなかったが、中でも一ばん大きな油絵の額をよく見ると、そこに描かれた五重の塔の頂上の屋根の下に、何か異様な黒いものがぶらさがっていることがわかって来た。

塔の屋根の四隅には小さな風鈴が描いてあるのだが、その黒いものは風鈴よりずっと大きくて、頭と手足がついていた。人の姿なのだ。

河津はもう少しでアッと声を立てるところであった。それはいつかの晩、上野公園の五重の塔で見たあの景色とそっくりではないか。名古屋の鶴田正雄が五重の塔のてっぺんで、首をくって自殺した、あの姿とそっくりではないか。

この妙な画家は、あの首吊り男を、どこかから見ていたのかしら。そしてその印象を油絵に描いたのであろうか。いや、そうではない。この部屋にある絵は、どれもこれも新しいものでないことは、一目《ひとめ》でわかる。皆年月のたったものばかりだ。とすると、この怪画家は、あの五重の塔の首吊り事件を、数年以前に予見していたのであろうか。それともただ偶然の一致であろうか。

ふと目をそらして、別の画を見ると、そこにはもっと気味のわるいものがあった。

それはパステルで描いた塔の部分画であったが、塔の頂上の屋根の一部分を下から見あげたところで、その屋根の端から、画面いっぱいに一人の男がぶらさがっていた。その首吊り男は、あのルンペンのような鶴田ではなくて、まだ二十歳ぐらいの詰襟《つめえり》の洋服を着た学生ふうの青年であった。やっぱり偶然の一致なのだ。この画家は上野の首吊り事件を写生したわけではなかった。

なおよく見ると、二十幾枚の額の過半《かはん》には、同じような首吊り男が書き添えられていることがわかって来た。あるものは豆粒のように小さく、あるものは顔の部分だけを大写しに、あるものは足だけを画面に現わすというように、大小さまざまの首吊り男が、じつに巧みに描かれていた。

三田村と名乗る怪画家は、河津のおどろき顔をニヤニヤ笑いながら眺めていたが、彼が首吊り男の絵を見つくしたところを見はからって、

「どうだね、気に入ったかね」

と、揶揄するように尋ねるのであった。

「ええ、気に入りましたとも。じつに思いきった画題ですね。僕はこんな奇抜《きばつ》な絵は初めて見ました。それに同じ画題を、こんなにいろいろに描き分けるなんて、僕なんかには想像もできないことです」

河津は、じっと相手の表情を注意しながら、恐れ入ったように、答えた。

「フン、君はこんな絵が好きとみえるね。よければ一枚あげてもいいよ」

「ええ、ぜひいただきたいもんですね。しかし、こんな画題をどうしてお思いつきになったのです。こういう首吊りでもごらんになったことがあるのですか」

「いや、空想だよ。俺は子供のころから、この画題に興味を持っていたのだ。これとそっくりの夢を、よく見たものだよ。ハハハハハ」

河津は気違いのように笑う相手の顔をまじまじと見つめていたが、ふとまた冒険心にそそのかされて、思いきって言い出してみた。

「僕はこういう景色を見たことがあるのですよ。ホラご存じでしょう。ついこのあいだ上野公園の五重の塔に首吊り事件があったのを。僕はあれを偶然通りあわせて見たのですよ。これとそっくりでした。僕は最初この絵はあの事件を写生なすったのじゃないかと思ったほどです……もっとも、首吊り男の顔や服装はまるで違っていますけれど」

「ウン、僕もあの事件には興味を持っている。見たかったね。君は運がよかったのだよ。だが、待てよ。あの事件は真夜中じゃなかったのかい」

「ええ、友達の家で夜ふかしをしてしまって、ちょうど首吊りが発見されて、騒ぎになっているところへ通りかかったのですよ」

「フーン、妙なことがあるもんだ。俺は、やっぱり君のようにあの出来事を目撃した男を知っているんだが……」

三田村はニヤニヤ笑いながら、意味ありげにいった。

「ヘエ、そうですか。どこの方です」

「素人探偵の河津三郎って男さ」

「エッ」

河津は不意を打たれて、思わず弱味を見せてしまった。変えまいとしても、表情が変わるのを制し得なかった。

「ハハハハハ、その河津という男は、妙なやつでね、あの首吊り事件にひどくこだわっているということだ。何か大きな犯罪でも隠れているように考えて、夢中になって走りまわっているということだ。むだな物好きだよ。たとい犯罪があるとしても、あんな青二才のやせ腕で何が探り出せるものか。よせばいいのだ。もしあくまで探偵をつづけようとすれば、奴《やっこ》さん命がいくつあってもたりやしないよ。ハハハハハ」

怪画家は、長髪をゆるがせ、ピンとはねたチョビ髭をふるわせて、あざけるようにカラカラと笑った。

「そうですかね。しかし、僕もあの事件のかげには何か大きな犯罪があるんじゃないかと思いますよ。僕が素人探偵だったら、やっぱりその人のように、命がけで探偵をする気になるでしょうね」

河津も負けてはいなかった。

「フフン、君はなかなかおもしろいことをいうね。それじゃ一つ君に見せるものがあるから、こちらへ来たまえ」

三田村はそう云いながら、一方の壁に近づいて行った。その壁の上部には、フェンシングの長剣が二本、ななめに交叉《こうさ》して飾りつけてあった。その十文字の剣の上に、何か白いものが懸けてある。よく見ると、それは髑髏《どくろ》であった。長い歯をむき出した髑髏が、二本の剣の真上で、気味わるく笑っていた。交叉した剣と一個の髑髏との配置が、何か寓意《ぐうい》的な模様のように見えた。

三田村はその下へ行くと、背のびをして長剣の一本を壁からはずして、右手に持った。

「俺は西洋の剣術が好きでね、少し習ったことがあるんだが、昔西洋では、こいつで決闘をやったもんだよ。この鋭い切先《きっさき》で相手の胸を突き通すんだ」

云いながら、彼は左手でその切先を持ち、弾力のある刀身を弓のように曲げてみせて、敵意に満ちた目でジロジロと河津を眺めるのであった。

「ハハハハ、それはおもしろそうですね。しかし、お話を聞いてますと、なんだか、あなたもあの首吊り事件には、無関心ではないようですね。ひどく興奮していらっしゃるじゃありませんか。その剣で、河津という素人探偵を突き殺そうとでもおっしゃるのですか」

「ウン、即刻《そっこく》手を引かなければ、俺はあいつをやっつけるかもしれない。こうしてね」

三田村は、チョビ髭をふるわせてどなったかと思うと、長剣をかまえて、河津の胸に狙いをつけて見せた。両脚を大の字に開いて、左手をあげて、今にも突きかかる気勢を示した。

「何をするんです。あぶないじゃありませんか」

河津はギョッとして、思わず身がまえをした。

二人はそうした姿勢のまま、一分間ほど身動きもしないで、じっとおたがいの目の中をのぞきあった。

「ハハハハハ、じょうだんだよ、じょうだんだよ。心配しなくてもいい。俺はむちゃなまねはしないからね。君を鉄橋の上から突き落とすようなむちゃなまねはしないからね」

「エッ、鉄橋の上から？」

何もかも知りつくしているような相手の言葉に、河津はいよいよ薄気味わるくなって来た。なんだか相手の方が、一枚役者が上のように思われて来た。

「ウン、鉄橋の上からね、その河津という探偵が突き落とされたのさ。だが、運のいいやつだ。あいつはうまく助かったのだよ。そして、しょうこりもなく、またおせっかいをはじめやあがった。

「しかし、用心するがいい。今のうちに手を引かないと、今度こそ取り返しのつかぬことが起こりそうだよ。俺はがまんをするにしてもだ。俺の自由にならない恐ろしいやつがいるんだ。

「ホラ見たまえ。そいつは今もあの闇の中にうずくまっている。血にうえた猛獣のように、獲物をねらっている」

三田村は半ば開いたままのガラス窓の外を指さして見せた。

見まいとしても見ないわけにはいかなかった。河津は一歩その窓に近づいて、外の闇の中をすかして見た。

そこには荒れはてた庭があった。勝手次第に枝をのばした雑木《ぞうき》の林、生えるにまかせた雑草の草むら、その一尺以上ものびほうだいにのびた草むらの中に、何かしら大きな黒いものがうずくまっているのが、窓からの光でおぼろげに眺められた。

三田村の言葉は嘘ではなかったのだ。そこにはたしかに何かゾッとするような気味のわるい生きものがうごめいていた。

目がなれるにつれて、そのものの姿がだんだんはっきりして来た。それは白い顔を持った人間であった。まっ黒な服装をして、下半身を草むらに隠して、今にもこちらへ飛びかかろうとするような姿勢で、そこにうずくまっていた。

それはまっ黒な一匹の豹のように感じられた。白い美しい顔をした牝豹《めひょう》であった。しかも、その右手には、西洋ふうの短剣が、怪物の牙《きば》のようにギラギラと光っていた。

「わかったかね。あいつは美しい気違いなんだ。河津の命を狙って死にもの狂いになっているのだ。俺の力でもどうすることもできない。あいつに殺人罪を犯させまいと思えば、河津がこの事件から手を引くほかはないのだよ。わかったかね」

怪画家が鋭い目を光らせて、押しつけるような声でいった。

河津はいそがしく頭を働かせながら、すばやく前後の事情を推察した。あの黒い怪物は、さいぜんこの家の門に忍びこんだ、あの影のような人物にちがいない。やっぱり敵の一味の者であった。

その草むらの牝豹が何者であるかということも、彼はすでに悟っていた。あの妙なかっこうの短剣に見覚えがある。いや短剣ばかりではない。おぼろげながら、その美しい顔を見あやまってよいものか。あの女だ。あの女だ。あいつがまたしても彼の面前に、狂気の眼を光らせて立ち現われたのだ。

河津はさすがに全身にビッショリ汗をかいて、どうしてこの危機を逃れようかと思いまどった。むろん相手は、彼が河津三郎であることを、とっくに見ぬいているのだ。牝豹の短剣が、いつ胸板めがけて飛んで来るかわからない。

そして、一方には怪画家の手に、鋭い切先の長剣が、ビュンビュンとうなりを立てているのだ。

ゴムの指

河津は窓際に突っ立ったまま、釘づけにされたように、窓の外の草むらの中の牝豹に見いっていた。何か魔術にでもかかったように、目をそらすことができなかった。恐ろしいにらみあいが、たっぷり二分間もつづいた。

その間、暗闇の庭が彼の全心を吸いよせていたので、うしろに何事が起こっているかを、少しも知らなかった。怪画家三田村が、どんな醜いかっこうで、彼の身辺に忍びよっているかを、少しも知らなかった。

ハッと気がついた時には、彼はもう両手の自由を失っていた。上半身に重苦しい生暖かいものがからみついて、頸筋《くびすじ》のあたりに相手の激しい呼吸が感じられ、たちまちのうちに両手がうしろに廻されて、その手首に何かが巻きついていた。

驚いて声を立てると、前面の敵も、得たりとばかり攻勢をとった。草むらがザワザワと鳴って、まっ黒な牝豹が、恐ろしい勢いでこちらへ飛びかかって来るのが見えた。河津は、悪夢のなかでもがいてでもいるように、不思議に抵抗力がなかった。頭の働きもにぶっていた。この前後両面からの敵の襲撃が、現実の出来事と感じられないほど、ぼんやりしていた。

いつの間にか、彼はアトリエの床に転がっていた。両手と両の足首を縛られて、荷物のように転がっていた。彼のすぐ頭の上で、ひどく大きく感じられる、二つの顔が化物のように彼を見おろしていた。怪画家と、早くも室内に飛びこんで来た進藤礼子の、いずれ劣らぬ気違いめいた顔であった。

「ハハハハハ、河津探偵もろくも敗北だね。どうだい、いやに青い顔をしているじゃないか。怖いのかい。ハハハハハ、なあに、そんなに怖がらなくてもいいよ。君を殺そうというのじゃない。ただ俺のいうことを聞いてくれればいいんだ。つまりこの事件から手を引くんだね。それも、ただ口約束だけじゃだめだ。証拠を見せるんだよ。明日俺といっしょに日本橋のM銀行へ行って、地下室の貸し金庫から例の鞄を取りだし、俺に引き渡すのだ。そして、素人探偵を廃業するんだね。今後は一切他人の秘密に好奇心を持たないという、何かしっかりした証拠を見せるんだよ。わかったかい。もしいやだといえば、ここに武器が揃っている。俺は人殺しなんかあまり好きじゃないが、この人は（と黒衣の礼子を指して）血にうえているんだ。殺したくてしかたがないんだ。さア、返事をしたまえ」

三田村は例のフェンシングの長剣を、弓のようにたわめては、ビューンと宙にはじいて見せた。しなやかな刀身が電燈を受けて、銀色のプロペラのように光った。

礼子は右手をうしろに廻していたが、そこで例の短剣を汗の出るほど握りしめていることは、見ないでもよくわかっていた。美しい顔に血の気が失せて、目ばかりギラギラと狂気のように輝いていた。

やっぱり気違いなのだ。気違いでなくて、こんな真似ができるはずはない。三田村とても正気の人間ではあるまい。乱れた長髪、変にうつろな両眼、黄色い顔、ピンとはねたチョビ髭、その下の異様にまっ赤な唇、見ただけでもどこかしら気違いめいている。河津は気違いの住家に飛びこんでしまったのだ。一切の出来事が悪夢のように感じられたのもむりではない。

「オイ返事をしたまえ……なぜ黙っているんだ。おやッ、君は何を見つめている？」

「君の右手の人差指だよ」

転がっている河津が、はじめて口をきいた。

「フフン、これか。わかったのか」

三田村は一時ギョッとしたらしかったが、たちまちあきらめたように不敵に笑った。

「それは君の指じゃあるまい。あまりよくできているので今まで気づかなかったが、こうして下から眺めていると、いろいろなことがわかって来る。そいつはゴムだね」

「それがどうしたというんだ？」

「人差指といえば思いあたることがあるからさ。あの鞄の中に、ちょうど今君の着ているようなブラウズがはいっていてね。そのポケットから人間の指のミイラが転がり出して来たんだよ。それがどうも人差指らしいのでね」

「それが俺のブラウズだとでもいうのか。その指が俺の指だとでもいうのか」

「ウン、偶然にしちゃ、少しうまく符合しすぎているんでね」

河津はなんでもない世間話をしているような、ゆっくりした口調でしゃべっていた。これもやはり彼の風変わりな性格の一つなのだ。非常に重大な事柄を、さもなんでもないことのように取りあつかうのが、たまらなく好きであった。だが、相手はその河津に輪をかけて気違いめいていた。

怪画家三田村は、ちょっと常識では判断できないほどの大胆さで、いきなり、その右手の人差指をスッポリ引きぬいて見せた。

それは非常に巧みにできたゴム製の指であった。三田村の人差指はわずか五分ほどの突起《とっき》が残っているばかりで、それにゴム製の指がはめてあったのだ。

「このおもちゃがお気に召したのかね。ハハハハハ、子供のころのいたずらの名残《なごり》だよ。だが、君はそうじゃないというだろうね。どうとも勝手に判断するがいい。それよりも、今はもっと大切なことがあるんだ。君がつまらない好奇心を捨てて、この事件から手を引くかどうかだ。さア、返事をしたまえ。君は命が惜しくないのか」

だが、河津は答えなかった。ただ、この狂人のアトリエから、どうして逃げだすかを考えていた。縛られた手首の縄を、少しでもゆるめるためにひそかに苦心していた。

呪いの塔

ちょうどその時、けたたましく電話のベルが鳴りひびいた。アトリエの一方の隅に、電話室もなく、露出《ろしゅつ》した電話器がとりつけてあるのだ。

三田村と礼子とは、それを聞くと、ハッとしたように顔見あわせたが、やがて、三田村が舌打ちしながら、その隅へ行って受話器を取った。そして、二《ふ》た言《こと》三言話しているうちに、三田村の声の調子が変った。

「エッ、なんだってまた、そんなことを。気でも違ったんじゃないか……よし、すぐ行きます。礼子さんもここにいるんだ。二人ですぐかけつける。警察へは知らせたかね。ウン、そうか。僕が行くまで知らせない方がいい……それじゃ」

受話器をかけて帰って来た三田村の顔には、激しい苦悶の色が現われていた。

彼はしばらく躊躇していたが、やがて、決心したように「ちょっと」といって、礼子を部屋の一方へ連れて行って何事かヒソヒソとささやくのであった。

「エッ、ほんとうですか。ああ、あたし、どうすればいいんだろう！」

聞き終わった礼子が、身をよじるようにして、悲痛な声を立てた。彼女の顔は幽霊のように青ざめていた。

「呪いだ。塔の呪いだ。五重の塔の中から、あいつが手招きするんだ。そこにあいつが棲《す》んでいるんだ。俺にはよくわかる。俺にもいつか、そんな運命が来るかも知れない」

怪画家は、両手で長髪をつかみながら、気違いのようにわめいた。まるでつきものがしたように、河津のいるのも忘れて、わめいた。

「だが、ともかく行って見なければならん。こいつは押入れの中へほうりこんでおけばいい、手足が縛ってあるんだから、逃げ出すはずはない」

三田村は大声で独り言を云いながら、転がっている河津に近づき、ほとんど放心状態で、彼の上半身を抱きあげて部屋の隅へ引きずって行った。

「こいつのせいだわ。こんなことになったのも、皆こいつのせいだわ。あたし、敵《かたき》が討ちたい。三田村さん、あたしこの短剣をこいつの心臓へ突き通してやりたい！」

礼子は憎悪に燃える目で、河津の顔をにらみつけながら執拗に云いつづけた。

「それはあとでもできる。こいつは逃げ出しやしない。それよりも、早く行って見なけれゃ。さア、この押入れの戸を開けてください」

今にも飛びかかりそうな目で、しかたなく彼女はその戸を開いた。

「ここでおとなしくしているんだ。相談は帰ってからゆっくりしよう。よく考えておくがいい。手を引くか、命かだ」

ピシャンと戸がしまって、河津はまっ暗な押入れの中に取り残された。キイキイと押入れの戸のねじこみ錠を廻す音が聞こえ、やがて、二人の足音が遠ざかって行った。河津は二人の言動からおよその事情を推察することができた。礼子が色を失ったのもむりではない。三田村が気違いのようにわめいたのも、もっともである。河津自身すら押入れの闇の中で、それを想像した時、恐ろしさに身ぶるいを禁じ得なかったほどである。

じっと闇の中を見つめていると、その光景が、灰色の幻影となって、まざまざと目の前に浮かんで来た。

そこには枯木ばかりの林があった。葉というものの一枚もない、奇怪な形の枯枝《かれえだ》が交錯《こうさく》して、空にそそり立っていた。

その林の中に古い五重の塔が、ピサの斜塔のように少し傾いて建っていた。非常に古い、荒れすさんだ古塔である。むろん上野や浅草の塔ではない。どこか郊外の、人家に遠い古寺の塔であろう。

枯木林の下道を、一人の小さな人間がブルブルふるえながら歩いていた。礼子の父の進藤健三氏である。彼は何かにつかれたように、塔の頂上を見つめながら、一人ぼっちで歩いていた。

やがて、その進藤氏の洋服姿がおもちゃのくり猿のように、塔の外部を登って行くのが見えた。まったく足場のない外面を、目に見えぬ大きな手でひきあげられるようにスルスルと、苦もなく頂上に達していた。

そして、次の瞬間には、彼はアトリエの壁の十数枚の画と同じ状態になっていた。人間が一個の風鈴と化して、塔の頂上の端にぶらさがったのである。そして風もないのに時計の振子のように、烈しく左右にゆれているのだ。

映画の大写しのように、その塔の頂上が、スーッと河津の目の前に押しよせて来た。頂上の屋根だけが、びっくりするほどの大きさで網膜《もうまく》いっぱいにひろがった。その構図はどこやらアトリエの一枚の油絵に似ていた。

今、彼の目の前を、進藤氏の巨人のような顔がおおっていた。そして、その顔が振子のように、ゆっくりゆっくり右に左に視界の外に消えてはまた戻って来るのであった。

戻って来るごとに、その巨大な顔の表情が変わっていた。ニヤニヤ笑っているかと思うと、さめざめと泣いていた。そして、次には鬼のような激怒の表情になって、何事かわめいていた。もう縊死しているはずの彼が、縊死の状態のままでわめいていた。

河津はその声が聞こえるような気がした。

「俺は貴様に殺されたんだぞ。貴様を殺そうとして、かえって俺の方がやられたんだ。貴様の幽霊におびやかされているよりは、俺は死ぬ方がましだった。すると、幸い、この塔が見つかったので、俺はここへやって来たのだ。貴様は俺を殺した。よく覚えてろ。貴様は人殺しだぞ」

そんなことを、耳の中がガンガン鳴るような大声で、繰り返し繰り返しわめくのであった。

河津はつい一時間ほどまえ、自動車の窓から首を出して進藤氏をこわがらせた有様を思い浮かべた。その時の進藤氏の恐怖と絶望の表情がありありと思い出された。すると目の前の幻の顔が、たちまちそれと同じ表情に変わった。ほとんど正視するにたえない、魂も消えるばかりの恐怖そのものがそこにあった。

河津は、今彼の足を踏みこんでいる世界のあまりの異様さに、彼自身の脳髄を疑わないではいられなかった。

鶴田という職工あがりのルンペンが上野の塔で首をくくった。するとそのあとを追うようにして、あの資産家の会社の社長が、また同じように自殺したのだ。そして、その娘は、血にうえた豹のように短剣を振りまわしている。怪画家三田村は、五重の塔と首吊り男の絵ばかり描いている。

これらの事実はいったい何を意味するのだ。その奥にはどんな秘密が隠されているのだ。

三田村は「塔の呪い」という言葉をもらした。では、この一聯《いちれん》の奇怪事の裏には、古塔にひそむ何者かの妖気が働いているのであろうか。古塔が目に見えぬ手をのばして、人々を、河津自身をさえも狂気の世界へ引き入れようとしているのではないのか。

だが、河津のこの幻想は十分ほどで消え去った。その間も絶えまなく無意識に働いていた両手が、いつしか縄をゆるめて、自由になっていたからである。

自由になった両手が、彼に現実を呼び戻した。彼は闇の中でいそがしく足首の縄を解いた。そして、ゴタゴタした道具類の中に、坐《すわ》りなおすと、前の板戸を押し試みた。ねじこみ錠が差してあることはわかっていたが、錠などは問題ではない。板を打ち破ればいいのだ。それには押入れのがらくたの中に、手ごろの道具があることを発見した。何に使用したものか、鉄梃《かなてこ》に似た一本の鉄棒が転がっていたのだ。

彼はそれを取って、いきなり板戸を乱打しはじめた。

闇の声

河津は押入れの板戸を破って、外に這いだすことに成功した。

二人の行く先はわかっている。あとを追うのだ。あくまで彼らに喰いさがって、秘密の端緒《たんちょ》をつかまねばならない。

彼はアトリエを飛びだすと、半丁ほど向こうにとめておいた自分の自動車にかけつけ、運転台について、渋谷の進藤邸に向かって走らせた。

門前までは行かず、はるか手前の横丁に車を隠して、ひっそりと寝静まった屋敷町を、影のように進藤邸へと近づいて行った。

大門はしまっていたけれど、そばの小門を押してみると難なく開いた。おそらく十数分前、画家の三田村と礼子とが、ここからはいって、狼狽《ろうばい》のあまりあとの締まりも忘れて行ったものであろう。

西洋館の横手を、庭園の方へ廻り、河津の足はしぜん例の樫の大木の方へ近づいて行った。つい数時間前、その樹上へ登って、洋館二階の進藤の居間をのぞきこんだ、あの樫の木である。

だが、洋館の窓は皆まっ暗で、人のいる気配も見えなかった。裏手に和風の平家が建っていることを知っていたので、庭樹の茂みの中を、足音を忍ばせながら、その方へ進んで行くと、ふと、行く手の暗《やみ》の中から、人の話し声が聞こえて来た。

ハッとして、茂みの蔭にうずくまり、聴き耳を立てると、その声はつい一間ほどのところから聞こえて来ることがわかった。

闇の中で、何者かが立ち話をしているのだ。

「それじゃ、僕は行って来るから、あなたはここにいて、お父さんをよく見てあげて下さい」

「でも、大丈夫かしら……」

「大丈夫。医者が引き受けたというんだから、心配することはありませんよ。警察に知らせなくてよかった、これでまず一《ひ》と安心《あんしん》です。しかし、これは僕らだけですむことじゃないのですからね。すぐあの人たちに相談しなけりゃ」

「でも、もう二時でしょう。今夜はあたしの家へお泊まりになっては……」

「いや、そうしちゃおられん。青木《あおき》君が、すぐ来てくれっていうんです。今電話で知らせてやったんだが、やっぱり会って相談したいというんですよ。それに、押入れの中へほうりこんであるやつのことも心配だし」

それは怪画家三田村と礼子の声であった。青木というのは何者かわからなかったけれど、押入れにほうりこんであるやつというのは、むろん河津のことである。河津はそれを、だが、二人はなぜこんな闇の庭園で、立ち話をしているのであろう。

次のように想像した。

　事件はおそらく、裏手の日本座敷で起こったのであろう。進藤は今もそこで、医者と召使の介抱を受けているにちがいない。だから、三田村と礼子は、西洋館の玄関を通らないで、直接庭から、そこへかけつけ、また庭を通って、門の方へ引き返す途中なのであろう。

　という意味は、つまり、進藤はその和風の建物の軒下にぶらさがっていたのではないかということである。洋館には張りだした屋根がないのだ。この邸内で、いくらかでも五重の塔を連想させるものは、あの立派な和風建築のはねあがったような屋根のほかにはない。その屋根の形の相似《そうじ》が、物の怪につかれた進藤を誘惑したのではないか。彼はルンペン鶴田が上野の五重の塔でしたのと同じやり方で、その軒下にぶらさがったのではないか。

　闇をすかして、その方を見ると、雑木の木立のあいだに、日本建ての棟が、異様な曲線を描いて、まっ黒にそびえていた。しめきった雨戸の隙間から、かすかに光が漏れている。あの部屋に、抱きおろされたばかりの進藤が横たわっているのではなかろうか。

「じゃ、うちの車に乗っていらっしゃる?」

闇の中で礼子の声がたずねていた。

「ウン、運転手君に、用意をしてくれるように、頼んであるのですよ」

三田村はそう答えて、門の方へ歩いて行くらしい様子だ。

河津はそれを聞くと、とっさに三田村を尾行する決心をした。彼は自分の自動車を持っているのだから、尾行するのはわけはない。

河津は闇の中の一匹の猫になって、音もなく茂みの蔭を這いはじめた。三田村よりも先に、門を出てしまうために大急ぎで引き返した。

二人が、まだ何か立ち話にひま取っているあいだに、彼は首尾よく先を越して、門のところにたどりついたが、見ると、いつのまにか、大門がいっぱいに開かれて、その内側に一台の自動車がいつでも出発できるように用意されていた。

ソッとのぞいて見ると中には誰もいない。運転手の姿も見えぬ。

河津はそれを見て、フラフラと妙な気持になった。進藤に、樫の木の上から、また彼自身の自動車の運転台から、バアと顔を出して見せた、あの一種気違いめいた冒険心だ。

別の車で尾行するよりも、この自動車の中へ身をひそめていた方が、もっと確実で、もっと痛快ではないか。アトリエの押入れにとじこめられているはずの彼が、三田村のクッションのすぐうしろに隠れて、相手の一挙一動を見守っているとしたら……河津はこの突飛な思いつきの誘惑をしりぞけることができなかった。

彼は流線型の自動車のクッションのうしろには、思いもよらぬ大きな隙間のあることを知っていた。この自家用車がどこの会社の製品にせよ、ただクッションの背部のもたれの部分が、前方へ倒せるようになっていさえすれば、その隙間へ忍びこむことは不可能ではない。彼はかつて別の車でそれを試みたことがあって、小がらの彼には、辛《かろ》うじてそこへ身をひそめることができるのを知っていた。

彼はソッと扉を開いて、車内に忍びこみ、力まかせにクッションのもたれの部分を動かして見た。すると、それは案外たやすく前方に倒れ、そのうしろに大きな隙間ができた。彼はすぐさまそこへもぐりこみ、もたれをもとのように直して、クッションの後部の埃くさい隙間に身を横たえた。

その隙間には、往々にして、小型のジャッキだとか、修繕用の道具などがゴタゴタと入れてあるものだが、この車には幸いじゃまになるほどの道具もなく、非常に窮屈ではあったが、ともかくも、そこに身を細めて横になっていることができた。

「フン、今に、奴さん何も知らないで、このクッションに腰かけて、青木とかいうやつを訪問するんだ。いや、アトリエの方が先かも知れない。そして押入れの戸が破れているのを見て、びっくりすることだろう」

河津は何かかくれみのでも着た気になって、しめつけられる身体の痛さも忘れて、ひそかに打ち興じるのであった。

文豪と政治家

車が走りだすと、その窮屈さ、肩や腰の出張った部分のおしつけられる痛さは、ほとんどたえがたいほどであったが、河津は今さら、敵の前に救いを求めるわけにはいかず、死にもの狂いでがまんしていた。

クッションを通して、三田村の身体の揺れるのが、ハッキリ感じられたが、彼は無言のまま、身動きもせず、じっと前方を見つめているらしく想像された。

永い永い時間、あちらに曲がり、こちらに曲がり、骨も折れるかとしめつけられて、あやうく悲鳴をあげそうになったとき、やっと車がとまった。

「じき来るから、ちょっと待っていてくれたまえ」

三田村の声がかすかに聞こえて、クッションが浮いて、扉の開く音がした。言葉の様子では、ここは例のアトリエの門前にちがいない。

「フフン、奴さんの顔が見てやりたいなあ」

河津は窮屈な姿勢のまま、ひとり痛快がっていた。

ほどなく、彼の隠れ場所まであわただしい足音が近づき、自動車の扉がバタンとしめられたかと思うと、恐ろしい勢いで、重い物体がクッションの上に転がりこんで来た。

「君、急いでくれたまえ。大急ぎだ。大変なことが起こったのだ。もし尾行して来る車があったら注意してくれたまえ」

三田村の息を切らしている言葉が、ハッキリ聞こえて来た。むろん、押入れの中が空っぽになっているのをたしかめて、興奮しているのだ。押入れから逃げだした河津が、どこかで見張っていて、尾行してくるのではないかと気づかっているのだ。その河津が、クッション一《ひ》重《え》のうしろに、ニヤニヤ笑いながら身をひそめているとも知らないで。

車はふたたび、矢のように走りだした。河津はまた窮屈な痛い思いをがまんしなければならなかった。

だが、今度は案外早く、十分も走ったかと思うころ、三田村の「ここだ、ここだ」という声とともに、車がとまった。

「少し長くかかるかも知れないから、家へはいって待たせてもらう方がいいだろう」

三田村は運転手をいたわって車をおりて行き、つづいて運転手も車外に出て行く物音が聞こえた。

河津はそれを聞きすましてから、クッションのもたれを押して、しびれた身体を無理に起こして、ソッと外をのぞいて見ると、車は立派な洋風邸宅の門内にとまっていた。すぐ目の前にしゃれた張り出し屋根のついたテラコッタ張りの玄関が見えている。

「こいつは進藤の家よりも立派だぞ。青木っていったい何者だろう?」

河津はいぶかりながら、窮屈な場所から、やっと這い出して、車の外に出ると、車体の蔭に身を隠すようにして、あたりを入念に観察した。

「あいつはきっと、奥まった部屋で話をするにちがいない。庭からのぞけるといいんだが」

幸い、建物に沿って、左の方へ細い道がつづいていることがわかったので、河津はともかく、そこへはいって行ってみることにした。

コンクリートの塀と母屋とのあいだの、狭い露地《ろじ》のような所を一と曲がりすると、正面に板戸がしまって、向こう側から鍵がかかっていることがわかった。

河津はその低いコンクリート塀を音を立てないように乗り越すことに成功した。塀の向こうは広い庭になっている彼は母屋に沿ってその庭を奥へ奥へとはいって行った。

ふと気がつくと、向こうの木立がボンヤリと明るくなっている。そこの窓の中に電燈がついていて、その光がカーテンを通して、庭に漏れているのだ。

彼はその窓の下に忍びよって、ソッと室内をのぞいて見た。厚いカーテンの合わせ目に、少し隙間ができていて、中の様子が手にとるように見すかせる。

豪奢《ごうしゃ》な洋室であった。天井や壁の構造、色彩調度の類がアメリカ映画のセットのように明るくて気がきいていて、そこにいる三人の日本人がなんだか爺《じじ》むさく見えるほどであった。

だが、部屋の立派さよりも、もっと河津をおどろかせたのは、そこにいる二人の人物であった。テーブルを囲んでいる三人のうち、一人は怪画家三田村であったが、あとの二人が、じつに意外な人物なのだ。

ちょうど窓の方へ顔を向けて腰かけている和服の人物はおそらくこの家の主人であ

ろう。デップリと肥ってチョビ髯をはやした、子供子供した顔。

「おやッ、この人はどこかで見たことがある。アッ、そうだ。小説家の青木昌作《しょうさく》だ」

青木昌作といえば、現代随一の大作家であった。雑誌の口絵などで、たびたび彼の豪奢な邸宅を見ていたが、この家がそうだったのか。それにしても、あの有名な小説家が五重の塔の首吊り事件と、いったいどんな関係があるというのだろう。

「フフン、こいつはいよいよ面白くなって来たぞ。合名会社の社長と、気違い絵かきと、日本一の小説家か。なんだかとほうもないことになりそうだぞ」

河津は、事件が思いもよらぬ方角へひろがってゆくのをみて、すっかり有頂天《うちょうてん》になってしまった。

だが、彼を喜ばせたのはそれだけではなかった。そこにはもう一人の人物がいたのだ。その男は、やはり小説家と同じ四十五、六歳の年配で、ピッタリと身についた仕立てのよい背広、眼鏡の中の威嚇《いかく》するような鋭い目、きれいに刈った口髭、つややかな顎の先だけに、ポツンと残したまっ黒な顎髯。

「オオ、これはどうだ。こちらの先生は、大田黒大造《おおたぐろたいぞう》じゃないか。文豪と政治家だ。妙な取りあわせだぞ」

大田黒大造は静岡県選出の代議士、民友党の幹部としてジャーナリズムの世界にもよく名の売れた政治家であった。河津はこの代議士とは、ある会合の席上で口をききあったこともあるくらいだから、人違いをするはずはない。

いよいよもって不思議というほかはなかった。いったいこの貧乏絵かきと、小説家と、政治家の三人は、深夜何を語っているのであろうと、耳をすました。

ガラス戸が密閉されていなかったので、三人の会話がハッキリもれて来る。

「汽車から突き落とすなんてまずいことをやったもんだなあ。いったいあの礼子という娘がいけないんだ。いや、娘に秘密を打ちあけた父親がいけないんだ。

「だまってほうっておけばよかったのさ。なあに、素人探偵なんかに、何が探り出せるものか、知らん顔してれば一等安全だったのだよ」

小説家の青木氏が、甲高《かんだか》い声で、進藤氏の軽挙を非難するのが聞こえた。

「だが、こうなっては、素人探偵だって、油断がならんよ。奴さん、もうちゃんと鶴田の素性《すじょう》をつきとめているっていうじゃないか」

大田黒代議士が心配らしく眉をひそめていう。

「ウン、むろん、今となっては捨てておけない。第一、進藤は殺人未遂罪なんだからね。その河津というやつが、ひとこと警察に訴えさえすればね。だが、なぜあいつは訴えないのだろう。なんだか気味のわるいやつじゃないか」

「そのうえ三田村が不法監禁をやっているんだからね。どうもまずいよ。君たちは揃いも揃って、気でも違ったんじゃないか。まア、三田村は昔から突拍子《とっぴょうし》もない男だからなんだが、あの進藤がそんなまねをするなんて、少しおかしいよ」

大田黒氏が三田村を目の前においていて、無遠慮にやっつけている。おたがいの名を呼び捨てにしているのをみると、この三人と進藤氏との一団は、よほどうちとけた間柄らしく思われる。

「気でも違わなけりゃ、首吊り騒ぎなんか起こさないだろう。だが、どうしてそんな気になったのかね。殺人未遂罪の発覚を恐れたのかね」

青木氏は「首吊り騒ぎ」といった。

すると、やはり進藤氏は、河津の想像したとおり、自邸で縊死を企てたものに相違ない。

「たたりじゃないかと思うんだよ」

怪画家三田村が、とつぜんぶっきらぼうに口をはさんだ。

「エッ、たたり？」

「ウン、進藤は日本座敷の軒にぶらさがったんだが、その屋根のかっこうが、なんだか五重の塔の屋根に似ているんだ。あの男、なぜあんな妙な家を建てたのかなあ」

「塔のたたりだっていうのか」

「そうだよ。でなけりゃ鶴田はなぜわざわざ五重の塔のてっぺんまで登って、首を吊ったんだかわからない。何か目に見えないやつが誘ったんじゃないかと思うんだよ。進藤にしても同じことだ。あの円満な実業家が、こんなふうになるっていうのは、どうもただごとではないよ」

「ハハハハハ、三田村はがらになく迷信家でいけない。君こそ何かにつかれているんじゃないかい。第一、あのアトリエの五重の塔の絵を早く焼きすてなけりゃ、もうこうなっては、危険でしかたがない。あんな絵ばかり描くというのが、何かに憑《つ》かれている証拠だよ」

小説家がにがにがしげにいう。

「ウン、憑かれているかもしれない。僕もなんだかそんな気がする。このごろ殊《こと》に塔の夢ばかり見ているんだ」

怪画家はニコリともせず、しごく真面目な表情で、へんなことをいったが、さらにキュッと眉をよせて、テーブルの上に、その青白い顔を突き出した。

「憑かれているといえば、誰よりも、あの礼子っていう娘だよ。あの娘《こ》には呪いがかかっている。美しい顔をして血にうえているんだ。僕が止めなければ、あの娘は、河津を殺してしまったかもしれない……そういえばね。君、礼子の顔を変だとは思わないかい。ことにあの目だ。あの目が誰かに似ているとは思わないかい」

　このなんでもない言葉が、他の二人をひどく打ったらしいことは、隙見をしている河津にもよくわかった。

　小説家と政治家とはギョッとしたように顔見あわせて、しばらくは口をきくこともできないほどに見えた。

幽鬼

　深夜、文豪の邸宅に開かれたこの異様な会議には何かしら怪談めいた空気がただよっていた。世間的に地位のある大の男が、何か怨霊《おんりょう》とか幽鬼《ゆうき》とかいうようなものにおびえているのが、ハッキリわかった。

　それが素人探偵河津の病癖を刺戟しないではおかなかった。進藤氏にバアと顔を見せてこわがらせた、あの子供らしいお芝居気《しばいけ》が、ほとんど、反射的に彼の手を動かした。

　顔を着けんばかりにしてのぞいていたガラス戸、そのガラスの面を押さえていた右手が、生きもののように、爪を立てて、下へすべった。そして、キーッという、何かの悲鳴のような音を立てた。ハッとして手を引っこめた時にはもうおそかった。室内の三人の顔が、おびえきった目で、じっとこちらを見つめていた。

数秒のあいだ、誰も身動きもしなかったが、やがて、大田黒代議士がソッと立ちあがり、窓の方へ近づいて来るのが見えた。

河津は逃げ出さなければならなかった。だが、彼の病癖は、逃げ出すまえに、一つの妙な思いつきを実行させないではおかなかった。彼は大急ぎで窓のそばを離れ、庭木の茂みの中に走りこんだ。そして、窓から五間ほど離れた低い築山《つきやま》の上の、紅葉《もみじ》の木の蔭に立って、その枝のあいだから上半身を窓に向かって露出したまま動かなかった。彫像のように身動きもしなかった。

窓がパッとあいて、明るい光線が庭を照らし、大田黒代議士の黒い影が、じっとこちらを見ていた。

窓の光は築山の上の河津を直射しなかったので、そこにはただ人の顔らしいものが、もうろうと茂みの中に浮いて見えたにちがいなかった。

大田黒氏は窓際に釘づけになったように動かなかった。築山の上のものを発見したのだ。

そして、今話題にのぼったばかりの物の怪を連想した。

彼が他の二人をソッと手招きするのが見えた。無言のまま二つの黒い影が窓際に現われた。

そして、三人はたっぷり一分間、そこに立ちすくんだまま、生人形《いきにんぎょう》のように動かなかった。河津の奇妙な思いつきが、三人の大人をどんなにびっくりさせたかが、よくわかった。

子供らしい素人探偵は、この幽霊劇を一そう効果的にするために、今度は妙な笑い声を立てないではいられなかった。

彼はひくいかすれ声で笑い出した。地のそこからの怨霊《おんりょう》の声で笑い出した。

その声が三人をギョッとさせたことはいうまでもなかった。だが、不思議なことに、心臓が喉のあたりまで飛びあがるほどびっくりしたのは、おどかされていた三人ではなくて、おどかしていた河津自身であった。

それは、彼が笑いをやめても、声だけが闇の中に残っていたからである。こだまではない。彼自身の声が、彼の口から出たまま、宙にただよって消えないのだ。しかも、その声は彼のすぐ近くにさまよっていて、遠ざかる気配もない。

試みにもう一度笑ってみた。そして、ぴったりと口をつぐんでみた。だが、やっぱり空耳《そらみみ》ではない。すぐ耳のそばで、ゲラゲラと笑っている。まっ暗な空気が人間のように笑っている。

河津はキョロキョロとあたりを見まわさないではいられなかった。

築山の樹木が、窓から来る淡い光の中で、むらむらと茂りあっている。えたいの知れぬ笑い声は空中からのようでもあり、その茂みの中からのようでもあった。

カサカサと葉ずれの音がしたので、ギョッとその方を見つめると、そこにもう、ろ、う、と人の顔があった。声ばかりか姿まで、彼とそっくりの者が、その闇の中にたたずんでいた。

なんということだ。幽霊が二人になったのだ。河津自身の肉体が、何かの妖気によって分裂したのか。それとも、茂みに立っているやつこそ、本ものの幽鬼なのか。

だが、そのものが河津の分身でなかった証拠には、彼の意志に反して、スーッと彼の身辺に近づいて来るのが感じられた。ほのかな香料の匂いがした。

河津が逃げ出そうと身構えるよりも、そのものが飛びかかって来る方が早かった。ねばっこい、執拗な腕が、彼の頸にからみついて離れなかった。

声を立てることができなかった。声を立てれば部屋の三人が飛び出して来るにきまっているからだ。彼は無言のまま怪物の腕を振りほどこうとあせった。

　だが、あせればあせるほど、五体の自由を失って行くように思われた。怪物は非常にしなやかな身体をしていた。力まかせにしめつけたら消えてしまうのではないかと感じられ、それでいて、その手と足とは飴《あめ》のようにねばっこく彼を捉《とら》えて離さなかった。

　二人はいつのまにか、組みあったまま、築山のうしろのジメジメした木の葉の層の上に転がり落ちていた。

　ハッ、ハッという怪物の呼吸が、耳のそばで聞こえた。そして、ふと気がつくと、頸筋に鋭い痛みを感じ、何かしらあたたかいものが、皮膚の上を這っているような気がした。

　両手を使っているので、そこを撫でて見ることは出来なかったけれど、それは血が吹き出しているのにちがいなかった。

　怪物は刃物を持っていたのだ。いつのまにかそれを抜いて彼の頸に斬りつけたのだ。

「ウヌッ！」

　死にもの狂いに、相手をはねのけようとした拍子に、右手が宙に浮いて、彼の目の前にギラッと光ったものがある。

短刀だ。

闇の中ではあったが、その鈍い銀色の刀身にタラタラとまっ赤なものがしたたっているのが、ハッキリ網膜に映った。

そして、その短刀を持った怪物の手は、はね返された反動で、ふたたび彼の喉くびめがけて、おそろしい勢いで、落下して来るのが感じられた。

血にぬれた銀色の刀身は、たちまち眼界いっぱいの恐ろしく大きな剣となって、河津のまぶたの直前に迫っていた。

邪悪の古里《ふるさと》

こんな無謀《むぼう》な所業《しょぎょう》をする女がほかにあるはずはない。進藤の娘の礼子にきまっている。あいつだ。あの美しい殺人鬼が、今俺を殺そうとしているのだ。なぜ殺されるかはわからない。しかし、あの女は俺の命を執念深くねらっているのだ。

それと気づくと、河津は、そのまっ黒な相手のクネクネと柔らかい感触に慄然《りつぜん》としないではいられなかった。かよわい美しい娘が、今死にもの狂いで、自分の喉笛をねらっているという気持が、彼の全身を総毛立たせた。

なんともいえぬ恐ろしさに、一瞬手足がしびれたように動かなくなったが、生命の危険を感ずると、反射的に恐ろしい力が戻って来た。執念深くまといつくクナクナしたものを、力まかせにふりほどき、はねのけ、突きとばして、やっと身の自由をえた。彼は闇の中を、往来に面するコンクリート塀に向かって突進した。そしていきなりその塀に飛びつくと、靴の裏でガリガリとコンクリートの面を引っかきながら、やっとその頂上によじのぼることができた。

振りむくと、彼の真下に黒いものが迫っていた。闇にも光る短刀をふりかざして、一匹の黒い豹のように、塀をめがけて飛びかかろうとしていた。

彼はそれを見ると、パッと外の往来に飛びおりて、無我夢中《むがむちゅう》に走った。悪夢に追いかけられるように、死にもの狂いに走った。

さすがの女豹も、コンクリート塀を乗り越す力はなかったのか、うしろに人の気配は感じられなかった。まったく人通りのない深夜の屋敷町を、彼はただ一人、気違いのように走っていたのだ。

それから一時間ほどのち、彼は世田谷の自宅の実験室で何かしきりと書物のページをくっていた。

自動車を乗り捨てておいた進藤邸の近くまで徒歩で引っ返し、そこから自動車を運転して、つい今しがた自宅についたのであった。頸部の傷は思ったほどのこともなく、ほんのかすり傷で、オキシフルと絆創膏《ばんそうこう》の手療治《てりょうじ》で充分であった。傷の手当てをすませると、もう三時半になっていたが、彼は眠ることを忘れたように、調べものに着手したのである。

彼は帰途自動車を運転しながら、ふと一つの着想をつかんだのであった。「邪悪の古里」ともいうべきものを発見したのであった。

縊死を企てた進藤健三が静岡県出身者であることは早くからわかっていたが、考えてみれば、小説家青木昌作の故郷がやはり静岡県ではないか。そのことは河津も新聞雑誌のゴシップなどでよく知っていた。

ところが、さらに妙なことは、もう一人の人物、大田黒代議士もまた静岡県の選出である。おそらくそこが故郷にちがいない。怪画家三田村は、三人ほど有名でないので、どこの出身かはわからなかったが、口のききかたに、どこかしら進藤のそれと共通の調子がある。彼も同じ静岡県人ではないのか。

今を時めく文豪と、有名な政党員と、雑貨問屋の主人と、貧乏画家と、この四人には職業と云い、社交範囲と云い、なんら共通のものはなかった。故郷を同じくすることを除いては、彼らの親交の謎を解く鍵はないのではないか。

そうだ。秘密はそこにあるのだ。そこに彼らの邪悪の古里があるのだ。

この着想は、五里霧中《ごりむちゅう》にさまよう河津にとっては、きわめて重大な発見であった。彼が自宅に帰るやいなや、眠いのも忘れて、備えつけの各種の名簿を調べはじめたのは、この着想に一そう確実な根拠を与えんがためであった。

紳士録、文芸年鑑、代議士名簿、この三種の名簿によって、彼は求めているところのものを探しあてた。進藤も青木も大田黒も、静岡県S市附近に本籍を持っていることがわかったばかりでなく、彼らがまったく同年度のS市S中学校卒業者であることさえ明らかになった。

「しめたッ。奴らは中学の同窓生なんだ。よしッ、S市へ出かけて、奴らの過去を調べてみよう。東京でぐずぐずしているよりは、その方が近道かも知れない」

これが奇人探偵河津三郎の物の考え方であった。常識からいえば何も今さら身もと調べなどしなくても、三田村のアトリエに不法監禁されたこと、青木邸の裏庭で進藤礼子とおぼしき女性に斬りつけられたこと、進藤の縊死未遂事件などを、警察に報告すれば、専門家の手によって、適当な処置が講ぜられるわけで、一素人探偵の彼が、このうえ深みへ踏みこむことはないのであったが、河津にしては、あくまで彼自身の手で、この謎を解きたかったのだ。今になって、警察の助力を仰ぐほどなれば、彼は最初からこの事件に手をつけなかったにちがいない。あの奇怪な品々のはいった鞄を独占するなどという、うしろめたいまねはしなかったにちがいない。

「明日の朝の特急で出かけよう。もうぐずぐずしてはいられない。あの三人はむろん裏庭の騒ぎを知っていた。俺が逃げだしたあとで、覆面の女が俺の名をあいつらに告げたにちがいない。温厚な進藤でさえ、俺を川のなかへ突き落としたんだから、三人のやつが、今度はどんな恐ろしい企らみをするか知れたものじゃない。

「フフン、おもしろくなって来たぞ、いよいよ命がけの戦いだ。なあに、負けるもんか。真相をつかむまでは、どこまでも喰いさがって離れないぞ」

河津は不思議な執念に青ざめた顔を異様にゆがめて、ニヤリとするのであった。

開かずの蔵

その翌日、河津は予定の特急に乗って、昼ごろS市についた。出発前と、汽車中とで、何か妨害が企てられるのではないかと、用心をおこたらなかったが、別段それらしい出来事もなく、ぶじに目的のS中学校を訪ねることができた。

校長に面会して、口実を設けて、卒業生名簿や、卒業記念の写真を見せてもらったが、その写真の一枚には、進藤、青木、大田黒の三人はもちろん、三田村までも、詰襟服を着た子供子供した顔を並べていたのである。

河津は、それをたしかめたばかりでは満足しないで、なおもその八十何人の卒業生の顔を、一人一人入念に眺めていった。すると、彼の目がハッと一つの顔にぶつかった。予感が的中したのだ。そこに、あの最初の首吊り男鶴田正雄とそっくりの顔をした少年が、たくさんのいがぐり頭の中から、ヒョイとのぞいていたのである。

名簿を調べてみると、やはりこれは鶴田正雄に相違ないことがわかった。ああ、なんということだ。小説家と代議士と画家と雑貨問屋とが、揃いも揃って、同じ中学の卒業生であったばかりか、あの奇怪な首吊り男までが、彼らの同期生であろうとは。河津はこの予期以上の収穫に、何も知らぬ校長の前で、うれしさを隠すのがやっとであった。

だが、残念なことに、時代があまり古すぎた。五人の卒業したのは今から二十七年以前なのだ。校長もほかの先生の中にも、二十七年の勤続者は一人もなく、当時のことを聞きだす望みはなかった。

同期生で、今もS市に在住しているものが二十人近くもあるというので、その人々を訪問してみようかと考えていると、校長がふと一人の老小使《ろうこづかい》のことを思い出してくれた。その小使も二年ほど前学校をひいて、今はつつましい隠居暮らしをしているということであったが、二年前に退職した時、三十年勤続を表彰されたというのだから、この小使なら五人のことを知っているにちがいなかった。

河津は校長にいとまを告げると、その足でS市郊外に住む老小使を訪ねた。

老人は自宅の近くの小川で釣りをしていた。川岸の草むらに坐りこんで、三本の釣竿を見つめながら、のんびりと鉈豆煙管《(注6)なたまめぎせる》をくわえていた。六十五歳にしては若く見える、半白の頑丈な老人である。

校長の紹介などといっては、かえって相手を固くさせると思ったので、河津は何げなく老人のそばにしゃがんで、釣りの話をはじめた。ゆっくりかまえて、あれこれの世間話から、いつとなくS中学校の卒業生へ話題を持って行った。

文豪青木と、政治家大田黒は、郷土の誇りであり、S中学の誇りであった。青木と大田黒の名が出ると、老人はにわかに雄弁になって、少年時代の彼らをほめたたえるのであった。

「まだあの中学が建ったばかりでしてね、お二人は第三回の卒業生だったが、このごろの中学生と違って、当時は生徒の粒が揃ってましたからねえ。中でも、あのお二人は偉かった。どこか普通の学生と違っていましたよ」

老人は得意らしく、彼らの逸話などを語ったが、河津は適当にあいづちを打ちながら、機を見て、進藤と三田村のことを話題にのぼせてみた。

「ウン、そうそう、進藤健三さんも、大した出世をなすった。あの人は中学時代にはごくおとなしい、これといって目立ったところのない方でしたよ。三田村というのは、いたずら者で手におえなかったものです。あの人が絵描きさんになっているのですかねえ。

「あの三回の卒業生では、三田村さんなんか一番よく覚えていますよ。わたしなども、あの人にはずいぶんひどい目にあったことがあるのですからね。

「おお、そういえば、もう一人はっきり思い出す人がある。鶴田……鶴田正雄っていうんです。いっこう出世した様子もないから、あなたなぞむろんご存じありますまいがね。学生時代は大した評判でしたよ。五年間級長をぶっ通して、県下を通じて、あんな秀才はないといわれたものです。

「中学の成績なんて当てにならないもんですね。中以下の成績の青木さんや大田黒さんがあんなに偉くなっているのに、級長の鶴田さんはどこに何をしているのか、まるでわからないしまつです。ひどく落ちぶれて、みすぼらしいなりをして歩いているのを、なんでも名古屋とかで見かけた者があるという噂を聞いたくらいです」

河津はそれを聞いて、表情を変えまいと骨折らなければならなかった。とうとう五重の塔の首吊り男の名が話題にのぼったからだ。それにしても、あのルンペンが県下第一の秀才だったなんて、思いもよらぬことであった。

「ヘエ、そんな秀才がいたのですかね。僕はさっきもいうように、青木さんとは懇意《こんい》にしていただいているので、中学時代の話もよく聞いていますが、鶴田なんて人は、話に出たこともありませんよ」

「ああ思い出しましたよ。とんだ昔話を始めたので、いろいろなことが、昨日のように思いだされて来ます。青木、大田黒、進藤、鶴田、それに三田村、いやもう一人、杉《すぎ》村《むら》さんという身体の弱い青白い子供がいましたよ。その六人が、級の中でも特別に親しかったようです。六人組というようなものですね。噂では、誰にも知らせないで、六人だけで、妙なクラブみたいなものを作っているということでした」

「へえ、クラブですって、誰にも知らせないという秘密クラブというようなものですね。これはおもしろい。いい土産話《みやげばなし》になりますよ。六人でこっそり集まって、何かやっていたんですね。いったいどういうクラブだったのでしょうね」

「それがよくわからないのですよ。同級生も知らなかったくらいですからね。わたしは学校のそとの人から噂を聞いたのです。別にどうというわけもないのでしょうが、ひどく秘密にしていたらしいのですね。

「ところが、ふとしたことから、わたしはその六人の秘密のクラブのありかを知ってしまったのです。それはね、ほらあの森の向こうに白壁が見えるでしょう。古い土蔵です。ある日、わたしがこのへんまで使いに来て、あの土蔵のある家の前を通りかかりますと、もう夕方のことでしたが、門の中から、あの六人がつぎつぎと出て来るのにぶつかったのです。なんだか、あたりに気をくばって、一人一人、こっそり出て来るのですよ。

「変だなと思って見ていますと、六人の中の三田村さんが私が立っているのを見つけて、恐ろしい剣幕で近づいて来るじゃありませんか。そして、われわれがこの家に集まっていたことを、誰にもいっちゃいけない。もしお前の口から漏れたことがわかったら、ただではおかないというのです。そしてね、その翌日、今度はおとなしい進藤さんが、小使室へこっそりやって来ましてね。私に小さな紙包みを渡したじゃありませんか。その中に五円札がはいっていましたよ。その頃の五円は大金です。

「わたしはむろんそんなお金は受け取りやしませんがね。中学生なんて妙なことをするもんですよ。大人のまねがして見たいんですね。進藤さんはひどく真剣な顔で、私の部屋へ忍びこんで来たものです」

「中学時代にはそんなことがありますね。秘密結社のまねごとなんかしていたんでしょう。先生たちあの家で何をやっていたんだかわかると、面白いんだがな。で、その杉村っていう人は、今どこにいるんですか」

「それがね、もういないのですよ。妙な事件がありましてね、杉村さんは気のどくな死に方をしてしまったのです」

河津はそれを聞いて、何かしらハッとした。六人の秘密結社の一員が死んでいる。そこに何か特別の意味があるのではないか。

「気のどくなって、病気ですか」

「それが病気じゃないんです。首を吊って自殺したんです」

「エッ、首を吊って？」

「あれです。ごらんなさい。ここからその塔が見えています」

老人は白壁の土蔵の少し右寄りの方角を指し示した。森の彼方《かなた》に、寺院の屋根と、五重の塔の上半部が遠くに見えている。不思議なことに、河津は今の今まで、そこに五重の塔のあることを少しも気づかないでいた。気づかないだけに、老人の指先を追って、それを発見した時には、不意を打たれて、ギョッとしないではいられなかった。

ああ、ここにも五重の塔があったのだ。悪夢のように、古い古い五重の塔がそびえていたのだ。

「エッ、それじゃあの塔で……」

「そうです。あの塔の一ばん上の屋根の端にぶらさがって自殺したのです。あれは昭和×年のことですから、ちょうど今から二十五年前ですね。あの人が中学を卒業して三年目でした。恐ろしい事件でした。まったく前例のない縊死事件だというので、大騒ぎでしたよ」

「どうしてそんな妙な死に方をしたのですかね。何か厭世《えんせい》自殺というようなことですか」

河津はわざとなにげない調子で訊《たず》ねた。

「ところが、そうじゃないのです。人殺しの罪を悔いて、自分が殺した人と同じやり方で自殺したのです。といっただけではおわかりになるまいが、あの塔の屋根にぶらさがったのは、杉村さんがはじめてではなかったのですよ。もう一人、その前に同じような死に方をした者があるのです」

「すると、塔で首を吊った者が二人あるというのですか」

河津はあっけにとられて、聞き返した。

「そうですよ。しかし、最初のは自殺ではなくて、誰かに殺されたのです。身体じゅうに七カ所という突き疵《きず》があったそうです。刃物で殺しておいて、その死骸を、なんのためかわざわざ五重の塔の頂上へ吊るしたんですね。どうしてそんな変なまねをしたんだか、いまだにわからないらしいのですがね」

「で、下手人《げしゅにん》が杉村という人だったわけですか」

「そうです。杉村さんは、私が殺しましたという書置《かきおき》を残して、その殺した男と同じ場所で首を吊って死んでしまったのです。なぜ殺したのか、どういうわけで死骸を塔の上にぶらさげたのか、そういう詳しいことは、一切わからずじまいでした」

それからしばらく、この不思議な二重の首吊り事件について問答をくり返したが、けっきょくそれ以上のことは何もわからなかった。

「杉村さんは気が違ったのだということになっています。気違いででもなければあんな変なまねはできそうもありませんからね」

老人はそう信じているように見えたが、東京での同じような出来事を知っている河津には、むろん狂人のでたらめとは考えられなかった。二十余年の年月をへだてて、このS市の郊外の奇怪事が故《ゆえ》もなく東京に再現されるなどという事はあり得ないのだ。

この二重の縊死事件の裏には、狂人の着想などよりも、もっと恐ろしい秘密が隠れているのかもしれない。怪画家三田村は五重の塔の呪いという言葉を漏らした。これらの奇怪事はすべて古塔にこもる悪霊《あくりょう》の呪いなのであろうか。

それにしても、あの有名な小説家や、政治家などが、古塔の呪いとどんな因縁《いんねん》で結ばれているのであろう。

それからまたしばらく何げない会話をつづけたあとで、河津はふと、思いついたようにたずねてみた。

「あの白壁の土蔵のある家には、どういう人が住んでいるのですか。お百姓ですか」

「元はこのへんの大百姓でしたが、だんだん田地を無くしてしまって、家族も死に絶え、六十幾つの婆さんが一人になってしまったのです。それを親戚の青木さんが引き受けて、夫婦者の雇い人をおいて、婆さんの見とりをさせているのですよ」

「青木さんというのは、あの小説家の？」

「そうです。昌作さんですよ」

「ヘエ、それはちっとも知らなかった。で、青木さん、時々あの家へ来ることがあるのですか」

「めったに見えませんよ。何しろ化物屋敷のように荒れはてた古家ですからね」

「そんなにひどくなっているんですか」

「ええ、広い家ですが、使っているのは二《ふ》た間《ま》か三間《みま》で、あとは締めきったまま鼠の巣になっているっていうことです。それに、あの土蔵も、十何年というもの一度もあけたことがないのだそうですからね」

「どうしてですか。何もはいっていないのですか」

「さア、それはどうか知りませんが、何かわけがあってあけられないのだそうです。村ではあかずの蔵という噂が立っていますがね、先代からのきびしい云い伝えで、青木さんの代になっても、一度も開いたことがないのだそうですよ。なんだか祟《たた》りがあると云いましてね。しかしひとの家のことですから、くわしいことはわかりません。そんな噂を聞いているだけですよ。白い蛇が棲んでいるんだなんて、まことしやかに云いふらすものもありますが、さア、どうですかね」

それを聞いて、河津は烈しい好奇心を押さえることができなかった。その開かずの蔵のある家は、今から三十年近い昔、青木をはじめ六人の学生が秘密の会合をした場所ではないか。しかも六人の一人杉村は世にも不思議な殺人罪を犯し、縊死をとげた。そして、その家の現在の持主は、ほかならぬ青木昌作なのだ。

蔵の中の美少女

　これはじつにおどろくべき発見であった。彼らが組織していた秘密クラブからは、つごう四人の首吊り男が出ているのだ。二十数年前の被害者と、加害者の杉村と、最近のルンペンの鶴田と、自邸の軒下を塔の屋根になぞらえて縊死を企てた進藤と、クラブ員のほとんど半数が、世にも不思議な塔上の縊死者となっているではないか。

　河津は奇怪な「開かずの蔵」というものに、深い興味をおぼえた。もしかしたら、その蔵の中こそ、彼らクラブ員の秘密の会合場所ではなかったか、そこにこそ、四重の縊死事件の謎を解く何ものかが秘められているのではないかと感じた。そこで、彼は老小使に別れると、その足で問題の百姓家を訪ねる決心をしたのである。

　もとはれっきとした大百姓の住まいであったのだろう、屋敷の地面も手広く、母屋の建物もなかなか大きなものであったが、その藁屋根《わらやね》は何年にも葺《ふ》きかえたことがないらしく、恐ろしく波を打って、醜く黒ずみ、今にもつぶれそうにみえた。

　大きな土の竈《かまど》の見える広い土間に立って案内を乞うと、赤茶けた障子をあけて、四十歳ほどの百姓女が顔を出した。留守番の夫婦者の細君の方であろう、赤黒いつやつやした顔をした、いかにも朴訥《ぼくとつ》らしい女である。

河津は、道々考えてきた計画にしたがって、東京の青木昌作からの使いのものといつわり、土蔵を修繕するについて一度内部を検査したいから、「開かずの蔵」を開いてくれるようにと申しいれた。

いくら人のよい百姓女でも、こんな手に乗って、やすやすと蔵の扉を開くかどうかと、河津は少なからず危ぶんでいたのだが、女は少しも疑う様子はなく、なんだか彼の来るのを待ち構えていたとでもいうように、わけもなく承知して、土蔵の前に彼を案内して、扉を開いてくれたうえ、中はまっ暗だからといって、田舎めいた木製の燭台に蠟燭《ろうそく》を立てて貸してくれた。

河津はあまりにやすやすと目的を達したので、なんだかあっけない感じであった。こんなに簡単に扉を開いてくれるところをみると、これはなんの秘密もないただの空《あき》蔵《ぐら》にすぎないのではないか。中には何も品物がないのだから、見ず知らずの男を入れたところで、少しも留守番の手落ちにはならないわけだ。こいつはとんだ思いちがいかも知れないぞと、やや失望を感じながら、ともかくも、中へはいってみることにした。

窓がしめきってあるので中は夜のようにまっ暗であった。空気は古井戸の底のように湿気を含んで冷えびえとして、土とかびの匂いが鼻をついた。

燭台を高くささげて見まわすと、はげ落ちた壁、隅々にかすみ網を張ったようなもの巣、何一品《ひとしな》おいてない埃に埋まった板の間、その一方の隅には頑丈な階段が、斜めに天井にかかっていた。

河津は足もとに注意しながら、だんだん奥の方へはいって行ったが、階段の裏に廻って、ふと向こうを見ると、思わずギョッとして、立ちすくんでしまった。その隅に、何かしらまっ白な人間の形をしたものが、黙って突っ立っていたからである。

彼はそれを一目《ひとめ》見た刹那、老小使の話にあった白い蛇のことを思い出した。そして、その蛇の精が人の姿に化けて、無礼な闖入者《ちんにゅうしゃ》をとがめているのではないかと、われにもあらず逃げ腰になったが、そんなばかばかしいことがあるはずがないと、気を取りなおして、逆にツカツカとその白い物に近づいて行った。

蠟燭の光を近づけると、なんのことだ、それは一個の等身大の彫刻にすぎなかった。ギリシャの女神のような姿をした、裸女の石膏像にすぎなかった。

それにしても、空っぽだとばかり思っていた蔵の中に、こんな石膏像が置いてあるというのは、なんだか狐につままれたような感じで、妙に薄気味わるく思われた。

彫刻にもやはり埃がつもって、顔や胸の窪《くぼ》んだ部分が埃のために薄暗くなって、ちょうど陰影のように見えていたが、その若い裸女の顔は、不思議に美しく、ジョコンダのような薄笑いを浮かべて、今にも物をいうのではないかと思われるほど、生き生きとして見えた。

河津はなぜか、妙に怖いような気がして、その美しい顔を長く見ていることができなかった。思わず目をおとしてふと彫像の足もとを見ると、そこの壁に、数枚のカンバスのようなものが裏向けに立てかけてあるのに気がついた。

それじゃこの土蔵は、昔、誰かがアトリエに使用していたのかしら。だが、光線のとぼしい蔵の中をアトリエにするなんて、ありそうもないことだ。

彼はその埃のつもったカンバスの一枚を、ソッと表に向けかえて、蠟燭の光を当ててみた。それは予想どおり油絵で、少女の半身像が描いてあった。十八、九歳に見える美しい娘である。髪は子供らしいお下げにして、前髪を額が隠れてしまうほど前に垂れ、その先を美しく切り揃えてある。黒っぽい無地の和服の襟《えり》を、女学生ふうにきつく合わせて、一重まぶたの美しい目で、じっとこちらを見つめて、かっこうのよい唇が、やはりジョコンダの薄笑いをしている。一と目見て、それは石膏像と同じモデルを使って、描いたものであることがわかった。

なお残りのカンバスを、一枚一枚表を向けてあらためてみると、どれもこれも、まったく同じ少女の半身像で、ただ髪の形や服装が違っているばかりであった。

どうして同じ娘をこんなに幾枚も描いたのであろう。その上に石膏像まで作っているこの異様な執心は、いったい何を語るものであろう。

油絵はつごう六枚あったが、それをズラッと壁に立てかけて、眺めていると、河津はなんともいえぬ妙な気持になった。それはけっして上手な絵ではなかったが、それにもかかわらず生きていた。生きた六人の美しい娘が、彫像を合わせて七人の娘が、謎の微笑を浮かべて、じっと彼を見つめているのだ。

河津はふと、いつかの晩、東京の三田村のアトリエに、同じ塔の絵が幾枚もかけ並べてあるのを見た時の、あの妙な気持を思いだしていた。怪画家のアトリエと、この蔵の中とには、何かしら説明のできない類似点があるような気がした。

もしかしたら、この彫像も少女の油絵も、あの三田村の手になったものではないだろうか。三田村がまだS市に住んでいた青年時代に、この土蔵にとじこもって、どこかの美しい少女をモデルにして、これらの肖像を描いたのではないだろうか。

河津はふとそんなことを考えた。そして、何かしらハッと秘密の真髄《しんずい》にふれたような気がした。一面の靄《もや》の中からもうろうとして何ものかが浮きあがってくるような気がした。

だが、そうして美少女の絵姿に眺め入っていた時、彼はふと、闇の土蔵の中に、物の動く気配を感じて、慄然とした。つめたいかび臭い空気が一種不吉な震動を、彼の鼓《こ》膜《まく》に伝えたのである。

「アッ、そうだったのか！」

第六感ともいうべきもので、彼はたちまちそれを感じた。そして、サッと振りむくと、はたしてそこに三人の人物が、物の怪のように立ちふさがっているのが見えた。蠟燭の淡い光に六つの目が凝然《ぎようぜん》として輝いていた。

それは、怪画家三田村、小説家青木、代議士大田黒の三人であった。

秘密クラブ

三人は背広の上にオーバーを着て、靴ばきのまま、三田村の他の二人は帽子さえかぶったままであった。

どうやら今まで蔵の二階に隠れて、河津が来るのを待ち伏せしていたらしく思われる。彼らは青木邸の庭園の事件があって以来、絶えまなく河津の身辺を見張っていたのかもしれない。そして、彼がS市へ旅行することを察し、三人で尾行して来たのかもしれない。S中学を訪ねたり、老小使に会ったりしたことも、彼らは逐一《ちくいち》どこかから見守っていたのだ。そして、河津が当然この土蔵を調べるためにやってくると見こみをつけ、先まわりをして待ち伏せしていたのにちがいない。

それなればこそ、留守番の百姓女があんなにやすやすと土蔵の中に入れてくれたのだ。むろん彼女は主人の青木から、その旨《むね》を含められていたのにきまっている。

河津はとっさに事の次第を察して、わなにおちいった獣のような恐怖を感じた。チラッと土蔵の入口を見ると、いつのまに締めたのか、その厚い土の扉は、ピッタリと密閉されていた。そして、その扉と彼とのあいだに三人の大男が腕組みをして、黙然と立っているのだ。

河津はそのただならぬ様子を見ると、生命の危機を感じないではいられなかった。

「こいつらは、俺を殺すつもりかもしれない。きっとそうだ。俺さえ無いものにすれば、彼らの秘密は安全なのだ。そうだ、この開かずの蔵の中で、人知れず俺の息の根をとめるつもりなのだ」

ゾーッと総毛立つのを、彼はやっとの思いで喰いとめた。弱身を見せてはいけない。あくまで戦うのだ。最後の一秒まで冷静を失ってはならない。彼は燭台をソッと前の床において、三人に対抗するように腕組みをした。そしてじっと六つの目を見返した。

たっぷり一分間、誰も物をいわなかった。かび臭い空気がシーンと静まり返って、床の蠟燭の焔が微動もしないでまっすぐに立ちのぼっていた。

「で、君はここへ、いったい何をしに来たんだね」

怪画家の三田村が、大きな目をギョロッと動かして、異様に静かな声でたずねた。

「何をしに来たかは、君の方がよく知っているはずだ」

河津も押さえつけるような声で答えた。

「そうか。つまり君は、俺たちが何か秘密を持っていると信じて、それを嗅《か》ぎだしにやって来たというんだね。だが、それは駄目だろうぜ。オイ、ここは淋しい田圃《たんぼ》の中の土蔵だぜ。何をしたって世間に知れる気づかいはないんだ。それに、俺たちの方は三人だ。それでもまだ、君はおせっかいな好奇心を捨てないというのかね」

三田村はどこから取り出したのか、ギラギラ光る短刀を弄《もてあそ》びながら、毒々しい笑い声を立てた。

「オイ、待ちたまえ。そんな乱暴なことをいっちゃいけない」

小説家の青木が、三田村を押しのけるように前に出た。そして、さすがに紳士らしい態度で河津に話しかけるのであった。

「僕たちはけっして君を脅迫するつもりではありません。懇願したいのです。君にむだな好奇心を捨てて、この事件から手を引いてくださるように、われわれ三人でお願いするためにやって来たのです。

「君はこの事件は何か重大な犯罪に関係があると考えているのでしょうが、そんなものがあるわけではないのです。一つの悪夢にすぎないのです。現実の刑法などとは関係のない、恐怖の幻影のようなものがあるばかりなのです。君がこの事件から手を引いたといって、けっして探偵という職務をおろそかにしたことにはならないのです。

「何もいわないで、今日かぎり、進藤君をはじめわれわれの身辺を探偵することを、あきらめて下さるわけにはいきませんか。お願いです」

青木は肥った愛嬌《あいきょう》のある顔を、青白く緊張させて、熱心にかき口説《くど》くのであった。

「しかし、ただ手を引けといわれても困りますね。犯罪でないのなら、その理由を説明してくださらなきゃ。なぜ鶴田が上野の塔で首を吊ったか、進藤さんが同じような姿で縊死を企てたか、それから、二十何年前、この土地で、杉村というあなた方の同窓生が人を殺して、その被害者をなぜ塔の上にぶらさげたか、そして、杉村自身も同じ塔で縊死したか、この四つの首吊り事件にどんな関係があるのか明確な説明が聞きたいものですね。

「いや、それよりも、さしあたっておたずねしたいのは、三田村さん、君の右手の人差指が、どうして鶴田の鞄の中にはいっていたかということです。ほら、そのゴムのにせ指でごまかしてある君の人差指がですよ」

河津はそういって、三田村の右手をキッとにらみつけた。

「ちくしょう！　俺はもう我慢できない。ヤイ、青二才、貴様のろくでもない好奇心が、どんな報いを受けるか、これを見ろ」

怪画家三田村が狂人のようにわめいて、突進して来た。河津の目の前に、抜き放った短刀がギラギラときらめいた。

「あぶないッ、何をするんだッ」

短刀の切先が河津の胸にふれようとする一瞬前、青木と大田黒が、口々に叫んで、狂画家の両腕をとらえていた。

「ばかッ、君は二十五年前の恥を隠すために新しい人殺しをしようというのか。君は引っこんでいたまえ、僕が話をする。一切ぶちまけて、河津君の判断に任せよう。もうそのほかに方法がないのだ。真実を話したうえ、河津君が僕たちをその筋に引き渡すというなら、喜んで引き渡されようじゃないか。また殺人罪を犯すくらいなら、その方がどれほどましかしれやしない」

青木が興奮に青ざめて、わめくようにしゃべりつづけた。

「ウン、それがいい、今さらこの人に手を引けといったところで、無条件で手を引けるものではない。話した方がいい。青木君、君からいっさいがっさい話してくれたまえ。僕も覚悟をきめたよ」

大田黒も紙のように色を失っていた。しかし、この前途有為《ぜんとゆうい》の少壮政治家は、あくまで冷静を失わなかった。

「河津君、この男は少し興奮しすぎたのです。許してやって下さい……じゃ、僕から四つの縊死事件にからまる蔭の事実を話すことにしましょう。かいつまんで話します。このさい、事の筋道さえ明らかになれば、君もなっとくしてくれるでしょうからね」

青木は一歩蠟燭に近づいて、さてその秘密について語りはじめた。他の二人は青木の左右に寄り添い、聞き手の河津と四人で、燭台を囲むようにして立った。下からの赤茶けた逆光線《ぎゃくこうせん》が、彼らの顔に異様な陰影をつくり、それが焔とともにユラユラと顔面を這いまわっていた。

「君は、僕たちがS中学校の同窓生であること、当時この土蔵の中で秘密の会合を催していたことなどは、もうご承知でしょう。でなければ、わざわざこんな蔵の中へやって来られるはずがありませんからね。

「ご想像のとおり、僕たち七人のものは、昔の五年制の中学の四年生の春から、卒業後三年目の夏まで、この土蔵を会場にして、或るひそかな集まりをつづけていたのです。ここにいる三人のほかに、ご承知の進藤、上野公園で縊死した鶴田、二十五年前この近くの西条寺《さいじょうじ》で縊死した杉村、それから、南志津枝《みなみしずえ》という若い娘、つまり六人の青年と一人の美しい少女とが、メンバーだったのです。

「君は、そのクラブというのが、何か犯罪的性質のものだったと想像なさるかも知れませんが、けっしてそうではない。世間に秘密にしていたのは、われわれの集まりにできるだけ神秘的な色彩を持たせようという、子供らしい気持からで、警察の目をくらまそうなんて考えは毛頭《もうとう》なかったのです。

「一《ひ》と口《くち》にいえば、それは心理的遊戯の集まりにすぎなかったのです。当時われわれは西洋の神秘宗教とか、悪魔学とか、降霊術とか、いわゆるオッカルティズムに心酔していて、そういう種類の心霊的な実験をして喜んでいたのです。

「われわれは一人の優れた霊媒《れいばい》を持っていました。それが南志津枝という少女なのです。志津枝はクラブができて一年あまり後《のち》に、ふとしたことからわれわれの仲間入りをしたのですが、メンバーの杉村の従兄妹《いとこ》にあたる女学生で、不思議な霊感を持った少女でした。それに非常に美しい人で、いや美しいと云うよりもどこか、神々《こうごう》しいような顔立ちをしていて、たちまちわれわれクラブ員の崇拝《すうはい》の的となったのです。そうです。卑しい愛情ではなくて、崇拝という言葉が最もよくあてはまるような気持でした。彼女はいわばわれわれの女神となったのです。

「そういう中心魅力があったればこそ、われわれの子供らしい会合も、足かけ五年という長いあいだつづいたのです。彼女は地上の女ではなくて、われわれの天使でした。会員のあいだに彼女の争奪戦が起こったと思いますか。いやいや、けっしてそんなことはなかったのです。地上の恋をするにはあまりに神秘的な、霊的な神々しい少女でした。それに、われわれは固い申し合わせをしたのです。志津枝さんは永遠の処女でなければならぬ。いつまでも地上の恋などにけがされぬ霊界の乙女でなければならぬ。けっして恋をしてはいけない。会員の誰かが恋をすれば、その日かぎりこのクラブは解散するのだ。そして、その会員は一同の烈しい制裁を受けなければならない。そういう申し合わせをしていたのです。

「ごらんなさい。その隅に立っている石膏像、それから油絵、おわかりでしょう。それらは当時三田村君が、志津枝さんをモデルにして製作したものです」

青木は感慨深い口調になって、蔵の隅の彫像と油絵を指し示すのであった。

七つの突き傷

「僕たちはS中学を卒業して、それぞれ上の学校にはいりました。大田黒君と僕とは名古屋の高等学校、進藤君は東京の高等商業、三田村君は美術学校というように、別れ別れになってしまったが、しかし、冬と夏の休暇にはかならず帰省して、やはり秘密の会合をつづけていました。

「ところが、中学を卒業して三年目の夏休みに、われわれの女神がこの世を去ってしまったのです。病死ではない、毒を呑んで自殺をしたのです。

「天女を失った六人の青年が、どんなに歎き悲しんだか、おそらく君には想像もできますまい。われわれは恋人以上のものを失ったのです。われわれはめいめいの霊魂を失ったといってよかったのです。

「数日のあいだ、志津枝さんの自殺の理由は少しもわからなかった。遺書がなかったからです。葬式のすんだ夜、われわれ六人はこの蔵に集まって、ただ顔を見あわせて、涙を流して、黙りこんでいました。一本の蠟燭を囲んで腰かけて、身動きもしないで、一時間以上も黙りこんでいたのです。

「すると、どこからともなく、かすかな声が聞こえてきました。志津枝さんの魂が闇の中からわれわれに呼びかけたのです。そして、彼女が岩崎《いわさき》という土地の不良青年につきまとわれ、ついに取り返しのつかぬ恥かしめを受けた、それが自殺の原因だということを、短い暗示的な言葉で、われわれに告げ知らせたのです。

「ほんとうにそんな声が聞こえたのかどうかは疑問です。しかし、われわれは六人が六人とも、その声を聞いたことを信じて疑わなかったのです。一種の自己暗示による幻聴だったかもしれません。

「その夜から、われわれは六人の探偵となりました。そして岩崎という不良青年の過去の所業を細大漏らさず調べあげついに確証をつかむことができたのです。彼はじつに言語に絶する暴行を働いていました。志津枝さんが自殺したのもけっしてむりではないほどの、ひどい所業を働いていたのです。

「いうまでもなく、われわれは復讐《ふくしゅう》を誓いました。復讐といっても、相手を殺そうなどと考えたわけではありません。われわれに許された範囲で、精神上肉体上の制裁を加えようとしたのです。ある口実を設けて岩崎をこの蔵の中に連れこみました。そしてわれわれ六人で彼を取り囲んで、まず烈しく詰問《きつもん》したのですが、すると、岩崎がたちまち猛獣のようにあばれだしたのです。彼は当時のわれわれと同年配ではありましたが、力自慢の大男で、いつも短刀を懐中しているような札つきの不良でしたから、人を傷つけることなんかなんとも思っていない。いきなりその短刀を抜いて、われわれに切ってかかったのです。

「まさか、六人を相手にそんな乱暴をはじめようとは思っていなかったので、こちらはちょっとひるんだのですが、われわれの中では一ばん喧嘩好きだったこの三田村君が、いきなり無手《むて》で飛びかかって行った、その時に人差指を斬られたのです。

「三田村が斬られ、目の前に血が流れるのを見ると、臆病なわれわれも気違いのようになってしまった。誰も武器を持っていなかったのですが、左右から、あばれまわる岩崎に組みついて行って、多勢の力でとうとうそこへ押し倒し短刀を取りあげてしまった。その時われわれは皆多少とも手傷を受けたうえ、歯を折るもの、鼻血を出すもの、顔も手も血まみれになって、この蔵の中はまるで地獄のありさまでした。

「そうして敵の手から奪い取った短刀で、僕たちは岩崎を刺したのです。時の勢いで、みんな気が違ってしまったのですね。われわれの魂同然の志津枝さんをけがした悪魔め思い知れとばかり、倒れている岩崎の胸といわず腹といわず、六人が一《ひ》と突《つ》きずつ恨みをはらしたのです。

「岩崎の死骸に七カ所の突き傷が残っていたことをお聞きでしたか。六人が一と突きずつで七つの傷ができるはずはないが、余分の一と突きは志津枝さんの分として、従兄《いとこ》の杉村が、彼女の魂の代理をつとめたのです。

「岩崎がまったく息絶えてしまったのを見ても、われわれはまだ興奮からさめないで、気違いめいた計画をめぐらしました。それは、彼の死骸をこの裏の西条寺の五重の塔の頂上にぶらさげて、さらしものにしてやろうという、とっぴょうしもない着想《ちゃくそう》でした。僕らは一人残らず何かにつかれていたのですね。どうしてもそうしないでは気がすまなかったのです。

「それにはこういうことがあったのです。志津枝が生前、われわれの集まりで霊媒をつとめて、神がかりになっていた時、妙な予言をしたことがありました。彼女は、誰かが五重の塔の頂上で縊死して、人の形をした風鈴のように風に揺れているという、気味のわるい幻覚を見たのです。それを予言したのです。それも一人だけではない、二人、三人と、半ば意識を失った神がかりの彼女が、霊界の声で指折り数えたのです。

「そういう予言が、二年ほどのあいだに三度まで繰り返されました。われわれは薄気味わるくは思ったが、まさかそれが実現するなどとは考えていませんでした。ところが、その夜岩崎の死骸を前にして、ぼうぜんと立ちすくんでいたわれわれの間から、とつぜん、杉村の憑かれたような声が叫んだのです。

「彼は烈しい熱情にふるえながら、志津枝の予言は実行されなければならない。この男が死んだのは彼女の幻覚に真実の姿を与えるためだ。この男を五重の塔の頂上の風鈴にしなくては、志津枝の霊が浮かばないと、目の色を変えて主張したのです。

「一時的狂気の状態におちいっていたわれわれは、たちまちその説に賛成しました。ただ殺しただけではあきたりない。彼奴《きゃっ》をさらしものの極刑に処さなくては承知ができないという気持だったのでしょう。

「われわれは長い麻縄と、木製の滑車とを手に入れて、その夜ふけ、岩崎の死骸を西条寺の塔の下にかつぎこみました。杉村が塔の扉を破って、中へはいり、五階にのぼってそこの屋根に滑車をとりつけ、それに麻縄を通して、地上に垂らしました。

「そういう奇妙な方法で、さらしものは滑車の力によって塔の頂上まで引きあげられたのです。むろん、それはたやすい仕事ではなかった。岩崎の死骸が、一階二階三階と、塔の屋根に引っかかって動かなくなるたびに、杉村ともう一人誰かが屋根に這い出して、棒切れで死骸を突きはなさなければならなかったり、そのほか非常な困難があったのですが、われわれはあくまでその企てを捨てなかった。そして、夜の白々あけになって、われわれはついに目的をはたした。岩崎の死骸を、志津枝さんの予言どおり、塔の風鈴にすることができたのです。

「その時使用した麻縄と滑車、それから血まみれになった三田村のブラウズと、切り放された指とを、瓶に入れて、西条寺の墓地の、大きな楓《かえで》の樹の根もと深く埋めたのですが、それがまわり廻って、現に君の手にはいっているあの鞄の中の品々なのです。

「それからあとの出来事は、君も大かたご承知のようですが、岩崎をさらしものにした五日後に、われわれのメンバーの一人杉村君が、同じ塔の同じ屋根で縊死しました。われわれ六人の罪を身一つに引き受けて、書置を残して自殺したのです。

「杉村君が、六人の身代わりとして命を捨てる気になった理由《わけ》は、今でもはっきりはわからないのですが、彼は胸を病んでいて、日ごろから絶望的な人生観を持っていたうえに、志津枝さんとは従兄妹であり、われわれのうちでも最も熱情的な彼女の崇拝者で、あるいはひそかに恋情を抱いていたのではないかと思われる節もあるのです。つまり、彼は奇妙な方法によって、志津枝さんと一種の情死を企てたのではないかというのが、われわれ一同の想像でした。彼はそうして、恋人の予言の第二の実現者となり、同時にまた残る五人の罪を一身に引き受けるという、犠牲的精神に殉《じゅん》じたのです。

「あとに残されたわれわれ五人の立場は、じつに奇妙なものでした。たとい杉村が罪を一身に引きうけてくれたからといって、それでわれわれの精神上の苦痛が消えるものではありません。七つの突き傷のどれが岩崎を殺したか、そんなことは問題ではない。われわれは彼の死について、等分の責任を負わなければならないのです。

「われわれの当時の苦悶、いや当時ではない。それは二十五年後の今日まで、ずっとつづいているのですが、その苦しみがどんなものであったかは、ご想像に任せましょう。われわれはたびたび自首して出ることを考えました。しかし、結局理論家の意見が勝ちを占めたのです。一不良青年のために、前途有為のわれわれ五人がその生涯をめちゃめちゃにすることは、まったく無意味ではないかというのです。それに、杉村が一身に罪を引き受けてくれたのだから、彼の好意を無にしてはならない。この出来事は一場の悪夢として忘れてしまおう。そしてその罪亡ぼしの意味からもわれわれはできるだけ立派な生涯を送るように努力しなければならない。それが当時のわれわれの理論だったのです。今でも理窟としては、そんなに間違った考えではないと思っています。

「しかし、人間一人殺した記憶が、忘れようといって忘れられるものではありません。理窟はともかくとして、人殺しの罪を犯したという意識が、幽霊のようにわれわれの身辺につきまとって、二十五年間というもの、僕たちを苦しめ抜いたのです。

「それから二十年近くのあいだは、何事もなく、われわれはそれぞれの道を順調に進みました。金をつくったものもあり、世間的な声望を得たものもあり、妻《めと》を娶り、家を建て、子供を育て、人間としての勤めを充分にはたしてきたのです。

「ところが、五人のメンバーのうち、一人だけ順調に行かなかった男があった。それがあの鶴田正雄です。彼は中学時代は級第一の秀才でしたが、卒業後、周囲の事情が悪くなる一方で、両親は少なからぬ借金を残して死亡する、家屋敷は債権者に取りあげられてしまう、そのうえ彼自身も胸の病気を患《わず》らうというようなわけで、まったくどうにもできない状態になった。彼には兄弟もなく、助けてくれるような親戚もなく、まったくの独りぽっちで、そのうえ病身のからだで、世の荒波を泳いで行かねばならなかった。

「彼は中学きりで学校をやめて、職工になったのです。そして、われわれ旧友とは一切縁を切って、身もとを隠して諸国を流浪《るろう》し、工場から工場へと渡り歩いていたらしい。一度は名古屋で結婚して、子供までできたということを聞いていますが、どうしたわけか今から六、七年前、とつぜん彼は気が違ったようになってしまった。妻子を捨てて家出をしたまま、酒びたりのどん底生活に落ちていったのです。

「彼はもともとニヒリスティックな性格でしたが、それが狂気の程度にまでこうじて、とうとう恥も外聞《がいぶん》もなく、われわれ旧友の門を叩いて、ゆすりをはじめるまでに堕落《だらく》したのです。

「彼はわれわれを脅迫する材料として、西条寺の墓地に埋めてあった品々を掘りだし、それを鞄に入れて、身辺を離さず持ち歩いていた。そして、僕たちにその鞄を見せびらかして、金銭をゆすり取った。六、七年のあいだというもの、われわれは彼のためにじつに少なからぬ金額を奪いとられていたのです。

「彼はそうして生活費や酒の呑代《のみしろ》を稼ぐというよりは、われわれを脅迫することそのことを楽しんでいた。莫大《ばくだい》な金額を奪い取りながら、いつ見てもルンペンのようなみすぼらしい身なりをして、木賃宿住まいをしているということであった。では、奪い取った金はどう始末していたのか。貯金でもしていたのか。いや、そうではない。じつに気違いじみた話ですが、彼は紙幣《さつ》の束を、なんの惜しげもなく焼き捨てていたらしい。世をのろい人をのろい、金銭そのものをすらのろっていたのです。

「あの上野公園の首吊り男はそういう気違いだったのですよ。彼がなぜあんな死に方をしたか、むろん常識では判断もできませんが、直接の動機は、君にあの鞄をすり替えられ、大切な脅迫の材料を失ったことでしょう。そして、彼の狂気が、それをきっかけにして、極度にこうじたのでしょう。あるいはあの男も、杉村と同じように、志津枝さんの予言に真実性を与えるということを、義務のように感じていたのかもしれない。

「そのあとのことは、僕がお話ししなくても、君自身の方がよくご存じです。われわれのうちで最も君を恐れたのは進藤君でした。必要以上に、まるで気違いのように、君と君の手に入れた鞄とを恐れた。それが、もともと多少変質的な性格をもっていた礼子さんに影響して、あんな大それたまねをするようになったのです。僕にいわせれば、進藤君も、礼子さんも、気が違ったとしか考えられない。三田村君もいうように、これは塔ののろいかもしれません。志津枝さんが、あの世の声で、一人、二人、三人と指折った、塔上の縊死者の幻覚は、けっきょく何かの方法で、実現されないではすまなかったのです。

「考えてみれば、われわれは青年時代の物好きにまかせて霊魂というものをもてあそびすぎた。霊界の神秘を探りすぎた。そして神の怒りにふれたのです。霊魂そのものの復讐を受けたのです。

「河津君、これで大体の筋道だけはお話ししたわけです。この上の処置は君の判断に任せます。われわれはもう覚悟している。多少の世間的地位をかばうために、二十五年前の古傷をひたすら隠蔽《いんぺい》しようとつとめてきたが、君という奇妙な素人探偵の出現によって、これ以上隠しきれなくなったのです。

「さア、君の思うままに処置して下さい。われわれはまったく君の手中《しゅちゅう》のものです」

青木昌作は長い物語を終わって、じっと河津の顔を見つめた。他の二人も、青ざめた、あきらめきったような表情で、またたきもせず、河津を凝視《ぎょうし》していた。

四人は赤い蠟燭の光を囲んで、長いあいだ、彫像のように身動きもしないで立ちつくしていた。五分間もそうしていたあとで、河津三郎は、にらみあった目をそらすと、何気ない調子で、

「どなたか、あの扉をあけてくださいませんか」

といった。

三田村が無言で扉に近づいて、少しばかりそれを開いた。夜のようにまっ暗であった蔵の中へ、サッと夕日の反射光がさしこんで来た。

河津は土蔵を出るために、その扉の隙間に近づいたが、そこで立ちどまると、三人を振り返って静かな声でいった。

「僕の探偵の仕事はこれで終わりました。謎は解決され、僕の好奇心は満たされたからです。僕はそれ以上の慾望を持たないのです。

「明日は、銀行の地下室から、あの鞄を取り出して、中のものを人知れず焼き捨ててしまうつもりです。そして、その煙といっしょに、僕はこの事件をすっかり忘れてしまうでしょう。では、さようなら」

そして、この風変わりな素人探偵は、土蔵を立ち出で、赤々と照る夕日の中を、飄々乎《ひょうひょうこ》として立ち去って行くのであった。

（『日の出』昭和十四年四月号より翌年三月号まで）

恐怖王

死骸盗賊

一台の金ピカ葬儀自動車が、どこへという当てもないらしく、東京市中を、グルグルと走り廻っていた。

車内には、よく見ると、確かに白布で覆《おお》った寝棺《ねかん》がのせてある。棺の中に死人がはいっているのかどうかはわからぬけれど、棺をのせた葬儀車が、附添いの自動車もなく、ただグルグルと町から町へ走り廻っているというのは如何《いか》にも変だ。

葬式に雇われた帰りでもないらしい。と云って、これから雇われて行くにしては、時間が変だ。長い春の日が、もう暮れるに間もないのだから。

陽気のせいで運転手が気でも違ったのか。それともガレージの所在を忘れでもしたのか。実に異様な葬儀車だが、誰一人そのあとをつけ廻しているわけではないから、別に怪しまれることもなく、いつまでもグルグル、グルグル走り廻っているのだ。

やがて、町々の街燈《がいとう》の光が、だんだんその明るさを増し、空に星が瞬《またた》きはじめる頃、まるで日が暮れきるのを待ってでもいたように、気違い葬儀車は、牛込《うしごめ》の矢来《やらい》に近い、非常に淋しい屋敷町のまん中で、ピッタリと停車した。

車が止まって、ヘッドライトが消されると、それが合図であったのか、軒燈《けんとう》もないまっ暗な、非常に古風な棟門《むねもん》がギイと開いて、門にはそぐわぬ一人の洋服男が、影のように姿を現わした。

「うまくいったか」

非常に低い囁《ささや》き声だ。

「うまくいきました。だが、葬式の四時から今まで、人に怪しまれぬように、グルグル走り廻っているのは、大抵じゃありませんぜ」

葬儀車の運転手は、運転台を降りながら、まるで泥棒の手下みたいな口を利いた。

「ウフフフ、ご苦労、ご苦労。で、仏様《ほとけさま》は確かにのっかっているんだろうね」

「それや大丈夫。奴ら、まさか金ピカ自動車が二台も来ようとは知らぬものだから、まんまと思う壺《つぼ》にはまりましたぜ。いまごろは空《から》っぽの偽《にせ》の棺が焼場の竈《かまど》でクスクス燃えてることでしょうよ」

話の様子では、どうやら彼は、葬儀場から、誰かの死骸を盗み出して来たものらしい。本ものの葬儀車には空の棺を、こちらへは死骸のはいった棺を、何かのトリックでうまくスリ替えて、誰にも怪しまれず、ここまで運んで来たのであろう。

「話はあとにして、棺を家の中へ運んでくれたまえ。人でも来ると面倒だ」

「オット合点《がってん》だ。じゃ、手を貸して下さい」

そこで二人の怪人物は、重い寝棺を釣って、門内へはいって行った。

東京にも、こんな古い建物があるかと思うほど、時代のついた荒れ果てた邸《やしき》である。恐らく旗本《はたもと》かなんかの建てたものであろう。一体の造りがまるで現代のものではない。

二人はまっ暗な玄関を上がると、ジメジメとした畳を踏みながら、奥まった座敷へ、棺を運んで行った。

書院窓《しょいんまど》のついた、十畳の座敷だ。その部屋だけは割りに明るい電燈が下がっているけれど、うす黒くなった襖《ふすま》、破れた障子、雨漏りの目立つ砂壁、すすけた天井、すべての様子がイヤに陰気で、まるで、(注7)相馬《そうま》の古御所《ふるごしょ》といった感じだ。

電燈の光で、二人の人物の風采《ふうさい》が明らかになった。葬儀車を運転して来た男は、額《ひたい》が狭くて鼻が平べったく、口がばかに大ぶりな、ゴリラを連想させるような、実にひどい不男《ぶおとこ》で、それが髪の毛だけはテカテカとオールバックになでつけている様子は、ゾッとするほどいやらしい感じだ。汚れた黒の背広、ワイシャツはなくて、すぐメリヤスシャツの襟が見えているという、安自動車の運転手らしい服装だ。

もう一人は、黒ビロードのダブダブの服を着て、長髪をフサフサと肩まで下げ、青白い顔に色ガラスのロイド眼鏡をかけ、濃い口髯《くちひげ》を生やした、見たところ美術家という恰好《かっこう》である。

「さすがは君だ。よく怪しまれなかったね」

ロイド眼鏡が部下をねぎらうように云った。

「なあに、わけもないこってさあ」ゴリラは小鼻をヒクヒクさせながら、舌なめずりをして、「吉《きち》の野郎、うまくやってくれましたよ。あいつが前もって、葬儀社の運転手に住み込んでいなきゃ、この芸当《げいとう》は出来ませんや。あいつが本もの葬儀車に空っぽの偽の棺をのせて途中で待っていると、あっしが、偽の葬儀車で本ものの棺を受取り、焼場へ走る道で、うまく入れ替わってしまったんです。まさか先方でも、金ピカ自動車の替玉《かえだま》とは気がつかないから、あの標本屋で仕入れた、誰のだかわからないお骨《こつ》のはいった棺を可愛い娘の死体だと思って、泣く泣く焼場へ納めたこってしょうよ」

「ウフフフ、うまい、うまい。君たちにはたんまりお礼をしなくちゃなるまいね……ところで、もうここはいいから、帰って花婿《はなむこ》の支度《したく》をしてくれたまえ。明日の朝は、写真屋を忘れないようにね。判《はん》は四つ切りだよ」

「呑み込んでますよ。どんな立派な花婿姿になって来るか見てて下さい。あっしゃこんな別嬪《べっぴん》と結婚式を上げようとは、夢にも思いませんでしたぜ。一《ひ》と目《め》、花嫁御《はなよめご》の顔が見たいな」

「よしたまえ。今見ちゃ興《きょう》ざめだ。すっかりお化粧の出来上がるまで辛抱《しんぼう》すること。僕の腕前を見せるよ。一と晩の我慢だ」

「じゃあ、まあ、我慢しておきますかね。待ち遠しいことだ。精々《せいぜい》あでやかにお頼み申しますぜ」

「ウフフフ、いいとも。心得た」

そこで、ゴリラは別れをつげて、外に出ると、まっ黒なお宮のように見える葬儀車を、ヘッドライトを消したまままいずこともなく運転して行った。

恐ろしき婚礼

一人になるとロイド眼鏡の男は、棺の蓋《ふた》をこじあけて、中の仏さまを覗《のぞ》き込んだ。

「フン、美人という奴は、死骸になっても、何となく色っぽいものだな。あんまりやつれてもいない。これならうまく行きそうだ」

独りごとを呟《つぶや》きながら、彼は、不気味な死体を、ヨッコラショと抱き上げて、外の畳の上に横たえた。

電燈の光が、蠟石《ろうせき》のような死人の顔を、まともに照らした。

ああなんという美しい死骸であろう。年はまだ二十歳《はたち》には達していまい。いずれ病死したものであろうが、それにしては、さしてやつれも見えず、顔も身体も適度の肉附きだ。

しかし、美しいといっても、死人のことだから、すき通った色のない美しさだ。いや、よく眺めていると、顔全体に、何とも云えぬいやらしい死相《しそう》が浮かんでいる。ゾッとするようなあの世の匂いが漂っている。いくら美人だからといって、死骸はやっぱり恐ろしいのだ。

「さあ、お嬢さん、これからわたしがお化粧をして上げますよ。明日は嬉しい御婚礼ですからね」

ロイド眼鏡は死骸に話しかけながら、部屋の隅の大トランクの中から、化粧道具を持ち出して来た。縁側《えんがわ》には水を入れた金盥《かなたらい》が置いてある。顔料《がんりょう》を溶かす特殊の油も用意されている。さて、これから、役者がするように、死人の顔のこしらえを始めようというわけだ。

横に寝かせたまま、先《ま》ず水でよく顔を洗って、下地にはクリーム、それから濃い煉《ね》り白粉《おしろい》、頬紅、口紅、粉白粉《こなおしろい》、まゆずみと、男のくせにお化粧は手に入ったものだ。

だが、それだけでは駄目だ。いくら色艶《いろつや》がよくなったとて、顔の相好《そうごう》が生きては来ない。これでは生命のない人形だ。

第一、目が死んでいる。閉じた目を指で開いて、しばらくじっと押さえていると、そのまま開きはしたけれど、どうも生きた人間の目ではない。

そこで彼は絵筆を取って、適度の目隈《めくま》を入れ、眼尻には紅をさし、かわいた眼球《めだま》そのものをさえ、油絵具で彩った。

次は口だ。口紅ばかりいくら赤くしても、口辺《こうへん》の筋肉が力なくだれてしまって生気《せいき》がない。そこで唇の両端を指でギュッと上に押し上げたまま、二十分ほども、じっと辛抱していると、すでに強直《きょうちょく》の起こり始めた筋肉は、そのまま形を変えて、いかにも嬉しげな笑いの表情となった。

死骸がにこやかに笑い出したのだ。

「ああ、あでやか、あでやか、これで申し分はない。さて今度は頭の番だ」

彼は娘の死体を抱き起こして、大トランクにもたせかけ、手際よく髪を結《ゆ》い始めた。髪の道具もちゃんとトランクの中に用意してあったのだ。

たとい美術家にもせよ、髪まで結うとは、驚いた男だ。しかも、一時間ほどで結い上げたのは、専門家でも骨の折れる、立派やかな高島田《たかしまだ》であった。

顔を作り、髪を上げると、今度はトランクに用意しておいた婚礼衣裳の着附けである。扱いにくい死骸を相手に、一人ではずいぶん骨が折れたが、派手な紋服に錦襴《きんらん》の帯もシャンと結べた。

　それから、やっぱり用意してあった対《つい》の掛物《かけもの》を床の間にかけ、花瓶を置き、二枚の座蒲団を正面に並べ、その一つに、盛装の花嫁をチンと据えた。倒れぬように花嫁御のお尻に、トランクの支柱棒《つっかいぼう》だ。

　すっかり準備がととのう頃には、白々《しらじら》と夜が明け放れた。

　それから数時間の後、午前十時という約束かっきりに、例のゴリラが意気揚々《いきようよう》と乗り込んで来た。

「どうですい、この花婿姿は」

　彼は座敷に通ると、先ず我が姿を見せびらかした。

　紋附《もんつき》に仙台平《せんだいひら》の袴《はかま》、純白の羽織の紐が目立つ。

「すてきだ。一分《いちぶ》の隙《すき》もない花婿さまだ。ところで、写真屋の方は？」

「もう来る時分です。やっぱり十時と云っておきましたから……」

　と云いさして、紋附袴のゴリラはギョッとしたように言葉を切った。

「おいおい、何をそんなにびっくりしているんだね」

「あれ」ゴリラはどもりながら、「あれが例の仏さまですかい。アレが」

彼が驚くのも無理ではない。床の間を背にして、シャンと坐っている花嫁御は、どう見ても死人とは思われぬ。唇をキュッとゆがめてニッコリ笑っている顔の愛らしさ。今にも両手をついて目の縁《ふち》をポッと赤くして、小笠原流《おがさわらりゅう》のご挨拶《あいさつ》でも始めそうに見えるのだ。

「よく出来ただろう」

「全くどうも、驚きましたね。これが死骸ですかい。あっしゃ、こんな美しい死骸なら、ほんとうに女房にしたいくらいのもんですよ」

「だから婚礼をするんじゃないか」

「だって、並んで写真を写すだけじゃ物足りないね。何とかならないもんですかね」

「ハハハハ、何とかといって、死骸を何とするわけにも行くまいじゃないか」

そうしているところへ、玄関に人の声がした。写真屋が来たのだ。

「さあ、そこへ並んで坐るんだ。気取《けど》られてはいけないぜ。グッとすまして、口は利かない方がいい」

ロイド眼鏡は、云い残して、アタフタと玄関へ出て行った。

やがて、助手をつれた写真屋が座敷へ通された。

「もうちゃんと用意が出来ているんです。これからすぐ式場へ出かけることになっているんで、急いでやって下さい」

ロイド眼鏡が、セカセカと忙しそうにして見せる。

写真屋は、家の中の様子が何だか変だと思ったけれど、前金は貰《もら》ってあるし、別に苦情《くじょう》を云う筋はないので、早速ピントを合わせて、マグネシウムを焚《た》いた。

「二、三日中にこの家は引越しをすることになっていますから、写真は出来た時分に、こちらから取りに行きます。約束の日限におくれないようにして下さい」

ロイド眼鏡は写真師を玄関に送り出して、念を押しておいて、元の座敷に帰って見ると、びっくりした。

ゴリラが死骸花嫁の手を握って、手の平に接吻《せっぷん》したり、肩に手を廻して、まるでほんとうの新婚夫婦みたいに、何かボソボソと囁いたりしていたからだ。

「オイ冗談じゃない。つまらない真似《まね》はよせ」

声をかけると、ゴリラめハッと飛び放れて、

「エヘヘヘ、つい、あんまり美しいもんだから」

と、きまりわるそうだ。

「さあ、これでいい。花婿さま御用ずみだ。着物を着換えて来るがいい」

「だが、あっしゃ、どうも腑に落ちないね。こんなことをして一体どうなるんですい。

あの写真が、何かの種《たね》にでもなるのですかい」

「それは俺に任せておけばいいのだ。君たちは、黙って俺の指図に従っていればいいのだ。二、三日のうちに、俺のすばらしい目論見《もくろみ》が、君たちにもわかるだろう」

「それから、この娘さんの死骸は？　まさかここへうっちゃらかしても置かれますまい」

「それも俺に考えがある。まあ見ててごらん。世間の奴らが、どんな顔して驚くか。君は俺の日頃の腕前をよく知っているじゃないか」

「ウフフフ、何だかあっしにも、うすうすわからないでもないがね。定めし例によって、物凄いところを演じるわけでしょうね。だから、かしらの側《そば》は離れられねえんですよ。ウフフフフ」

ゴリラは舌なめずりをして、さも嬉しげに、不気味なふくみ笑いをした。

怪自動車

お話かわって死美人の婚礼が行われたその同じ日の夜、麹町区《こうじまちく》内のとある大通りを、一台の大型自動車が、大小四個のヘッドライトもいかめしく、すれ違うボロタクシーを尻目にかけて、豊かに走っていた。

運転手も助手も、汗のにじまぬ背広を着て、髪も髭《ひげ》も綺麗《きれい》に手入れが届いている。急がず慌てず、鷹揚《おうよう》に構えていて、しかもいつの間にか、一台二台とほかの車を抜いて行く。運転の手際まで何となく垢抜《あかぬ》けがして見えるのだ。

車内に納まっている中老紳士は、千万長者と聞こえた、布引庄兵衛《ぬのびきしょうべえ》氏だ。この人にしてこの自動車、この運転手、さもあるべきことだ。

でっぷり肥えた赤ら顔に、白髪まじりのチョビ髭、厚い唇に葉巻煙草、形だけはいつもの布引氏である。だが、よく見ると、どこやら気が抜けている。日頃の張りきった力がない。

彼は物思いに耽《ふけ》っていたのだ。事業上の事ではない。銀行家だって、利子のことばかり考えているとはきまらぬ。もっと人間らしい悲しみに、我を忘れていたのだ。

悲しみとはほかではない。布引庄兵衛氏は、つい数日前最愛の一人娘の照子《てるこ》を失って、昨日葬儀をすませたばかりなのだ。ふとした風邪が元で、急性肺炎を起こし、手をつくした看病も甲斐《かい》なく、淡雪《あわゆき》の消えるように果敢《はか》なくなってしまった。

もうちゃんと、婿君もきまっていた。布引銀行の社員で眉目秀麗《びもくしゅうれい》、才智縦横《さいちじゅうおう》の好青年、鳥井純一《とりいじゅんいち》というのが頭取《とうどり》のお眼鏡に叶い、相互の耳にも入れて、もう吉日を選ぶばかりになっていた。

照子は、病あらたまるや、すでに死を悟ったものか、父母にせがんで、鳥井純一を呼び寄せてもらい、少しも傍《そば》を離さなかった。そして、もう息を引き取るという間際に、鳥井の手を握って、

「お父さまも、お母さまも、どうぞ許して下さい」

と詫《わ》びながら、鳥井に最後の接吻を求めた。

鳥井は、ポロポロと涙をこぼして、照子のもう冷たくなり始めた額に、清い接吻を与えた。

布引氏は、その光景が、今でも幻のように目先にちらついて仕方がなかった。

「ああ、可哀そうに、どんなにか死にともなかったであろう。もっともだ。もっともだ」

彼は愚痴《ぐち》っぽく、心で死者に囁いていた。

そんなふうに、なき愛嬢のことばかり考えていた時、突然車が急カーヴして、身体がグッと横倒しになったので、大銀行家は、ふと現実に立ち帰った。

見ると目の前によその自動車が、大きく立ちふさがっていた。危うく衝突するところを、こちらの運転手の手際で僅《わず》かに避けることが出来たのだ。

「どうも、すみません」

向こうの自動車の運転手が、窓から顔を出して、丁寧《ていねい》に詫びている。

こちらの運転手は、上等自動車の手前、威厳を見せて、はしたなく怒鳴りつけるようなことはせぬ。その代わり、無言のまま正面を切って、相手の詫言を黙殺して、しずしずと車を出発させた。

先方の自動車も動き出す。衝突しかけたほどだから、出発する双方の車は、ほとんど窓と窓がスレスレに接近して反対の方角に、行きちがった。

布引氏は、当然、先方の車の窓を見た。目の先五寸とは隔たぬ向こうの窓は、見まいとしても目に写る。窓ガラスが開いていた。その中に白い花のような顔があった。

こちらの窓も半開きになっていたので、顔と顔とが、何の障害物もなく向き合った。

布引氏の頭の中で、ギラギラ光る花火のようなものがクルクルと廻転した。余りのことに声も出なければ、息さえ止まったかと思われた。

と、聞き覚えのある、懐かしい声が、「あら、お父さま！　お父さま！　助けて……」と口早《くちばや》に叫んだ。いや、叫びかけた。「助けて」の「た」が口を出ぬ先に、何者かが照子の口をふさぎ、スルスルと窓のブラインドをおろした。

まがう方なき我が娘照子であった。

「アッ。照子。オイ、車を止めるんだ。あの車をおっかけるんだ」

布引氏は、車のなかで、地だんだを踏みながら、怒鳴った。

だが、こちらの運転手には、事の仔細《しさい》がわからぬ。何事かとたまげて、躊躇《ちゅうちょ》している間に、先方《むこう》の車は矢のように走り出した。

「何でもいいから、今の車をおっかけるんだ。早く早く、何をぐずぐずしているか」

布引氏の気違いめいた命令に、運転手はやっと車の方向を転じて、走り出した。ずいぶんスピードのある車だったが、方向転換その他に手間どった。その上、相手の車がなりは小さいけれど、滅茶苦茶《めちゃくちゃ》な速力だ。

夜の大道を、四、五丁も走るうちに、どの横丁へそれたのか、たちまち相手の車を見失ってしまった。その辺をグルグル廻って見たけれど、どこにもそれらしい自動車は見当たらぬ。

仕方がないので、布引氏は、捜索をあきらめ、再び自邸に向かって車を走らせたが、考えて見ると、何とやら狐《きつね》につままれた感じだ。

照子は数日前彼の目の前で息を引き取り、ちゃんと葬式まですました。現に彼女の棺が火葬場の竈の中へ納められるのを目撃した。その死んだ照子が、今頃自動車に乗って、町を走っているはずはないのだ。

だが、さっきの娘は、確かに照子の顔を持っていた、あんなによく似た他人があろうとは思われぬ。のみならず、「お父さま」と呼びさえした。よその娘が、そんなことを云うわけはない。実に不思議だ。

気の迷いかしら。何か奇妙な偶然が、わしにあんな幻視《げんし》と幻聴《げんちょう》を起こさせたのかしら。それとも、なき娘の幽魂《ゆうこん》が、冥途《めいど》をさまよい出て、夜の暗さにまぎれ、懐かしい父に逢《あ》いに来たのであろうか。

布引氏は、通り魔のように、彼の目をかすめて消え去った娘の姿を、何と解釈してよいのか、途方にくれてしまった。

余りばかばかしいようなことなので、自宅に帰っても、夫人の園子《そのこ》に打ち明けることを差し控えた。つまらぬことを云い出して、又母を泣かせるでもないと思ったからだ。

「お父さま、助けて……」と叫んだ娘の声が耳について、ひどく気掛かりではあったが、まさか、こんな夢みたいな話を警察に持ち込んで、捜索を願うわけにもいかぬので、布引氏はきっと幻覚であったに違いないと強いても忘れるようにした。

鳥井青年

だが、不思議はそれで終わらなかった。四、五日たったある朝のこと、照子のかつての許嫁《いいなずけ》鳥井純一が、顔色を変えてやって来た。銀行へ出勤の途中、わざわざ寄り道をして、頭取の宅を訪れたのだ。

ちょうどその時庄兵衛は、習慣の朝湯にはいっていたが、急用と聞いていそいで湯殿を出て、応接間へ出て来た。

「実に不思議なことが起こったのです。僕は何だか気が変になったようで、じっとしていられなかったものですから、早朝からお騒がせしてしまったわけです」

鳥井は、社長の顔を見ると、いきなり妙なことを云い出した。日頃沈着な青年にも似合わぬことだ。

「どうしたのだ、まあかけたまえ」

布引氏は、自分も椅子にかけて、卓上の紙巻煙草を取った。

「失礼なことを伺いますが、照子さんは、生前誰かと結婚なすったことがありましょうか」

鳥井は青ざめた顔にかすかな怒気を含んで、なじるように云った。

布引氏は、びっくりして相手の顔を眺めた。この男は可哀そうに、照子を失った悲しさに、気でもふれたのかと疑わないではいられなかった。

「ばかなことを云いたまえ、君がよく知っている通り、照子は少しも汚れのない処女であった。あとにも先にも君がたった一人の許婚なのだ、なぜそんなことを聞くんだね」

「これをごらん下さい。知らぬ人から、今朝これを郵送して来たのです」

鳥井は、セカセカと風呂敷をといて、一枚のキャビネ型の写真を取り出して社長の目の前につきつけながら、

「こいつは一体どこの何奴《どいつ》です、こうして写真にまで写っているからには、あなたもむろんご存じの人物でしょう」

彼は目の色を変えて、突っかかるように云うのだ。

布引氏は、その写真を受け取って、一《ひ》と目《め》見ると、さすがにハッと顔色を変えないではいられなかった。

そこには高島田に振袖美々しく着飾った、わが娘照子が見知らぬ醜《みにく》い若者と並んで写っているではないか。明らかに結婚の記念写真だ。

大銀行家は、それを見つめたまま、しばらくは、ただうめくばかりであったが、やが

て、

「これは一体誰が送って来たのだね」

と尋ねた。

「誰だかわかりません。差出人の名がないのです」

「フム、わしにもさっぱり訳《わけ》がわからん、こんな男は見たこともない。又、わしの娘が、いくら酔狂《すいきょう》でも、こんなゴリラみたいな醜い奴と、結婚などするわけがないじゃないか。いたずらだ。誰かのいたずらにきまっている」

布引氏は怒気を含んで云い放った。

「しかし、写真のトリックがこんなにうまく行くはずはありません。盛装した女の胴体に、お嬢さんの顔だけを貼りつけたのかと思って、よく調べて見ましたが、そんな細工のあとは少しもないのです。それに、この台紙には写真館の名が印刷してあります。電話番号まで書いてあります。この写真屋を呼んで聞けばすぐわかります」

「ハハハハハ。写真屋を呼ぶまでもない。わしが断言する。娘は決してこんな男と婚礼なんかしたことはない」

「でも、念のためです。若《も》しいたずらだとしたら、そいつを見つけだして、こらしめてやらねばなりません。それにつけても、一応写真屋に問《と》い糺《ただ》す必要があると思います」

云われて見れば、如何にもその通りだ。たとい死者とは云え、娘がこのような侮辱《ぶじょく》を受けたのを、捨てておくわけにはいかぬ。

そこで台紙に記してある写真館に電話をかけて、主人を呼び寄せることになった。間もなく、読者にはすでに顔なじみの写真師が、大銀行家の応接間に現われた。

「この写真を撮った覚えがあるか」と差し出された例の写真を一と目見ると、彼は直《す》ぐさま思い出して答えた。

「記憶しております。つい四、五日前に出張撮影したものでございます。非常なお急ぎでございまして、ほとんど修整抜きで焼きつけましたような次第で、エエと、お名前はたしか、荒目田《あらめだ》さんとおっしゃいました。変わったお名前だったものですから、よく記憶しております」

写真師は愛想《あいそう》よく、ペラペラと喋《しゃべ》った。

「何だって？　四、五日前だって？　そんなばかな。照子は身動きも叶わぬ大病人だった、どうして写真なぞとれるものか。だが、一体どこで写したのだね」

「牛込区S町の古いお屋敷でございました。エエと、あれは……そうそう、思い出しました。この前の日曜日でございました。子供たちの学校が休みであったのを、よく覚えております」

「エ、日曜日だって？」

布引氏と鳥井青年が、ほとんど同時に叫んだ。

「それは君ほんとうかね」

「ハア、決して間違いはございません。午後になって小雨が降り出しました、あの日でございます」

確かに最近午後に小雨が降った日と云えば、日曜のほかにはないのだ。

「君、冗談を云っているのじゃあるまいね。この写真の女はわしの娘なのだ。急病でなくなって今日が八日目だ。わかったかね。ここに写っている花嫁は、先週の木曜日に亡くなって、土曜日に火葬にしたのだ。その死人が、火葬になった翌日の日曜日に、こんな盛装をして、お嫁入りをするということが、あり得るだろうか」

「エ、エ、何でございますって？」

今度は写真師の方がたまげてしまった。

電話の声

あり得ないことだ。死人が自動車の窓から顔を出して父を呼んだ。死人が結婚式を挙げた。今の世に怪談を信ずべきであろうか。怪談でなくて、このような奇怪事が起こり得るであろうか。

写真師が帰ってからも、布引氏夫婦と鳥井青年とは、額を集めて、この不可解事についていろいろと話し合ったが、結局気味をわるがるほかには、何の思案も浮ばなかった。

「若《も》しや照子はほんとうにまだ生きていて、どこかに監禁されているのではございますまいか。私、どうやらそんなふうに思われて仕方がありませんわ。ねえ、あなた、何とかそれを確かめる手だてはないものでございましょうか」

夫人は亡き愛嬢の幻を追うような目をして、夫の智恵にすがるのであった。

「だが、それは理論上考えられないことだよ。第一お前、現にうちの仏壇に納めてある骨壺の中のものをどう解釈したらいいのだ。あれは照子の骨に間違いはないのだ。まさか死人の替玉があるはずはないからね」

云われて見ればそれに違いなかった。火葬をして骨上げまで済ませた死人が、生きている道理がない。

この事を警察に届けておこうかという話も出たけれど、そんなことをすれば一層騒ぎを大きくして、折角《せっかく》安らかに眠っている仏のさわりにもなるわけだから、もう少しハッキリした事実をつかむまで、ソッとしておく方がよかろうということになった。

「どこかに大きな間違いがあるのだ。僕らの頭が揃《つつ》いも揃《つつ》って、少し変になっているのかも知れない。軽々しく騒ぎ立てることを慎まなければいけない」

布引氏が、あらぬ噂《うわさ》を立てられ、世間に恥をさらすことを恐れたのは無理もないところである。

で、鳥井青年は会社へ出勤するし、布引氏は同じく社用のために外出するというわけで、その日は結局うやむやのうちに暮れてしまったのだが、さて、その夜更《よふけ》になって、布引氏の上にも鳥井青年の上にも、申し合わせたように、非常な事件が起こった。

先《ま》ず布引氏の方から云うと、その同じ日の深夜、十二時に近い頃、彼は寝入りばなを女中の声に起こされた。

「あの、お電話でございます。是非とも旦那様に出ていただきたいとおっしゃって……」

「うるさいね。明日にして下さいって云え。一体どこからだ」

布引氏は寝ぼけ声で女中を叱りつけた。

「あの、あの……」

女中はなぜか云いよどんで、モジモジしている。見ると異様に青ざめて、声さえ震わせて、何かにおびえている様子だ。

「どうしたんだ。電話は誰からだ」

「あの、照子だとおっしゃいました。確かにお亡《な》くなりなすったお嬢さまのお声でございます」

女中はやっとそれを云って、ひどく叱られはしないかとおずおず主人を眺めた。

「照子だ？　オイ、何をつまらんことを云っているのだ。死人から電話が掛かってくるはずがないじゃないか」

「でも、是非お父さまにとおっしゃいまして、何度伺い直しても、照子よ、照子よとおっしゃるばかりでございますの」

女中は泣き声になっていた。

聞くに従って、布引氏も怪しい気持に引き入れられて、若しかしたらほんとうに照子かも知れないと感じはじめた。

そこでともかくも、寝室の卓上電話に接続させて、受話器を取って見た。

「わたし、布引だが、あなたはどなた？」

「ああ、お父さま！　あたし照子です。おわかりになりまして？　照子は生きていますのよ」

「オイ、照子！　お前、ほんとうに照子なのか。どこにいるのだ。一体どうしたというのだ」

さすがの老実業家も、この驚くべき電話を受けて、しどろもどろにならないではいられなかった。

「お父さま！　あたし何もいえないのです。あの、側に人がいるんです。命じられたことのほかは何も云えないのです。でないと殺されてしまいます」

「よし、わかった。安心おし、きっと救い出して上げる。で、その命じられたことを云ってごらん」

布引氏は電話が切れてから、交換局に先方の住所を調べさせることを考えて、わざと何気《なにげ》ない体《てい》を装った。

「お父さま！　すみません。あたしお父さまにこんなひどいことをお願いしなければならないなんて。……あの、ここにいる人が、お父さまにあたしを買い戻すようにお頼みしろと云いますの」

「わかった、早く云ってごらん。一体どれほどの身代金《みのしろきん》を要求するのだ」

「十万円……それも現金で、お父さまご自身で持って来て下さらなければいけないと申しますの」

「よしよし、心配することはない。お父さまはその身代金を払ってあげる。で、どこへ持って行けばよいのだね」

「それは、あの、お父さま今日写真屋さんをお呼びになったでしょう。その時牛込S町の空家のことお聞きになりませんでした？」

「ウン、聞いた。お前今そこにいるのかい」

「いいえ、今は違います。でも、明日の朝、十時にはそこへつれて行かれるのです。そしてお父さまのお金と引き換えに帰してやると申しているのです。わかりまして？　あのS町の空家へ朝十時に……ね。わかりまして？」

「わかった、わかった。安心して待ってお出《い》で、お父さまがきっと迎えに行って上げるからね」

「そして、あの、このことを警察へ云ったりなんかするとあたし殺されてしまいますのよ。あの、今なんにも云えませんけど、相手の人は多勢いて、それは想像もつかないほど恐ろしい団体なのですから。用心して下さいましね……あら、何も云やしませんわ。ええ、切ります。切ります。――ではお父さま、ほんとうに……」

そこで、側にいた奴が、無理に受話器をかけたと見えてバッタリ声が途絶《とだ》えてしまった。

布引氏が直ぐさま交換局を呼び出して、先方の電話の所を調べさせたのは云うまでもない。しかし、その結果わかったことは、相手の非常な用心深さばかりであった。先方の電話はある場末の自動電話だったのだ。むろん曲者《くせもの》はもう遠く逃げ去ったに違いない。今から何と騒いで見ても追いつかぬ。

布引氏は賊の申し出でに従って、警察に届け出るのは見合わせることにした。こういう場合に、賊の申し出でにさからって、飛んでもない結果をひき起こした例を、しばしば耳にしていたからだ。賊は十万円が目的なのだ。それさえ与えたら危害を加えることもなかろう。それに十万円は大金ではあるけれど、布引氏の資産に比べては物の数でもない。しかも何物にも換え難い一《ひ》と粒種《つぶだね》の愛嬢の命が買えるのだ。

「こんな廉《やす》い取引はない」と、太っ腹の布引氏はたちまち思案を定めたのである。

悪夢

さて、お話は鳥井純一青年に移る。

布引氏が奇怪なる電話に、亡き人の声を聞いたのと、ほとんど同じ時刻に、鳥井青年は、目に見えぬ糸で引かれでもするように、牛込区S町のかの怪しき空家へと近づいていた。

彼はその夜、「恋人は果たして死んだのか、生きているのか」という、悪夢のような疑惑にとざされて、暗闇の町から町へとさまよい歩いていたが、いつの間にかほとんど無意識のうちに、S町の怪屋《かいおく》の門前に出てしまった。

まさか今まで、あの盛装の花嫁御がこの家にいるはずはないと思いながらも、朽《く》ちかかった古めかしい建物が、何とはなく彼をひきつけた。

彼はフラフラと、まっ暗な門内へはいって行った。門の扉は一《ひ》と押《お》しで苦もなくあいたのだ。

一歩庭に踏み込むと、闇の中に物の朽ちた匂いがして、魔物の住む洞穴へでもはいったような、何とも云えぬ不気味な感じであった。

行手には伸びるがままに繁茂《はんも》した樹木の枝が交錯《こうさく》し、それを分けて進むと、たちまちネットリとした蜘蛛《くも》の巣が顔にかかって来た。生い茂った雑草は膝を没するほどで、靴の底がジトジトと、まるで泥沼でも歩いているような音を立てた。

彼は、そのほとんど触覚ばかりの闇の中で、「ああ俺は今恐ろしい夢を見ているんだな」と思った。それほど、空家の中は暗くて、静かで、現実ばなれがしていた。

ガサガサと木の枝を分けて、庭を折れ曲がって行くと、向こうの方に映画のスクリーンのような長方形の白いものが見えた。それは縁側の雨戸が一枚あいていて、その中に蠟燭《ろうそく》が一本、ションボリとともっているのであった。蠟燭の赤茶けたほの暗い光が、闇に慣れた目にはスクリーンのように白く見えたのだ。

スクリーンに見えた理由はもう一つあった。その雨戸一枚分の長方形の中には、ボンヤリと人の姿があったのだ。

蠟燭が、焰《ほのお》を遠ざかるほどだんだん薄れて行く丸い光で、その人物の胸から上を、浮き出すように照らしていた。

「アッ、照子さん！」

鳥井青年は、思わず叫びそうになって、やっと喰いとめた。

燭台《しょくだい》のほのかな光にユラユラと揺《ゆ》れて、縁側の奥に坐っていたのは、まがう方なき布引照子であった。死んだはずの恋人の姿であった。

やっぱりそうだ。照子さんは生きていたのだ。そして、僕が救い出しに来るのを待っていたのだ。照子さんの不思議な心の糸が、僕をここへ引きつけたのだ。

鳥井青年は、腋《わき》の下から冷たいあぶら汗をタラタラ流しながら、泳ぐようにして恋人の前に近づいて行った。

「まあ、鳥井さん！　よく来て下すったわね」

突然、蠟燭の赤茶けた円光の中の照子が、身動きもせず、表情も変えないで云った。

その様子が、ほんとうに悪夢の中のような気違いめいた感じであったけれど、青年はそんなことを疑っている余裕はなかった。

「ああ、よかった。照子さん、僕お迎えに来たんですよ。あなた一人きりで、こんな淋しいとこにいたんですか。誰かに監禁されたのでしょう。そいつはどこへ行ったのです。奥の方の暗闇の中に見張っているのですか」

近よって、縁側に手をついて、一間《いっけん》ほど奥に坐っている照子の方へ、顔を突き出しながら、セカセカと尋ねた。

「いいえ、誰もいないんです。あたし一人っきりよ。あたし待ってたわ」

照子は蠟燭の後光の中から、淋しげな冷たい顔で、ニッコリともせず答えた。何となくこの世のものではない、もっと別の世界の神々《こうごう》しい女性のように思われた。

「待ってたわ」という言葉が、力強く、何か妙な意味を含んで発音せられた。これが変てこな、耳慣れぬアクセントだったので、「おやッ、これはほんとうに照子さんなのかしら」とギョッとしたほどであった。

「さあ帰りましょう。早くそこから降りていらっしゃい。僕お宅まで送ってあげますから」

青年がせき立てても、照子は身動きさえしなかった。

「いいえ、あたし今は帰れませんのよ。それよりも、あなたここへお上がり遊ばせな。そして、この静かな部屋で、二人っきりで、ゆっくりお話ししましょうよ」

どうも変だ。照子さんは悪者のためにひどい目にあって、気が違ってしまったのではあるまいか。鳥井はふとそんなことを考えると、ショボリと淋しそうにしている恋人がいじらしくて、涙がこぼれそうになった。

彼は動こうともせぬ照子を抱き起こすために、靴を脱いで縁側を上がった。

照子は写真で見た通りの高島田に結って、それが少しくずれて、ほつれ毛が額に垂れていた。気がつくと、着ているのは派手な赤い模様の長襦袢《ながじゅばん》一枚で、その胸がはだかって、まっ白な肌があらわになっているのが、何とも云えぬ物凄い艶《なまめ》かしさであった。

鳥井青年が、少しためらったあとで、照子の柔らかい肩に手をかけるのを合図のように、縁側の蠟燭が消えた。たった一つの光線が失せると、あとは墨を流したような真の闇であった。

「ああいけない。火を消してしまった。僕マッチ持ってますから、今つけます」

あわててマッチを探ろうとする手を、生温《なまぬる》い女の手がギュッと握った。

「いいえ、いいのよ。蠟燭なんかない方がいいわ。ね、鳥井さん、わからなくって。その蠟燭はあたしが吹き消したのよ」

その声と一緒に、柔らかいフカフカしたものが、蛇《へび》のように青年の身体にまきついて、身動きも出来なくなってしまった。相手の熱い呼吸《いき》が頬の産毛《うぶげ》をそよがせた。

青年は、あぶら汗にまみれながら、ズルズルと悪夢の中に引きずり込まれて行った。何となく気違いめいて不気味に耐えなかったが、むろん抵抗する気持はないのだ。

「ホホホホ、鳥井さん。わかって？　この意味が」

やっとしてから、闇の中に、ほがらかな笑い声が響いた。

「ア、その声は？　あなたは誰です。照子さんではないのですか」

グッタリと倒れていた鳥井青年が、愕然《がくぜん》として闇の中に目をみはった。

することも、云うことも、照子とは思えなかった。それにあのまるで違った声。照子は全く気が違ったのか。でなければ、さっきからの闇の中の軟体動物は照子ではなく、誰か別の女だったのか。

「いいえ、照子よ。あなたの許嫁の照子よ。ホホホホ」

闇の中の声が又笑った。やっぱり照子の声だ。

「あたしね、いっそ、あなたを殺してしまいたいと思うわ」

その声と同時に、柔らかい蛇がヌルヌルと青年の首に巻きついて来た。

「およしなさい。さあ、もう帰りましょう。お父さんやお母さんが、死ぬほど心配していらっしゃるのです」

と云いかけたその言葉は完全に発音出来なかった。まきついた蛇が、だんだん力を加えて、息を止めてしまったからだ。

「ウ、ウ、いけない。何を、何をするんです。気が違ったのか……」

青年は、か弱い女の腕を払い兼ねて、七転八倒《しちてんばっとう》した。

「ホホホホ、どうもしないの。あなたを絞《し》め殺すのよ。わかって？　鳥井さん」

又まるで違う声になった。

青年は、充血してガンガン鳴っている耳で、それを聞いた。そして、たちまちあることを悟ると、突然網の上の魚のように、死にもの狂いにピチピチとはね廻った。

「知っている……知っている……き、貴様だ。……悪魔……悪魔」

もがきながら、断末魔《だんまつま》の悲鳴が、青年の口をほとばしった。彼は闇の中の女が、照子ではなくて、或《あ》る驚くべき婦人であったことを、今わの際にハッキリと知り得たのである。

恐ろしき情死

その翌朝、約束の十時になると、布引庄兵衛氏は十万円の身代金を用意して、ソッとS町の空家へ忍んで来た。

門をくぐり、玄関の格子戸《こうしど》をあけて、小声で案内を乞うと、雨戸がしめてあるのか、まっ暗な奥の間からノソノソと、一人の男が出て来た。例の自動車の運転手の服装をした、ゴリラみたいな醜怪《しゅうかい》きわまる怪物だ。

布引氏は、服装こそ異なれ、これがあの写真の花婿であることを、たちまち見てとって、何ともいえぬ不快な気持になった。

「わしは布引だが、電話で約束したものを持って来ました。直ぐ娘を引き渡してくれたまえ」

布引氏は、なぐりつけてやりたいほどの不快を押し殺して、おとなしく云った。

「ヤ、布引さんですか。お待ち申しておりました。まあ、どうかお上がりなすって」

ゴリラは案外人間らしい口を利いた。

「いや、上がることはありません。すぐにここへ娘をつれて来て下さい。金はこの通り持っているんです」

「でも、お嬢さんは、今着替えをしていらっしゃいますから、ちょっとお上がりなすって」

「そうですか。じゃ娘のいる部屋へ案内して下さい」

布引氏は、相手が、紳士のような口を利くのに油断をして、つい玄関を上がった。

「ばかに薄暗いじゃないか。雨戸がしめてあるのですか」

「へへへへへ、空家だものですからね」

怪物は薄気味わるく笑った。

「君が今度のことを企んだ本人かね。あの写真を見たが、君はまさかほんとうにわしの娘と結婚したわけではないだろうね」

「へへへへ、どういたしまして。お嬢さんは大切な売り物ですからね。買い手のあなたを怒らせるようなことは致しませんですよ。あの写真は、なにホンの、私共のやっている仕事が嘘《うそ》でない証拠までに撮ったのですよ」

ゴリラは柄にもなく揉手《もみて》をせんばかりである。

「で娘はどこにいるのだね」

「ここでございます。あの襖の向こうでございます」

ゴリラは襖に手をかけて開こうとした。

「見たところ君一人のようだが、大丈夫かね。わしが娘を受け取って、金を渡さずに帰るというような場面を考えて見ないのかね」

布引氏はふと相手をからかって見たくなった。

「へへへへ、そこに抜かりがあるものですか。私一人のように見えて、決して一人じゃありませんからね。その襖のなかには、お嬢さんのほかに、よく御存知の男もいるのですよ。へへへへへ、それにあなたが警察には内密で、紳士らしくたった一人で、ここへお出でになったことも、ちゃんと偵察してあるのですよ」

「フフン、さすがに悪党だね。だがわしの方にも、いささか用意があるぜ。若《も》しわしをペテンにかけて娘を渡さないようなことがあれば、ほら、これを見たまえ、わしは射撃にかけては、これでなかなか名人だからね」

布引氏は用意のピストルを出して見せた。

「いや、どうしまして。ペテンにかけるなんて滅相《めっそう》な。わたしの方も大切な取引ですからね。そのお得意さまをだますような不心得は致しませんよ。では、どうか」

云いながら、ゴリラはスーッと襖を開いた。

だが、襖の奥は文目《あやめ》もわからぬ暗闇だ。たといそこに照子がいたとしても、見えるわけがない。

「おや、まっ暗じゃないか」

布引氏は襖の間から顔をさし出して、暗闇の室内に瞳を定めた。

と、襖の蔭《かげ》からニュッとばかり、何か白いものが飛び出して来て、鼻と口をふさいだ。

ハッとして身を引こうとすると、いつの間にか、うしろからゴリラめが鉄のような両腕ではがい締めにして、小ゆるぎもさせぬ。

「ム、ム……」

とうめきながら首を振っているうちに、目の痛いような強烈な匂いが、全身にしみ渡っていった。そして、布引氏は不甲斐《ふがい》なくも、いつしか意識を失ってしまった。襖の蔭から飛び出した白いものは、云うまでもなく麻酔薬《ますいやく》をしませた布で、そこにもう一人の悪党が潜んでいて、彼の不意をうったわけだ。

どのくらいの時間がたったのか、ふと夢から醒《さ》めるように目を開くと、布引氏はまっ暗な部屋に、ころがされていた。

さては賊に一杯食わされたかと、そのへんを探って見ると、案の定、紙幣《さつ》を包んだ風呂敷包みがなくなっている。ピストルまで持ち去ったと見えて、あたりをなで廻しても、手に触れるものもない。

「ああ、俺の思い違いだった。泥棒を紳士扱いして、度量《どりょう》を見せたのが、飛んでもない失策だった」

布引氏は大人げない失敗に苦笑しながら立ち上がった。幸いどこにも危害を加えられた様子はない。命だけは助けてくれたのだ。

彼は手さぐりで、縁側に出て雨戸を開けた。ともかく、こう暗くては、自分の身のまわりを見ることも出来なかったからである。

一枚二枚雨戸をくると、曇り日ではあったが、まぶしいほどの明るさが、室内にさし込んだ。

布引氏は、振り向いて座敷を眺めた。

と、彼はギクンとして、そこに棒立ちになってしまった。

彼は、まだ麻酔の夢が醒めきらぬのではないかと疑った。

何がかくも布引氏を驚き恐れしめたのか。読者はとっくに御存知だ。そこには世にも奇怪なる男女の情死体が重なり合って倒れていたのである。

下になっているのは、照子さんの長襦袢一枚の姿だ。その上にのしかかって絶命しているのは、今朝別れたままの鳥井青年だ。

なるほど、賊は嘘は云わなかった。この部屋には確かに照子さんがいた。もう一人

「よくご存知の男」もいた。しかし、二人とも絶命してだ。

布引氏は、あっけにとられて、不思議な情死者をマジマジと眺めていた。賊は何故この二人を殺す必要があったのだろう。身代金を奪ってしまえば、何も危険な殺人罪を犯すことはないではないか。

少し近よって見ると、鳥井青年の首に青あざがあって、絞殺されていることがわかった。と同時に、布引氏は照子さんの皮膚を見た。そして、我が子ながら、ゾーッとして、思わず顔をそむけないではいられなかった。

照子は顔から胸から壁のように白粉《おしろい》を塗られて、ほとんど皮膚の生地は見えぬほどになっていたが、それでも、白粉のひび割れた箇所、手足などに、毒々しく、紫色の斑《はん》紋《もん》が現われていた。目は白っぽく濁って、まるで魚の目のようであったし、皮膚のある部分はすでにくずれて、トロリと皮がめくれていた。

最も無残《むざん》なのはその胸であった。無数の掻《か》き疵《きず》が所きらわずつけられ、その上、水《く》母《らげ》のようにうず高くなった乳房の上に、鳥井青年の断末魔の歪《ゆが》んだ指が、熊手《くまで》のように肉深く喰い入っていた。

何と恐ろしい情死であろう。男はつい今しがたことときれたばかりなのに、女の肉は腐りただれて、明らかに死後数日を経過したことを語っている。

恐ろしき文身《いれずみ》

布引氏が、この椿事《ちんじ》を警察に訴え出たことは云うまでもない。急報に接して、検事局、警視庁、所轄警察署から係り官が駈けつけ、直ちに綿密周到《めんみつしゅうとう》なる取り調べが行われた。

現場には、これという手掛かりは何一つ残されていなかった。賊の遺留品はもちろん、指紋一つ発見出来なかった。賊は空家《あきや》を無断借用していたのだから、家主《やぬし》を調べて見ても、何の得るところもなかった。布引氏にも、鳥井青年の知人たちにも、照子さんなり、鳥井青年なりが、これほど恨みを受けるような心当たりは、全くなかった。

だが、二つだけ明確にわかったことがある。その第一は、婚礼写真に顔を曝《さら》しているゴリラ男だ。これが賊の同類であることは、布引氏の証言によって明らかである。そこで、警察は、婚礼写真を唯一《ゆいいつ》の手掛かりとして、醜怪なるゴリラ男を探すことに、全力を傾けた。

第二の手掛かりというのは、これは読者にまだわかっていない事がらだが、この事件をさらに怪奇不思議ならしめたところの「犯罪者のプロパガンダ」と謂われた、大胆不敵な賊の自己紹介であった。

賊は犯罪現場に名刺を残して行ったのだ。だが、ありふれた紙の名刺ではない。さすが事に慣れた警察官たちも、この不気味千万な賊の自己紹介を発見した時には、思わず「アッ」と声を立てて、顔をそむけたほどであった。

その時、係官たちは照子さんの死体をあらためるために、そのまわりに集まっていた。

死後数日を経た腐爛《ふらん》死体は、何とも云えぬ、悪臭を放って、触ればズルズルと皮膚がめくれて来そうで、着物を脱がせるのにひどく骨が折れた。

厚化粧の顔だけが、人形のように美しくて、その首のすぐ下に、灰色の腐肉《ふにく》が続いているのは、何とも云えぬ変てこな感じだった。

死体をソッとうつむけて、警察医と巡査と二人がかりで、艶かしい長襦袢をはいで行った。赤い錦紗縮緬がグルグルとめくれて行く下から、照子さんの灰色の背中がむごたらしく現われて来た。

「ワッ、ひどい傷だ」

誰かが、思わず叫んだ。

灰色の背中一面、蚯蚓《みみず》の這い廻ったような、ドス黒い傷痕がある。だが、何という複雑な傷をつけたものであろう。いや、傷ではない、何だかえたいの知れぬ変てこなものだ……いやいや、やっぱり傷痕だ。でなくて、こんな恐ろしい蚯蚓ばれが出来るものか。しかし、傷は傷でも、決して並々の傷ではない。

「おや、何だか、この傷痕は、字の恰好をしているぜ、ほらね、上のは『恐』という字だ。それから『怖』『王』。『恐怖王《きょうふおう》だ』。『恐怖王』だ」

一人の刑事が叫んだ。

如何にも、よく見ると、その傷痕は「恐怖王」と読まれた。まさか死体糜爛《びらん》のあとが、偶然このような形を現わしたわけではあるまい。賊が故意に短刀か何かで死体を傷つけて、この恐ろしい文身を刻みつけておいたものに相違ない。

何のために？

俄《にわ》かに断定を下すことは出来ぬけれど、文字の意味から想像して、これは恐らく賊の自己紹介ではなかろうか。誰しもそこへ気がついた。そして、その推察は的中していたのだ。

それにしても、何というむごたらしい賊の思いつきであったろう。彼は美しい娘さんの身体をズタズタに斬りきざんで、奇怪千万な人肉名刺を印刷して行ったのだ。

新聞紙のほとんど一ページを費した激情的な報道によって、この前代未聞《ぜんだいみもん》の怪事件は、全国に知れ渡り、人々に絶好の話題を提供した。

賊はなぜそんな残酷な人殺しをしなければならなかったのか。仮装情死の目的は一体何であったか。死美人の背中に傷つけられた「恐怖王」とはそもそも何者であるか、あの写真を見ても胸のわるくなるゴリラ男は、一体人間なのか、それとも人間によく似たけだものではないのか。

人々は声を低めて、これらの恐ろしき疑問をささやき交《かわ》した。

賊は大胆不敵にも人肉名刺によって名乗りを上げている。その上、同類ゴリラ男の写真まで、これ見よがしに見せびらかしている。しかも不思議なことに、警察のあらゆる努力にもかかわらず、賊の所在《ありか》はもちろん、その素性も、殺人の動機も一切合切不明であった。警視庁の名探偵たちも、「こんな狐につままれたような事件は初めてだ」と腕をこまぬくばかりだ。

ところが、賊の方では、何たる図太さであろう。其筋《そのすじ》の捜査を手ぬるしと考えたか、実に奇々怪々の手段を弄《ろう》して、秘し隠しに隠すべきわが名を、「これを見よ、これでも君たちは俺を捕まえることが出来ぬのか」と、くり返しくり返し市民の前に発表した。

この賊、もし狂人でなかったなら、百年に一度、千万人に一人の、兇悪無残《きょうあくむざん》比類なき大悪党と云わねばならぬ。

米つぶが五つ

お話かわって、被害者鳥井青年の友達に、大江蘭堂《おおえらんどう》という奇妙な号を持つ探偵小説家があった。蘭堂なんて老人くさい号に似ず、まだ三十歳の青年作家で、その奇怪なる作風と、小説ばかりではなく実際の犯罪事件にもちょいちょい手出しをする物好きとで、その方面では可なり有名な人物であった。

そのような蘭堂であったから、鳥井青年変死の顚末《てんまつ》を聞くと、友人の不幸を嘆いたばかりでなく、一歩進んで、この奇怪なる犯罪事件を自ら探偵して見たいという野心を抱いているらしく、友達などにもその意嚮《いこう》を漏らしていた。

彼はまだ独身のアパート住まいであったが、恋を知らぬ木念仁《ぼくねんじん》ではなかった。知らぬどころか、彼は世にもすばらしい恋人に恵まれていたのだ。

花園京子《はなぞのきょうこ》といえば、新聞を読むほどの人は誰でも知っているだろう。もとの公卿華《くげか》族《ぞく》花園伯爵の令嬢で、もと華族様の癖にオペラの舞台に立ったほどの声楽家で、その上、非常な美人であった。そのもと華族令嬢が、何を物好きに貧乏小説家などを恋したのか、恐らく彼女の探偵小説好きがきっかけとなったのであろうが、これを知る者、誰一人蘭堂の果報を羨《うらや》まぬ者はなかった。

その花園京子が、今日も蘭堂のアパートを訪ねて来た。だが、いつもの彼女とはちがって、何となく浮かぬ顔をしている。

「変だね。君どうかしたんじゃない？　いやにふさいでいますね」

蘭堂はすぐさまそれに気づいて尋ねた。

「ええ、少し。何だか訳のわからない妙なことがあったのよ」

京子は洋装の胸から小さな紙包みを取り出して、テーブルの上に置いた。

「妙なことって？」

「今朝早く、お友達をお見送りして、東京駅の待合室にいる時、変な男が、突然あたしに話しかけたのよ」

「それで？」

「この紙包みを、ソッとあたしに渡すんじゃありませんか。そして、『お約束の薬です。これを召し上がれば、あなたの声はもっともっとよくなります』って云ったかと思うと、サッサとどこかへ行ってしまったのです」

「君は、そんな約束なんかしなかったの？」

「ええ、ちっとも覚えがないの」

「で、その男というのは？」

「むろん知らない人よ。こう髪を長く、おかっぱみたいにして、黒の服を着た、美術家みたいなふうをしていましたわ」

読者諸君、この京子の言葉によって、誰かを思い出しはしませんか。ホラ、ゴリラ男から布引照子の死骸を受け取って、気味のわるい化粧をした男。あれがやっぱり、美術家風の黒い服を着た奴でしたね。

だが、大江蘭堂はそれを知る由《よし》もなく、テーブルの上の「声をよくする薬」だという紙包みを開きながら尋ねる。

「で、この中には、ほんとうに薬がはいっていたの？」

「ええ、でも、何だか薄黒い米つぶみたいな気味のわるいものよ」

「むろん、呑みやしないね」

「ええ、毒薬だったら大変だわ」

なるほど、紙包みを開いて見ると、薄黒い米つぶが五つ、大切そうに包んであった。一体薄黒い米つぶなんてあるのかしら。それとも米つぶの形をした丸薬なのかしら。

だが、蘭堂はしばらくその米つぶを指先でコロコロやっているうちに、何を発見したのか、やにわに立ち上がって、書物机《かきものづくえ》の抽斗《ひきだし》から、虫眼鏡を持ち出して来て、米つぶの一つをつまみ上げ、熱心に覗《のぞ》き始めた。

「京子さん、これはやっぱりあたり前の米つぶだよ。だが、なぜこんなに薄黒いのだろう。君これをよくも検《しら》べて見なかったのだね」

「ええ、気味がわるくて……」

「この薄黒いのはね、字が書いてあるんだよ。米つぶの表面に、虫眼鏡でも読めないほど小さな字が、一杯書いてあるんだよ」

「まあ、ほんとう?」

「見てごらん。ほら、ね、三字の組み合わせが。何十となく、ビッシリ並んでいるだろう」

京子が覗いて見ると、虫眼鏡の下に、丸太ん棒のような巨大な指が二本、その間にはさまれて、大瓜《おおうり》ほどの米つぶがあった。そして、その表面に、
恐怖王恐怖王恐怖王恐怖王……

とビッシリ黒い字が並んでいた。

「おや、恐怖王っていうと……」

京子はギョッとしたように探偵小説家の顔を見た。

「僕の友達の鳥井君に、恐ろしい情死をさせた奴です。あいつ、又こんないたずらをしたんだな。この間は布引照子さんの死骸に『恐怖王』と刻みつけて見せたかと思う

と、今度はこれだ、奴め、ひょっとしたら、僕がこの事件に興味を持っているのを感づいたんじゃないかしら」

「まあ、怖い！　あたしどうしたらいいでしょう。あいつに見込まれたのじゃないでしょうか。そして、もしやあなたと……」

京子はもうまっ青になっていた。

「ハハハハハ、僕と君とが、又情死をさせられるとでもいうの？　いくら、悪魔だって、そうそう器用な真似が出来るものじゃない。安心したまえ、僕がついていますよ」

だが、もとの伯爵令嬢はすっかりおびえ上がってしまって、帰宅する道が怖いからと、蘭堂に頼んで、邸まで送ってもらったほどであった。

空中の怪文字

その翌日、大江蘭堂は鎌倉に住んでいる友人から、電話の呼び出しを受けた。急に話したい事件が起こったが、あいにく風邪心地《かぜごこち》で寝ているから、勝手ながら、こちらへお昼までに着くように、御足労が願いたいという書生の声だ。

早速行って見ると、どうしたというのだ。風邪を引いて寝ているはずの友人は、朝から東京へ出掛けて留守だというし、書生に聞いてみても、電話なんかかけた覚えがないということであった。

「おや、こいつは変だぞ。するとやっぱり、昨日の米つぶは、賊の挑戦状《ちょうせんじょう》だったのかな。俺の留守中に、京子さんがどうかされているのじゃないかしら」

と思うと気が気でなく、すぐ東京へ引き返そうと、友人の玄関を出た途端、ふと妙なものが彼の目にとまった。

それは新聞の号外みたいな一枚の紙片《かみきれ》で、初号活字でベタベタと何か印刷したものであったが、風に吹かれて、ヒラヒラと地上を飛んで行くのを、目で追っているうちに、ヒョイと「恐怖王」という字が見えた。

「おやッ」と思って、それを追ったが、小さなつむじ風が、どこまでも紙片を運んで行くので、ついそれに引かされて、海岸へのダラダラ坂を降り切ってしまった。

やっと紙片をつかまえて、読んでみると、例の怪賊についての号外かと思ったのが、そうではなくて、やっぱり、賊の不気味ないたずらであったことがわかった。紙片には、例の米つぶと同じように、「恐怖王」という初号活字が、まるで活字屋の見本のように、べた一面に並んでいた。

「賊の広告ビラだな。しかし、何という気違いだろう。こうして到る所に自分の名前

のだ。

を広告するなんて。馬鹿か、でなければ、恐ろしく自信に満ちた奴だぞ」
稚気《ちき》と云えば稚気に相違ないけれど、こういう稚気のある奴に限って、ずば抜けた独創力《どくそうりょく》に恵まれているものだ。東西の犯罪史を繙《ひもと》けばわかるように、大犯罪者であればあるほど、常人には理解し難いような、子供らしい、ばかげた虚栄心《きょえいしん》を持っているのだ。

そんなことを考えながら、ヒョイと目を上げて海岸を眺めると、これはどうしたというのだ。水泳の時期をとっくに過ぎた海岸に、真夏のようなおびただしい群集が群がっているではないか。

その人達はむろん水着を着ている訳ではなく、漁師の細君連中、海岸近くの商家の小僧さんたち、中には都会風の紳士、淑女もまじって、皆一様に空を眺めている。

「ああ、飛行機だな」

と気づいて、人々の視線をたどって、空を見上げると、珍しくもない飛行機が、この黒山の見物人を引きつけている訳がわかった。

畳のようにおだやかな大海原の上、晴れ渡った紺青《こんじょう》の空高く、一台の飛行機が、大胆な曲線を描いて飛んでいた。その飛行機の尻尾からモクモクと湧き出す黒煙の帯。これだ。海岸の群集はこの煙幕に見入っているのだ。

逆転《ぎゃくてん》、横転《おうてん》、錐揉《きりも》みと、自由自在に飛び廻る鳥人《ちょうじん》の妙技につれて、夕立雲のように毒々しい煙幕は、見る見る紺青の空を、不思議な曲線で塗りつぶして行く。

「どこの飛行機ですか」

群集に近よって尋ねてみると、

「さあ、どこのですかね、全く不意打ちなんですよ。新聞には何も出ていなかったですからね」

という答えだ。

「おやッ、ごらんなさい。何とすばらしいじゃありませんか。あの飛行機は空に字を描いているんですよ。あれ、あれ」

誰かが突然叫び出した。

なるほど、よく見ると、大空に一丁四方もある巨大なローマ字が、ツー、ツー、クル、クルと、先《ま》ず描き出したのは、Kの字。

続いて、クルリ、ツーッと逆転して、モクモクと現われたのはY、それからO、F、U、O……。

最後のOを描き終わった頃には、初めのKはボヤッと拡がって、形がくずれかけていたけれど、それだけに、思わず腋の下から脂汗がにじみ出すような、悪夢の物凄さを以《もっ》て、頭の上から人を押しつける空一杯の怪文字、Kyofuo《キョーフオー》……キョーフオー……恐怖王！

「恐怖王、恐怖王」

の囁きが群集の間に湧き起こったかと思うと、まるで狂気の津波のように、たちまち拡がり高まって、海岸全体の不気味な合唱となった。

「恐怖王だ、恐怖王だ、あいつがあの飛行機に乗っているのだ」

だが千メートルもあろうという、高空の悪魔をどうすることが出来よう。

あれよ、あれよと騒ぎ立つ海岸の群集を尻目に、悪魔の飛行機は、自ら描いた煙幕文字に隠れて、見る見る機影を縮め、漠々《ばくばく》たる水天一髪《すいてんいっぱつ》の彼方に消え去ってしまった。

尾行曲線

飛行機は飛び去っても、彼の残した煙幕文字は、ボヤン、ボヤンと無限に大きく拡がりながら、いつまでも怪しい蜃気楼《しんきろう》のように、大空に漂っていた。

大江蘭堂は、余りにも大がかりな悪魔のプロパガンダに度肝《どぎも》を抜かれたのか、群集が立ち去ったあとまでも、ボンヤリと海岸にたたずんでいたが、ふと気がつくと、十間ばかり向こうの波打ち際に、彼を見つめて立ち止まっている、妙な人物を発見した。

「妙だ、あいつはなぜ、俺を見つめているんだろう」

ムラムラと疑念が湧き上がった。

蓬《よもぎ》のような頭髪、ボロボロの古布子《ふるぬのこ》、縄《なわ》を結んだ帯。乞食かしらん。だが、乞食がなぜあんなに俺を見つめているのだろう。

こちらもじっと睨みつけてやると、乞食みたいな男は、気まずそうにそっぽを向いて、トボトボと歩き出した。歩きながら、チラッチラッと振り返る。その様子が如何にも怪しいのだ。

蘭堂はあきらめきれないで、つい乞食のあとを追って歩き出した。

広い砂浜を、右に左に、時には逆戻りさえしながら、乞食はいつまでも歩いて行く。その歩きぶりは、全くあてのない散歩でもしているように見えるが、こうして蘭堂を退屈させて、尾行を思い切らせる算段《さんだん》かも知れない。

グルグル廻りながら、やがて砂浜を三十分も歩いたであろうか、ふと気がつくと、高い石垣の上で、五、六人の子供が騒いでいた。彼等は乞食と蘭堂を指さして、しきりと何か囃《はや》し立てているのだ。

「あれ字だよ。伯父《おじ》さんたち字を描いているんだよ。君、読めるかい」

「読めらい、あれ、英語のKって字だい」

この異様な会話が、蘭堂の小耳を打った。子供らは一体何を云っているのだろうと、うしろを振り返って見ても、別に文字らしいものは見当たらぬ。だが「Kという字」の一言は聞き捨てにならぬ。

彼はふとある事を感づいて、急な坂道を、高い石垣の上へ駈け上がって行った。

「オイ君たち何を云っているの？　どこに字があるの？」

子供らに尋ねると、

「ワーイ、伯父さん自分でかいた癖に知らないのかい。ホラごらん、あれだよ。あれだよ」

指さす砂浜を見渡すと、人通りのない広い地面に、乞食の足跡と、蘭堂自身の靴の跡と重なり合って、目も遙かに、異様な曲線を描いていた。なるほど、ここへ上がって見ると、その足跡がハッキリとローマ字の形になっている。

さし渡し半丁ほどのべら棒な巨大文字。その余りの大きさに、我が靴跡で描きながら、少しもそれと気づかなかったのだ。

Kyofuo……やっぱり「恐怖王」の六文字だ。

はてな、さっきの空の煙幕が、地面に影を投げているのではあるまいかと、妙な気持になって、空を眺めたが、煙幕はすでに溶け去って、そこにはもはや何のくもりもなかった。

するとこ煙の文字が地面に落ちて、そのままあの砂浜へしみ込んでしまったのかしら。さすがの探偵小説家も、頭がどうかしたのではないかと疑わないではいられなかった。

何という無駄な、ばかばかしい、しかもずば抜けた賊の自己宣伝であろう、死人の肌の糜爛文字、米粒の表面の極微《きょくび》文字、そして今は又、大空の黒雲かと見まごう煙幕文字、地上の足跡の砂文字、これは一体どうしたというのだ。

賊は悪魔の宣伝ビラを、所きらわず撒《ま》き散《ち》らしているのだ。一分の米つぶも賊の名刺だ。眼界一杯の大空も賊の名刺だ。

気違いか？　いやいや気違いにこんな秩序ある放れ業が演じられるものではない。あいつは正気なのだ。正気でこのべらぼうないたずらをやっているのだ。こいつは大物だぞ！　布引照子さんの事件なんか、ほんの小手しらべに過ぎないのだ。あいつは今やっと、世間に名刺をふり撒いているではないか。自己紹介が済めば、これよりいよいよ本舞台という段取りなのではあるまいか。

だが、そんなことを考えている時ではない。さしずめ曲者はあの乞食だ。蘭堂は乞食の歩くままに尾行したからこそ、あんな文字が現われた。つまりこの怪文字のかき手はあの乞食であったのだ。

見ると、乞食め、いつの間にか五、六丁向こうの海岸を豆のように小さく歩いて行く。

「うぬ、逃がすものか」

蘭堂は、石垣を駈け降りると、一散に乞食のあとを追った。五間、十間、二十間、瞬くうちに二人の距離はせばめられて行く。

乞食め、ふり返って追手を見ると、矢庭《やにわ》に駈け出したが、どうも余り駈けっこはお得意でないらしい。ヨタヨタと妙な恰好で走って行くが、到底のっぽの蘭堂の敵ではない。

「待て、聞きたいことがある」

とうとう、追手の猿臂《えんぴ》が乞食の襟髪《えりがみ》にかかった。

夏子《なつこ》未亡人

襟髪をつかまれた乞食は騒ぐ様子もなく、ふてぶてしく立ち止まって、ヒョイと振り返った。大江の顔と乞食の顔が一尺ほどの近さで、真正面に向き合った。

海岸の鼠色の大空を背景に、バアと大写しになった乞食の顔。

大江はギョッとして思わず手を離した。長い髪の毛(むろん鬘《かつら》に相違ない)で顔を隠していたため、今の今まで気づかなかったが、この乞食こそ、ほかならぬゴリラ男であった。大江はゴリラ男を見知っているわけではないけれど、その異様な相貌《そうぼう》を見ては、それと気づかぬわけにはいかぬ。

お化けのような乱髪《らんぱつ》の鬘の下から、狭い額、ギョロリとした両眼、平べったい鼻、厚い唇、むき出した大きなまっ白い歯並、ゴリラは「どうだ、驚いたか」と云わぬばかりに、ゲラゲラ笑っていたのだ。身の毛もよだつ、醜怪千万な笑い顔。

彼はこの顔を見せるために、わざと大江に追いつかせたのだ。そして、例によって、「恐怖王」のデモンストレーションをやっておいて、改めて逃げ出そうというのだ。

ゴリラのことだ、力も足も人間の及ぶところではない。彼は、大江の一瞬の放心を見すまして、やにわに走り出した。その早いこと、足ばかりでなく、両手も使って、猿の走り方で走るかと思われたほどだ。

「畜生、待てッ」

大江はこの怪獣に対して、不思議な憤《いきどお》りを感じないではいられなかった。何を顧慮《こりょ》する余裕もなく、ただ無性《むしょう》に癪《しゃく》にさわった。彼も駈けっこでは人に劣らぬ自信がある。いきなりゴリラを追って走り出した。見渡す限り人なき砂浜を、異形のけだものと人間との死にもの狂いの競争だ。

ゴリラは二、三丁走ると、とある砂丘をかけ上がって、町の方へ曲がった。林や原っぱを中にはさんで、ヒッソリとした大邸宅が建ち並んでいる淋しい場所だ。

賊はそれらの建物の高い生垣やコンクリート塀の間を縫って或いは右に或いは左に、クルクルと逃げ廻ったが、どう間違ったのか、塀と塀とで出来た袋小路《ふくろこうじ》へ駈け込んでしまった。両側とも丈余《じょうよ》のコンクリート塀だ。突き当たりは高い石垣になって、逃げ込む隙間はない。

「しめた。とうとう捉《つか》まえたぞ」

大江蘭堂は勇躍して敵に迫った。もう十間だ。もう五間だ。

ゴリラはコンクリート塀の根元にうずくまって動かなくなった。遂に観念したのか。それとも、迫り来る追手に飛びかかろうと身構えているのか。いや、そうではなかった。彼はちょうど動物園の猿のように、ピョイと身軽く塀に飛びついたかと思うと非常なすばやさで、スルスルと、丈余の塀を乗り越えてしまった。誰の邸ともわからぬ大邸宅の庭へ逃げ込んでしまった。

蘭堂は相手の余りのす早さにあっけにとられ、一瞬間塀の下にぼんやりと突っ立っていた。

「あれが人間だろうか。ジャンピングの選手だって、とても及ばぬ早業《はやわざ》だ」と思うと、相手が何か恐ろしい動物のように感じられて、ゾッとしないではいられなかった。

彼には、残念ながら、塀の頂上へ手をかけることさえ出来そうもない。急いで表門に廻り、この邸の主人に告げて怪物を捉えるほかはなかった。

「さあ、出て来い。貴様の方で出て来なければ、俺は晩までても、ここに待っているぞ」

蘭堂は大声で怒鳴って、敵が再び塀を乗り越して逃げ出さぬ用心をしておいて、足音を盗んで、グルッと表門に廻った。

幸い、表門は開けっ放しになっていたので、駈け込んで洋館の入口のベルを押した。と出会いがしらに、ドアが開いて、一人の洋装婦人が顔を出した。

「まあ、大江先生！」

婦人がびっくりして叫んだ。見ると彼の熱心な愛読者として知り合っている喜多川《きたがわ》未亡人夏子であった。

「ヤ、喜多川さんでしたか。僕、ちょっとここの御主人に逢いたいのですが」

蘭堂がせき込んで云うと、

「主人って、ここわたくしのうちですのよ」

若い未亡人が、にこやかに答えた。

蘭堂は彼女に逢ってもいたし、彼女から手紙も貰って住所は知っていたが、一度も訪ねたことがなかったので、この堂々たる邸宅を見て、ちょっと驚かぬわけにはいかなかった。

「まあ、おはいり下さいませ。今出掛けようとしていたのですけれど、構いませんわ。さあ、おはいり下さいませ。ほんとうによくいらしって下さいましたわね」

「いや、そうしてはいられないのです。裏庭を見せていただきたいのです。それから、書生さんか何か男の人はいないでしょうか」

「いいえ、あいにく書生は居りませんが、裏庭って、裏庭がどうかしましたの」

若い未亡人は、この探偵作家気でも違ったのではあるまいかと、びっくり仰天《ぎょうてん》した表情だ。

「ともかく、裏庭を見せて下さい。訳はあとでお話しします」

と云い捨てて、彼は柴折戸《しおりど》をあけて、建物の裏手へ駈け出して行ったが、やがて、失望の体《てい》で、まだ入口にたたずんでいる夏子の所へ帰って来た。妙なことを呟きながら、

「芝生だもんだから、足跡がないのです。やっぱり塀を越して逃げたかな」

「誰かが庭へはいりましたの？　まあ、気味のわるい。誰ですの？」

未亡人は震え上がった。

「電話を貸して下さい。警察へ知らせておかなければなりません」

蘭堂は夏子の案内であわただしく電話室へ飛び込んだ。

夏子が電話室の外にたたずんで聞き耳を立てていると、途ぎれ途ぎれに「恐怖王」だとか「ゴリラ男」だとかいう声が聞こえる。彼女はハッとして、色を失わないではいられなかった。

「先生、ゴリラ男がどうかしたのでございますか。もしや……」

電話を切って出て来た蘭堂は、夏子の恐ろしく引きゆがんだ顔にぶつかった。

「びっくりなすってはいけませんよ。実はそのゴリラ男がお宅の裏の塀を乗り越えて、邸内へ逃げ込んだのです」

それを聞くと、夏子は「まあ」と息を呑んで、よろよろとあとじさりをした。

妖術

間もなく数名の警官が駈けつけて、庭はもちろん邸内隈なく捜索したが、ゴリラ男は影もなかった。恐らく、蘭堂が表門へ廻っている間に、再び塀を乗り越えて逃亡したものであろう。

警官が立ち去ったあとも、夏子は蘭堂を引き止めて帰さなかった。

「書生を少し遠方へ使いに出しましたので、あとは女ばかりで心細うございますから、ご迷惑でも、書生の帰りますまでお話し下さいませんでしょうか」

そう云われて、蘭堂は一種の当惑を感じないではいられなかった。未亡人と云っても、夏子はまだ二十五、六歳の若さで、その上非常に美しかったからである。しかも、いつの間にか日が暮れて、客間の装飾電燈が赤々ともり、自然晩餐《ばんさん》の御馳走《ごちそう》になるというような羽目になってしまったからである。

「恐怖王」について、或いは探偵小説と実際犯罪についていろいろ話している間に、案の定、女中が現われて、食堂の準備のととのったことを知らせた。

食堂も客間に劣らぬ贅沢《ぜいたく》な設備で、十人以上のお客様が出来るほど広かったが、その大きな食卓のまっ白な卓布《たくふ》の上に、おいしそうな日本料理が手際よく並べてあった。

「主人がなくなりましてから、コックも置きませんので、女中の手料理で失礼でございます」

夏子は詫びながら、あでやかに笑って、卓上の洋酒の罎《びん》をとった。

「わたくし、お酌《しゃく》させていただきます」

蘭堂は、ますます当惑《とうわく》を感じながら、仕方なく盃を上げ、

「俺はゴリラ男の一件を知らせてやったために、こんな好遇《こうぐう》を受けるのか、日頃愛読する小説の作者として尊敬されているのか、それとも……」

蘭堂は自問自答しないではいられなかった。どうもおかしいのだ。うら若く美しい未亡人が、小説家と交わりを結んだり、手紙を出したりするのが、すでに変である。しかも、彼女はもう、小説家の文名に、あこがれる年頃でもない。もっと別の気持があるのだ。つまり「わたくし、お酌させていただきます」という艶かしい言葉が象徴《しょうちょう》しているような、一種の気持があるのだ。と考えて来ると、彼女から貰った手紙の、思わせぶりな文章まで、思い出される。

蘭堂という筆名は甚だ不意気《ぶいき》だけれど、彼はまだ三十歳の青年作家で、作家仲間でも評判の美丈夫《びじょうふ》であったから、この種の誘惑にはたびたび出会っている仕合わせ者

だ。従っていくら相手が美しいからといって、すぐさま感激するようなお坊ちゃんではなかったし、彼には花園京子という寸時も忘れ難い人があるために、この若き未亡人の優遇《ゆうぐう》は、当惑のほかの何ものでもなかった。

ビクビクしながら飲む酒は、酔いとならず、相手の夏子の方が、グラスに一つ二つのお相伴《しょうばん》に、ホンノリと上気して、だんだん多弁に艶かしくなって来る。

「もうお暇《いとま》します。おそくなると家で心配しますから」

辞退をすると、

「家とおっしゃって、奥様もいらっしゃらないくせに」

とたちまち逆襲だ。

「まあ、およろしいではございませんか。このお酒お口に合いませんでしょう。今ね、今お口に合うのを、あたし持って参りますからね」

夏子は少しよろめくように立って、手で「待っていらっしゃいよ」と合図しながら、一方のドアから出て行った。蘭堂は酔わぬといっても、強いられた強い洋酒に、頭の中が少し熱っぽくなって、この立派な邸宅での思いがけぬもてなしが、いや、そればかりではない、昼間からの空中文字、砂文字、ゴリラ男までが、何かこうほんとうでない、悪夢でも見ているような気持になって来るのであった。

彼が、そうしてボンヤリと白い卓布に頰杖《ほおづえ》をついていた時、突然、これもまた悪夢のように、どこかの部屋から、鋭い女の悲鳴が聞こえて来た。

「おや」と思って、聞き耳を立てると、

「助けて！　助けて！　大江先生助けて！」

という、恥も外聞もない叫び声は、確かに夏子未亡人だ。

捨ててはおけぬ。蘭堂は夢の中のように立ち上がって、廊下へ駈け出した。廊下のはしには、女中たちが目白押しにかたまって進みも得せず、かたえの室を指さしている。明らかに救いを求める叫び声は、そこのドアの中から漏れているのだ。

彼はいきなりドアを開いて、室内に飛び込んだ。

「畜生ッ、貴様まだこんな所にいたんだな」

思わず叫んで、有り合う椅子の背をつかんだ。

ゴリラだ。ゴリラ男が、夏子の上に馬乗りになって、その喉をしめつけている。夏子は、空色のワンピースの裾を破って、夢中にもがきながら抵抗している。

「邪魔するな、お前。あっちへ行ってろ」

賊は猩々《しょうじょう》のようにまっ赤になって、恐ろしい目で蘭堂を睨みつけ、途ぎれ途ぎれに唸《うな》った。

「止《よ》せ。止さぬと、叩き殺してくれるぞ」

蘭堂は椅子を振り上げて、ゴリラの頭から打ちおろす身構えをした。

「早く、早く、こいつを叩きつけて」

夏子が、みだらに顔をゆがめて、息も絶え絶えに叫ぶ。

「うぬ、これでもか」

蘭堂は、振り上げた椅子を、力まかせに叩きつけた。

「ギャッ」

という、けだものの悲鳴。

ゴリラは肩先をやられて、やっと夏子の上から立ち上がったが、今度は蘭堂に向かって、白い大きな歯を嚙みならし、恐ろしいうなり声を発しながら、全く大猿の恰好で飛びかかって来た。

けだものと人間とは、一《ひ》とかたまりに組み合って、床の上をころげ廻った。蘭堂は少々柔道の心得があったけれど、野獣にかかっては、何の甲斐もなく、一転、二転、三転するうちには、遂にゴリラ男の下敷きになってしまった。

「生意気な、貴様絞め殺してやるぞ」

ゴリラの毛むくじゃらな両手がジリジリと喉を絞めはじめた。

蘭堂はもう力が尽きてはね返す気力はなかった。絞めつけられた彼の紅顔は、見る見る紫色にふくれ上がって行った。

「ヒヒヒ……青二才め、どうだ苦しいか。もう少しの我慢だ。今に気が遠くなって、極《ご》楽往生《くおうじょう》だぜ。云い残すことはないかね。ヒヒヒヒヒ、云い残そうにも口が利けまい」

けだものは、残酷にも、ゆるめては絞め、ゆるめては絞め、しかも徐々に両手の力を加えて行った。

とその時突然、ビシーンという銃声が聞こえたかと思うと、部屋の窓ガラスがガラガラと砕け落ちた。

「さあお放し、その手をお放し、でないと、今度はお前の背中だよ」

組み合った二人のうしろに、いつの間にか小型のピストルを手にした夏子未亡人が、精一杯の力で、歯を食いしばって突っ立っていた。ピストル持つ手がワナワナと震えている。

さすがの猛獣も飛び道具には敵《かな》わぬ。ゴリラは不承不承に手を放して立ち上がると、ジリジリとドアの方へあとじさりを始めた。

「大江先生、しっかりして下さいまし。大丈夫ですか」

夏子はピストルを構えたまま、倒れた蘭堂の上にかがみ込んで叫んだ。

蘭堂は喉をさすりながら、ムクムクと起き上がった。まだへこたれてはいない。立ち上がるなり大声に怒鳴って駈け出した。

「待て、畜生、今度こそ逃がさぬぞ」

夏子が蘭堂に気をとられている隙に、ゴリラはドアの外へ逃げ出していたのだ。蘭堂はそのあとを追って廊下へ飛び出した。

ゴリラは見通しの廊下を、背を丸くして這うように走って行く。だが、どう戸まどいしたのか、入口とは反対の方角だ。廊下の突き当たりは部屋になっている。ゴリラは、いきなりそのドアを開いて部屋の中に隠れた。間髪《かんはつ》を容《い》れず蘭堂も同じドアから飛び込む。

それは、来客用の寝室らしく、寝台と二脚の椅子と、小箪笥《たんす》のほかには何もない至《し》極《ごく》アッサリした部屋であった。人間の隠れる場所は寝台の下を除いてはどこにもない。窓は内部から締まりがしてある。しかもガラス窓の外には鉄格子《てつごうし》が見えている。

それにもかかわらず、蘭堂が飛び込んで見ると、そこには人影もなかったのだ。寝台の下を覗いて見たのは云うまでもない。そのほか箪笥の蔭にも、ドアのうしろにも、どこにもゴリラの姿は見えぬ。不思議だ。怪物は煙のように消えてなくなったのだ。

そこへ、おずおず夏子がはいって来た。

「消えてしまったのです。まさかこの部屋に秘密戸があるわけではないでしょうね」

蘭堂がボンヤリして尋ねた。

「そんなものございませんわ。ほんとうにこの部屋へはいりましたの」

「それは間違いありません。一と足違いで、僕が飛び込んだのです。ホンの五、六秒の差です。それに、あいつは影も形もなくなっていたのです」

蘭堂はやっぱり悪夢にうなされている気持だった。

それから、長い間かかって、その寝室はもちろん、すべての部屋部屋、台所の隅までも、隈なく探し廻ったが、人間はおろか一匹の猫さえも飛び出して来なかった。

ゴリラ男は忍術を使うのだろうか、それとも何か人間世界にはない猿族の妖術をでも心得ていたのだろうか。

だが、いくら人外の生物とて、煙となって立ち昇るはずはない。そこには何かしら人目をくらます欺瞞《ぎまん》があったのだ。それがどのようなものだかは、やがて判明する時があるだろう。

浴槽《よくそう》の怪

再び警察官の来邸を乞い、前同様捜索が行われたけれど、何の甲斐もなく、騒ぎが静まって、主客が又以前の食堂に対座した時は、もう夜の九時を過ぎていた。

「ほんとうに有難うございました。先生がいて下さらなければ、わたくし、今頃はこうしてお話なんかしていられなかったと思いますわ」

夏子は、食卓をかたづけさせ、蘭堂にお茶をすすめながら、やっと落ちついたように話し出した。

「いや、僕こそ。あの時あなたがピストルを撃って下さらなかったら、命がないところでした。それにしても、あなたの思い切った処置には敬服しました。ちょっと出来ない芸当ですよ」

蘭堂は心《しん》から命の恩を感じて、夏子を褒《ほ》めたたえた。

「まあ、どうしましょう。わたくし、あんな恥かしい様子をお目にかけて……でも、あでもしなければ、先生が危なかったのですもの」

「そうですとも、危なかったのです。あいつ本気で僕を殺そうとしていたのです」

「お互いっこですわね。先生はあたしを助けて下さるし、あたしは先生をお救い申し上げたわけですわね。あたし何だか偶然でないような気が致しますわ。こんな事がいつかあるのだという妙な予感を持っておりましたわ」

このうら若い未亡人は、互いに救い救われしたことが、ひどく嬉しそうである。

「あの、ほんとうにご迷惑でしょうけど、あの、今夜お泊まり下さるわけにはいきません？　書生もまだ帰りませんし、もし先生でもいて下さらなければ、あたし、この家で眠る気が致しませんわ。ね、お願いですわ。それに、今からでは東京にお帰りになるのも大変なんですから」

夏子は甘えるように云って、蘭堂を見上げた。

「ええ、僕は泊めていただければ有難いですけれど、ご婦人お一人のうちへ、あまり不躾《ぶしつけ》ですから。じゃ、書生さんが帰り次第お暇することにしましょう。汽車がなくなったらでいいですよ。鎌倉には友達もあるんですから」

蘭堂はほんとうに迷惑そうに云う。

「まあ、お堅いですのね。恥をかかせるもんじゃございませんわ」

夏子は小声になって、目を細めて、ニッコリと怨《えん》じて見せた。ああ、その艶かしさ！

蘭堂はだんだん自信を失って行くような気がした。

しっかりしろ、誘惑に陥ってはならぬぞ。お前には心に誓った恋人があるではないか。たとい一瞬間にもしろ、花園京子のことを忘れてよいのか。あの可憐《かれん》で純潔な処女と、このみだりがましき年増女《としまおんな》とを、心の天秤《てんびん》にかけるとは、お前は何という見下げ果てた堕落男《だらくおとこ》なのだ。

「では仕方がございませんわ。せめて書生の帰りますまで……先生お疲れでございましょう。それに汗になりましたでしょうから、一《ひ》と風呂《ふろ》あびていらっしゃいませんか？　さいぜん云いつけておきましたから、もう沸いている時分ですわ」

夏子は又品《しな》を変えて、艶かしく迫った。

「いや僕は帰ってからでいいんです。どうかあなたご遠慮なく」

蘭堂はわれとわが心に戦いながら、いよいよ固くなって云った。

「じゃ、あたし、ちょっと失礼しようかしら。先生に番兵をお願いしてお湯にはいるなんて、ほんとうになんですけれど、あたしすっかり汚れてしまって、先生と顔を合わしているのも恥かしいくらいですから、顔だけ洗わせていただきますわ。ホンのちょっとですから、済みませんがお待ち下さいませね」

夏子は娼婦《しょうふ》のようなことを云って、蘭堂が肯《うなず》くのを見ると、そそくさと湯殿へ立ち去った。

そしてしばらくすると、ああ、今日は何という魔日《まび》だろう。又しても、湯殿と覚《おぼ》しき方角から、けたたましい悲鳴が聞こえて来た、今度はゴリラめ、湯殿に待ち伏せていたのかしら。と思うと、蘭堂はウンザリしてしまった。

悲鳴はいつまでも続いている。女中たちはおびえてしまって、主人を助けに行くどころか、かえって湯殿の前から逃げ出しながら、「大変です。奥様が、奥様が」と口々に叫ぶばかりだ。

うち捨てておくわけにはいかぬ。湯殿の中とは実に迷惑な場所だけれど、そんなことを云って、躊躇している場合ではない。それにゴリラ男には重なる恨みがあるのだ。

蘭堂は女中に湯殿のありかを尋ねて、駈けつけると、いきなりその扉を開いた。

だが、扉を開いて一と目浴室を見た時、彼はハッと目まいを感じて立ちすくんでしまった。

そこにはゴチャゴチャと無数の肉塊《にくかい》がうごめいていた。人肉《じんにく》の万華鏡《ばんかきょう》みたいなものが、眼界一杯に、あやしくも美しく開いていたのだ。

余りの怪しさに、ギョッとして、しばらくは夢とも現《うつつ》とも判じ兼ねたが、やがて、気を取り直してよく見ると、この浴室の不思議な構造がわかって来た。

浴室は八角形の鏡の部屋になっていたのだ。境目もなく、厚ガラスの鏡ばかりで、浴槽を八角形にとり囲み、天井までも同じ鏡で出来ている。謂《い》わば巨大な万華鏡であったのだ。恐らくは夏子の亡夫の奇を好む贅沢な思いつきから、入浴のためばかりではなく、一種の歓楽境として建てられたものであろう。

八方の鏡に反射し合って、数十数百の裸女《らじょ》の像を映し、それが身動きをするたびごとに、万華鏡を廻した時と同じように、種々さまざまの肉塊の花を咲かせるのだ。

浴槽の中に立ち上がって、悲鳴を上げていた夏子は、蘭堂の顔を見ると、さすがに恥じらって、急いで身体を湯の中に隠し、首だけ出して、叫ぶのだ。

「先生、これ、これですの。こんな恐ろしいものが、お湯の中にブカブカ浮いていましたの」

では、今度はゴリラ男ではなかったのか。

「失礼。女中さんたちが怖がって、よりつかないものですから……何が浮いていたのです」

蘭堂は、少し照れて、詫びごとをしながら、聞き返した。

「これ、これ」

夏子は気味わるそうに、浴槽の片隅の一物を指さしていたが、それと同じ湯につかっているのに耐えられなくなったのか、思い切ったように、そのものを摑《つか》んで、浴槽の外へほうり出した。

その刹那《せつな》、夏子の手が三本になった。五つに分かれた指が、都合十五本、それが八つの鏡に反射して、無数の手首となって躍った。

流し場にほうり出されたものは正《まさ》しく人間の手首であった。肘《ひじ》の所から切断した、見るも恐ろしい生腕《なまうで》であった。それが、白いタイルの上で、蒟蒻《こんにゃく》のようにいつまでもブルブル震えていた。

ただ事ではない。生腕が降るわけもなく、水道の蛇口《じゃぐち》から湧き出すはずもない。何者かがソッと投げ込んでおいたのだ。何者ではない。あのゴリラ男にきまっている。彼奴《あいつ》が逃げ出す時、置土産《おきみやげ》に残して行ったのだ。

だが、ここに片腕が落ちているからには、それを切られた人がなければならぬ。では、彼らは又しても、どこかで恐ろしい殺人罪を犯したのであろうか。

「おや、この腕には何か字が書いてある。入墨《いれずみ》のようですね」

蘭堂は、思わず浴室に踏み入って、不思議な生腕を覗き込んだ。

「恐……怖……王。ああやっぱりそうだ。あいつらの仕業だ。この腕には恐怖王と入墨がしてありますよ」

又しても悪魔の宣伝文字である。

「まあ……どこに？」

夏子は、これも我を忘れて、浴槽を飛び出して来た。八つの鏡に、全裸の美女のあらゆる向きの像が、艶かしく、いやむしろ恐ろしく、クネクネとうごめいていた。

実に驚くべきことが起こったのだ。うら若き未亡人の、豊かにも悩ましき全裸身が、今蘭堂の目の前にあった。湯に暖められて艶々《つやつや》と上気した肌、産毛の一本一本に光る、目にも見えぬ露の玉、全身を隈どる深い陰影の線、それが鏡の面に、或いはうしろ向き、或いは横向き、或いは真正面の、百千の像となって、ゆらめき動くのだ。

もしこれが通常の場合であったなら、夏子は恥かしさに消えも入ったであろうし、蘭堂はいきなり眼を掩《おお》って逃げ出しもしたであろうが、今は常の時ではない。二人の目の前に生々しい人間の腕が転がっているのだ。恥かしさも、気まずさも、はては情慾さえもが、どこかへ消し飛んでしまって、彼等の心は、不気味さと恐ろしさに、全く占領されていたのである。

蘭堂は、そうしていても果てしがないと思ったのか、生腕の上にかがみ込んで気味わるいのを我慢しながら、二本の指でそれをつまみ上げた。

電燈にかざしてよく見ると、確かに女の、しかもまだ若い女の腕だ。

「まあ、可哀そうに、誰かが殺されたのでしょうね」

夏子が声をかけても、蘭堂は生腕の指先を見つめたまま、身動きもしなかった。

やがて、徐々に徐々に、彼の顔色が変わって行った。両眼は飛び出すほど見開かれ、口はポッカリ開いて、呼吸が烈《はげ》しくなって行った。

「あら、どうなさいましたの？　先生、先生」

夏子は相手のただならぬ様子に、我が裸身を忘れて、近々と、蘭堂に寄り添いながら叫んだ。

「僕はこの指に見覚えがあるのです」

「エ、なんでございますって？」

「ああ、恐ろしい。僕はこの腕の持主を知っているのです。思い違いであってくれればいい。だが、よもや……」

蘭堂は云いさして、フラフラと倒れそうになった。

ああ、彼ほどの男を、かくも悩乱《のうらん》せしめた、この生腕の主とは、そもそも何人《なんぴと》であったか。そして又、彼の恐ろしい推察は、果たして的中していたのであろうか。

令嬢消失

「僕はこの腕の主を知っている。非常に親しくしている人です。奥さん、僕はこうしてはいられません。失礼させていただきます」

蘭堂はそのままあわただしく浴室を飛び出そうとした。

「待って、待って下さい。あなたに行かれては、あたし怖くって、とてもこの家にいられませんわ。ちょっと待って、あたしも一緒につれて行って」

夏子は、湯に濡れてツルツルした全裸のまま恥かしさも忘れて蘭堂に追いすがり、その腕をつかんだ。

「その方、どなたですの？　あなたの親しい女の方って」

「花園もと伯爵のお嬢さんです。僕はそれを確かめて見なければ安心が出来ないのです」

蘭堂は夏子の手をふり放して又一歩ドアに近づいた。

「あなたの恋人？　エ、そうなの？」

夏子は、ねばっこい女の力で、蘭堂の肩を持って、グルッと彼女の方へ向き返らせた。そして、顔と、むき出しの五体とで、何とも云えぬ嬌態《きょうたい》を示した。蘭堂はそれをマザマザと見た。うら若き女性の余りにも大胆なる肉体的表情をマザマザと見た。そして恐ろしさに震え上がった。

そこには、しびれるように甘い匂いと、ツルツル滑《すべ》っこい触感《しょっかん》と、全身で笑みくずれている巨大なる桃色の花があったのだ。

「ごめんなさい。僕はこうしてはいられないのです。一刻も早く東京に帰って、それを確かめて見なければならないのです」

譫言《うわごと》のように云いながら、蘭堂はキョロキョロとあたりを見廻した。すると、部屋の一方に掛けてある湯上がりの大タオルが、救いの神のように目についた。彼はいきなりそれを摑み取って、パッと拡げ、目の前に咲いているみだらな花を、クルクルと包んでしまった。

「奥さん、では失礼します。書生さんが帰るまで女中さんたちを集めて、お話でもしていらっしゃい。それに電話さえかければ、すぐお巡《まわ》りさんも来てくれます。大丈夫ですよ。大丈夫ですよ」

一《ひ》とことごとにあとじさりをして、彼は遂にドアを開いた。そして、夏子のうらみの声をあとにして、アタフタと玄関へ出て行った。夜更けの町を駅の方へ走っていると、都合よく空《あ》きタクシーが通りかかったので、東京麹町までの値をきめて飛び乗った。

闇の大道を飛ばしに飛ばして、麹町の花園家についたのは、もう夜の十一時頃であったが、夜更けを遠慮している場合ではないので、車を降りると、あわただしく門の電鈴《ベル》を押した。

待ち構えてでもいたように、書生が飛び出して来て、応接間に案内した。そこには、まだあかあかと電燈が点じてある。ほどなく主人夫妻が揃って立ち現われた。

「京子さんは御無事ですか。若《も》しや……」

蘭堂は主人を見ると、挨拶は抜きにして、先《ま》ずそれを尋ねた。

「ア、もうあんたもご存知ですか。よく来て下さった。わしも途方に暮れているのです」

伯爵の返事だ。伯爵はまだ大江と京子の親し過ぎる関係については何も気づいていなかったけれど、京子の崇拝する小説家としてお茶の会などには招いたこともあるので、蘭堂が犯罪捜査などにはなかなか腕のあることもよく知っていたのだ。

「それではやっぱり……で、御容態《ごようたい》はどんなですか」

京子は負傷をして奥に寝ているか、入院でもしたのかと、尋ねると、伯爵はけげん顔で、

「エ、容態ですって？　あなた何かお聞き込みになったことでもあるんですか。わしの方では容態どころか、全く行方がわからんのです。しかも、家じゅうのものが、あれの外出するのを誰も知らないでいる間に、消えるようにいなくなってしまったの

です」

その日の午前十時頃、京子の所へ一人の客があった。大きなロイド眼鏡をかけた、髭武者の変な男であったが、一通の手紙を持参して、京子に渡してくれということで、書生がそれを取り次ぐと、京子は手紙を読んで、こちらへお通しせよと、彼女の居間へ案内させた。

十五分ほど話をして、その妙な男は帰って行ったが、その時彼を送り出した書生の話では、別に変わった様子も見えなかった。

それから一時間ほどして、女中が京子の居間へ中食《ちゅうじき》を知らせに行くと、そこにいるはずの京子の姿が見えないので、それから騒ぎになって、邸じゅうを隅から隅まで探し廻ったが、まるで蒸発してしまったように、どこにも彼女の影さえなかった。

調べて見ると、外出着もちゃんと揃っているし、履物《はきもの》も一足も紛失してはいない。まさか若い女がはだしで外出したとは思われぬ。どうもさっきの客が怪しいというので、彼の持参した手紙を探してみたが、その手紙さえ消えてなくなったように、どこにも見当たらぬのだ。

京子の友達や親戚などへ電話で問い合わせたが、どこへも行っていない。警察へも頼んであるけれども、まだ何の吉報もない。もうほかに手の尽くしようもなく、ただ家じゅうのものが青い顔を見合わせて溜息をつくばかりであった。

そこへ探偵作家大江蘭堂が飛び込んで来たのだ。花園氏夫妻が待ち構えていたように、彼を招《しょう》じ入れたのも道理である。

「で、その妙な男が帰る時、京子さんは居間に残っていらしったのですね。その時何か変わった様子は見えませんでしたか」

蘭堂は令嬢消失の次第を聞き終わると、その場に居合わせた書生に尋ねた。

「別にこれといって……」書生が答える。「私、お嬢さんの顔を見たわけではないものですから。呼鈴が鳴ったので、行って見ますと、ドアの中から、お嬢さんが『この方をお送りしておくれ』とおっしゃって、それからあの男が一人でドアをあけて出て来たものですから、私はそのまま先に立って玄関へ送り出したのです」

「それから、君はもう一度お嬢さんの部屋へ行かなかったのですか」

「ええ、そのまま玄関わきの書生部屋にはいって本を読んでいました」

「すると、女中さんが中食を知らせに行って、お嬢さんの部屋が空っぽになっていることがわかるまで、君はずっと書生部屋にいたのですか」

「そうです。書生部屋からは玄関はもちろん、門の所までが見通しになっているのに、お嬢さんは一度もそこを通られなかったのです。僕は読書しながらも、絶えず門を通る人は注意していたのですからね」

「間違いはないでしょうね」

「ええ、決して、お嬢さんが庭から塀でものり越して外出されない以上、お嬢さんの姿が見えないというのは、全く考えられない事です。実に不思議です」

恐怖王の事件に「不思議」はつきものだ。今更《いまさら》驚くことはない。

「それじゃ、一度僕に、お嬢さんの居間を見せていただけませんか」

蘭堂はまるで玄人《くろうと》の刑事探偵みたいなことを云って、椅子から立ち上がった。

片手美人

京子の居間は、十畳ほどの洋室で、一方の隅には彫刻のある書きもの机、廻転椅子、書棚などが置かれ、別の隅には、贅沢な化粧台、又別の隅には大きな竪型《たてがた》のピアノが黒く光っていた。

蘭堂は伯爵夫妻とその部屋にはいって行ったが、さすが探偵小説家、まず絨緞《じゅうたん》に目を注いだ。

焦茶色《こげちゃいろ》に黒い模様の、深々と柔らかい立派な絨緞だ。彼はその上を歩き廻って、注

意深く調べていたが、ある箇所に立ち止まると、ヒョイと身をかがめて、

「これは何でしょう？」

と、その部分を指で押し試みた。

絨緞が黒っぽいので気づかなかったが、よく見るとなるほど、ボンヤリと大きなしみが出来ている。

蘭堂は、人差指に唾《つば》をつけて、強く絨緞をこすって、その指を電燈にかざして見た。

「ごらんなさい。血です。やっぱりそうだった」

彼は青ざめた顔を、激情にゆがめて云った。

「エ、血ですって？　では京子はもしや……ああ、あなたは何もかも御存知なんでしょう。早くおっしゃって下さい。あれは殺されたのですか」

花園夫人が、もう泣き声になって、わめき立てた。

「いや、僕もすっかりは知らないのです。ただ……」

「ただ、どうだとおっしゃるのです」

「ただ、ある所で京子さんの右の腕を見たんです。確かに見覚えのある、お嬢さんの手首を見たんです。肘の所から切り落とされた腕だけを」

「まあ！」

と叫んだきり、夫人はあとを云う力もなくグッタリと椅子に倒れて、顔を押さえてしまった。

「それはどこです。まさか出鱈目《でたらめ》じゃないでしょうね」

花園氏も上ずった声である。

「僕の思い違いであってくれればいいがと、心も空《そら》にお邸へかけつけたのです。しかし、この血の様子では、あれはやっぱりそうなんだ。京子さんは『恐怖王』にやられたんだ」

「エ、エ、君は今何と云ったのです。誰にやられたんです」

「恐怖王。御存知でしょう。今世間で騒いでいる殺人鬼恐怖王です。そのお嬢さんの腕には『恐怖王』と入墨がしてあったのです」

その途端、「クウ」というような奇妙な声がしたかと思うと、花園夫人の身体が、バッタリ椅子からくずれ落ちた。余りの驚きに気を失ったのだ。

そこで女中や書生を呼ぶやら、気つけの洋酒を呑ませるやら、大騒ぎになったが、夫人は間もなく意識を回復して、やっぱり怖い話を聞きたがった。主人が寝室へ行くように勧めても、娘の生死がわかるまではと肯《がえん》じなかった。

「僕はこう思うのです」

騒ぎが静まると、蘭堂が話しつづけた。

「その京子さんを訪ねて来たロイド眼鏡の男というのが、てっきり恐怖王一味の奴で、この部屋でお嬢さんが声を立てぬようにしておいて、その右腕を切断し、それを持ち帰って、どこかで入墨をした上、僕に見せびらかしたのです。奴らの残酷極まる遊戯です。殺人広告です。

「しかし、不思議なのは、腕だけなら人目につかぬように持ち帰ることも出来たでしょうが、京子さんの死骸……いや、死骸ときまったわけではないのですが……その京子さんの身体をどこへ始末したか。これが第一の疑問です。

「それから、もう一つは、書生さんがこのドアの外へ来た時、中からお嬢さんの声で、お客様を送り出すようにと命じられた点です。腕を切りとられた重傷者が、そんなあたり前の口を利くはずはないのですからね。

「それでは、京子さんが腕を切られたのは、それよりもあとで、今の妙な男はこの事件には関係がないと考えるべきでしょうか。

「いや、いや、恐らくそうではないのです。賊は犯罪の捜査をむつかしくするために、巧妙なお芝居をやって見せたのです。賊自身がお嬢さんの声色《こわいろ》を使ったのです。それについて思い当たることがありますよ。

「恐怖王は以前布引照子という娘さんの死骸を棺のまま盗み出したことがあります。そして、その死骸に振袖を着せて婚礼の真似事をさせたのですが、照子さんのお父さんが夜、自動車で外出した時、すれ違った車の窓から死んだはずの照子さんが顔を出して、生前の通りの声で、『お父さま』と声をかけたことがあります。今考えると、あれがやっぱり上手な声色だったのです。ひょっとしたら賊は腹話術《ふくわじゅつ》というあの手品師の秘術を心得ているかも知れません」

大江蘭堂は喋りながら、部屋の中をグルグル歩き廻って、そこに置いてある机や鏡台やその他の家具を、眺めたり、指でさわったりして調べていたが、最後にピアノの前に立ち止まると、その蓋を開いて、

「京子さんの美しい声がもう一度聞けるかしら」

と独りごちながら、いたずらのように、白い鍵盤《けんばん》をポンと叩いて見た。すると、ギーンというような、少しの余韻《よいん》もない、変てこな音が聞こえた。

「おや、どうしたのだ」

もう一度違う鍵盤を叩くと、やっぱりギーンだ。

「ピアノなんか叩いている場合じゃない。大江さん、早速このことを警察に知らせなければ」

花園氏は蘭堂の呑気《のんき》らしいいたずらを見て癇癪《かんしゃく》を起こした。「このピアノ痛んでいるんですか。ちっとも音色《ねいろ》が出ませんね」

蘭堂はまだ楽器に気をとられている。

「そんなこと、どうだっていいじゃありませんか」

「いや、そうでないのです。どうもおかしいですよ。こんな変な音を出すピアノなんて、聞いたことがない」

蘭堂は云いながら、今度は両手の指で、鍵盤の端から端まで、めちゃめちゃにかきならした。

ギングン、ギングン、ギングン……

何とも云えぬ気味のわるい音が、部屋中に響き渡った。だが、ああ、あれは何だろう。金属性の音にまじって、笛のような、甲高《かんだか》い途ぎれ途ぎれの声が、どこからともなく聞こえて来るではないか。

「おや！」

蘭堂はゾッとしたように、鍵盤から手を引いた。

しかし、ピアノは黙らない。笛のような声がいつまでも続いている。余韻にしては余り長いのだ。しかも、どこやら人の心をえぐるような調子を持っている。

「人の声ですね、確かに」

蘭堂は主人夫妻と顔を見合わせて、ささやき声で云った。

「しかし、誰もいないじゃありませんか」

花園氏はさも気味わるげに部屋の中を見廻した。

「いや、この中にです」

「エ、エ、ピアノの中に！」

「多分僕らの探している人です」

うしろへ廻って見ると、ピアノの蓋が少しもち上がって、その中から何かのぞいていた。蘭堂はその蓋をグッと上にあげた。

「アッ京子さん、しっかりしなさい」

ピアノの胴の中に、さも窮屈らしく、妙な恰好で、京子が押し込められていた。ピアノの弦《げん》の震動が失神していた彼女の神経を呼びさまし、苦痛の細いうめき声を発した。それがあの異様な笛の音となって外部に漏れたのだ。蘭堂は愛人のグッタリした身体を抱き取って、絨緞の上に横にした。

伯爵夫妻は、駈け寄って、令嬢の上にかがみ込んで、頻《しき》りにその名を呼んだ。

「ああ、気がついたようだ。大江さん、京子が目をあきました」

殺されたとばかり思っていた京子が、ともかくも無事でいたのだ。両親の狂喜も無理ではない。

見るとやっぱり右手をやられている。仕合わせなことには、賊が血の垂れるのを防ぐために、傷口を固く縛っておいてくれたので、出血も左ほどでなく、ようやく一命をとりとめたのだ。

「いや、左の手にこんなものを握っていますよ。ああ、あの男が持って来た手紙だ。大江さん見て下さい」

伯爵がそれを取って差し出すのを、蘭堂が開封して読み下した。

この手紙持参の男は僕の友人です。例の件につき是非《ぜひ》お話ししておかねばならぬ事があるのです。僕が行けぬのでこの男を伺わせました。是非面会して事情を聞き取って下さい。

蘭　堂

京子さま

「畜生、僕の名前を騙《かた》ったんだな。むろんこんな手紙を書いた覚えはありませんよ」

蘭堂は読み終わった手紙を畳《たた》もうとして、何気なくその裏面を見ると、そこに赤鉛筆で大きな乱暴な文字が書きつけてあるのに気づいた。

「おや、これは何だろう」

読んで見ると、これこそ正真正銘の賊の置き手紙だ。脅迫状だ。


京子、命だけは助けてやる。だが、今日限り大江蘭堂と絶交するのだ。彼と口を利いてはいけない。手紙を書くこともならぬ。若《も》しこの命令に違背《いはい》すれば、今度こそは命がないものと思え。

恐怖王

「はてな、これは一体何のことだろう」

蘭堂はその意味を理解することが出来なかった。

「京子に絶交させて俺を苦しめるためかな。だがそんな廻りくどいことをせずとも、俺をやっつける手段はほかにいくらでもあるはずではないか。それとも、俺の探偵上の手腕に恐れをなして、こんなことを云うのかしら。いやどうもそればかりではないらしい」

いくら考えてもわからぬ。この理解しがたき文意の裏には、何かしら恐ろしい秘密が隠されているような気がする。

「いや、こんなものはどうだっていいです。それより京子さんのお身体が大切だ。早く医者を呼ばなければいけません」

蘭堂は賊の手紙をポケットに仕舞いながら云った。

うごめく者

京子の傷口が癒《い》えて病院から自邸に帰ったのは、それから一《ひ》と月《つき》ばかり後であった。その間大江蘭堂は、賊の危害をおもんぱかって、恋人を見舞うことさえ慎んでいた。

鎌倉の喜多川夏子は、京子の事件を知ると、すぐさま蘭堂を訪ねて見舞を述べた。むろん彼女自身も、例の入墨の生腕一件について警察の取り調べを受け、少なからぬ迷惑を蒙《こうむ》っているのだ。

「私たちは三人とも、同じ敵に悩まされているのですわね。恐怖王という奴は、なんてむごたらしい人非人《にんぴにん》でしょう。私どもは力をあわせてあいつを防がなければなりませんわ」

彼女はそんなふうに云った。又、

「これですっかり先生の秘密がわかってしまった。京子さん、あなたの愛人なのね。ね、そうでしょう。ホホホホホ」

といやらしいことも云った。

蘭堂が賊の脅迫状のことを話すと、

「まあ、それで先生は、病院へお見舞にいらっしゃらないのね。そして、そんな憂鬱《ゆううつ》な顔をしていらっしゃるのね。お気の毒ですわ。ああ、いいことがある。あたしね、先生の代理にお見舞に行って上げますわ。先生のお使いになって、何んでもおっしゃる通り伝えますわ。ね、いいでしょう」

などとも云った。

夏子は病院へ京子を見舞いに行っては、その帰りには必ず蘭堂のアパートを訪ね、京子が会いたがっていることなどを、大げさに伝えて、青年作家をからかうのであった。

そうして会うことが度重なるに従って、蘭堂と夏子の間に、だんだん遠慮がとれて行った。共同の敵を持っている点で、蘭堂の方でも、この色っぽい未亡人の接近して来るのを、無下《むげ》に退《しりぞ》けるわけにはいかなかった。

二人はアパートの一室で、さし向かいで長い間話し込むことがあった。夏子は洋酒や食べものなどを持って来て、少しでも長く蘭堂の部屋にいようとした。お酒に酔えば、だんだん話が色っぽくなって行くのも止むを得ないことであった。

京子には会えないし、一方夏子とは絶えず会っているし、その上彼女は甚《はなは》だ色っぽいので、こんな状態を続けていたら、今に京子に済まぬ事が起こりはしないかと、蘭堂は不安を感じはじめたほどであった。

だが、別段のこともなく京子退院の日が来た。花園氏からは、目出度《めでた》く退院したという礼状が来た。蘭堂はもう我慢が出来なくなって、花園家を訪ね、久し振りで京子の顔を見、声を聞いた。

京子は、花園氏の寝室の大きなベッドに寝ていた。まだ起きるほど元気が回復していないのだ。父の寝室を選んだのは、そこが邸中で一ばん安全な場所だからだ。ちょうど京子の退院の日に、伯爵は二、三日の旅行に出なければならなかったので、更に防備を固くして、書生の友達の腕っぷしの強い青年二人を頼んで、三人交替で寝室の入口に寝ずの番をさせることにした。

蘭堂は病人を余り昂奮《こうふん》させてはとの気遣《きづか》いから、京子が引きとめるのを押しきって、寝室を辞したが、厳重な防備を見て、これならば如何な怪賊も手の出しようがあるまいと、安心して引き取った。

アパートに帰ると、又しても喜多川夏子が彼の部屋で待ち受けていた。

「京子さんをお見舞いなすったのですか。先生、大丈夫ですか。賊は一とことでも口を利いたら命がないって宣言しているじゃありませんか。危なくはありませんの?」

彼女は、嫉妬半分、怖がらせを云った。

「いや、それは大丈夫ですよ。柔道の出来る書生が三人で、寝ずの番をしているのです。しかも部屋は一ばん奥まった寝室で、ドアのほかには一つも出入り口のない安全至極の場所です。窓にはみんな鉄格子がはめてありますしね」

蘭堂が云うと、

「ホホホホホ、そんなことであの恐怖王が閉口すると思っていらっしゃるの。駄目よ。あいつにかかっては、入口があろうとなかろうと、番人がいようといまいと、そんなこと眼中にありやしませんわ。魔法使いなんですもの。今夜あたりが危なくはないこと」

と、ますますいやなことを云い出すのだ。

そこで二人は、恐怖王の力量について、盛んに議論をしたのだが、美女というものは、感情が激すれば激するほど美しく見えるものである。しかも、夏子の場合は、その上に例の未亡人の色っぽさがついて廻るのだから、相手を悩ますこと一と通りでない。

結局夕方まで話し込んで、又この次訪問する口実を残しておいて、夏子は帰って行ったが、その夜十二時頃、夏子の言葉が讖《しん》をなして、恐ろしい事が起こった。

もう床についていた蘭堂は、けたたましい電話のベルに目を覚まし、受話器を取ると、相手は出し抜けに、

「大江君、すぐ花園京子さんの所へ行って見たまえ。君の敵がどんなに正確に約束を守るかを知りたまえ。君はよもや京子さんが握っていた赤鉛筆の警告状を忘れはしまい。さあ、今すぐ行って見たまえ」

と一人で喋りつづけて、こちらの返事も聞かず電話を切ってしまった。

決してただのいたずらではない。京子の身の上に何か起こったのだ。

蘭堂は、すぐさま外出の用意をして、花園邸へかけつけた。途中で、ふと、これが賊の手ではないか。何かしら陥穽《おとしあな》が用意されているのではないかと考えたが、そんなこ

とを顧慮している余裕はなかった。ただ京子の安否が息苦しいほど気遣われた。

行って見ると、花園邸はもう寝静まっていた。伯爵は旅行中なので夫人を起こしてもらって、電話の次第を話すと、夫人は、

「娘はよくやすんでいます。わたし先刻見廻って来たばかりですの」

と、けげんらしい顔つきだ。

では、やっぱりただのおどかしに過ぎなかったのかと、一応は胸なでおろしたが、しかし、念のためにというので、夫人と一緒に、もう一度寝室へ行って見ることにした。

部屋の入口にがんばっている書生に尋ねると、これも別状ないとの答えだ。

二人は鍵のかかっているドアを開けて、ソッと寝室に忍び込む。

見ると大きなベッドのまわりには、天井から蚊帳《かや》のような薄絹《うすぎぬ》が垂れて、その中にスヤスヤ眠っている京子の顔は、うっすりと見えている。

「よくやすんでいますが。さっきわたしが見廻った時と少しも変わったことはありません」

婦人はホッと安堵《あんど》の溜息をつく。

蘭堂は不躾《ぶしつけ》にも、薄絹に顔をくッつけるようにして、京子の寝顔を覗き込んでいた

が、やがて、何に気づいたのか、ただならぬ様子で夫人の腕を捉えた。

「奥さん、ごらんなさい。京子さんの寝顔を。余り静かじゃありませんか。それにあの青さはどうでしょう」

「ええ、何とおっしゃいます」

夫人はギョッとして、蘭堂を見つめた。

「奥さん、念のために、京子さんを起こして見て下さい。何だか変です」

夫人は云われるまでもなく、薄絹をまくって、寝台に近づき、白い毛布の上から京子の身体をソッと揺り動かした。

「京子さん、京子さん」

しかし返事はない。

夫人はあわただしく、毛布の下の娘の左手を探し求めて、それを握った、冷たい、まるで氷のようだ。

「京子さん、どうしたのです。コレ京子さん」

夫人はもう半狂乱の体《てい》で、握った手を強く引いた。

と、実に恐ろしいことが起こった。

夫人は京子の左手を握ったまま、大きな音を立てて尻餅《しりもち》をついたのだ。非常に滑稽《こっけい》な図であった。それ故に一層物凄く恐ろしかった。

まるで人形の腕がもげるように、京子の手がスッポリと抜けてしまったのだ。切り口には幾重《いくえ》にも白布を巻いて、出血がとめてあった。

蘭堂は倒れた夫人はそのままに、いきなりベッドの毛布をまくって見た。毛布の下には、両手を失った、無残な京子のむくろが横たわっていた。呼吸も脈搏《みゃくはく》も絶え果てて。毛布に覆われていたためにそれまでは少しも気づかなかったが、シーツは毒々しく血のりに染まっている。

「オイ、誰か来てくれたまえ」

大声にどなると、見張り番の書生が二人駈け込んで来た。そして、京子の有様を見ると、アッと叫んだまま棒立ちになってしまった。

全く不可能なことが行われたのだ。二人の書生は一瞬間も持ち場を去らなかった。むろん夫人のほかには猫の子一匹寝室へはいったものはない。又出たものもない。

窓の鉄格子は別状なく、床板や天井にも何ら怪しむべき点はなかった。

「誰もここを出なかったとすれば、曲者はまだ部屋の中にいるのだ。君たち探してくれたまえ」

だが、探せと云って、この上どこを探せばよいのだ。ベッドの下は見通しだし、ほかには人間一人隠れるような箇所は一つもない。書生たちはあっけにとられて蘭堂の顔を見た。

蘭堂も、われとわが言葉に苦笑しながら、しかしあきらめられぬと見えて、部屋の中をアチコチと歩き廻った。歩き廻っているうちに、心の平調を失っていたためか、絨毯の端につまずいて、よろよろとよろめき、そこの壁にはめ込みになっている金庫の扉に倒れかかった。

すると、妙なことに、金庫の扉がしっかり閉めてなかったのか、ピチッと幽《かす》かな音をたてて、ほんの少しばかり動いたような気がした。

花園氏は盗難の用心のために、寝室のなかに金庫を備えていたのだ。しかしどの家でも金庫はいつも密閉されているものだ。その上、符号を知らねば開くことも出来ないのだから、賊を探す場合にも、金庫だけは度外視していた。けれど、その扉がほんとうに閉まっていなかったとすると、賊め、京子さんを殺した上にお金まで盗んで行ったのかもしれない。

「奥さん、この金庫は閉めてなかったのですか」

あわただしく尋ねると、娘の死骸にとりついて泣き入っていた夫人が、やっと顔を上げて、

「いいえ、主人がしっかり閉めておいたはずです。それに主人のほかには合言葉《あいことば》を知りませんので、開くはずはありませんが……」

と不思議そうに答えた。

「それがどうもほんとうに閉まっていないようです。開けて見ても構いませんか」

「ええ、どうか」

夫人の許しを得て、蘭堂は扉の引手に指をかけた。そして、ちょっとそれを開きかけたかと思うと、ハッとしたように、又ピッシャリ閉《し》めてしまった。

「どうなすったのです」

蘭堂の表情があまり異様だったので、夫人が驚いて尋ねた。

「ハハハハハ、奥さんつかまえましたよ。もう逃がしっこありません。曲者はこの金庫の中に隠れているのです。今扉を開こうとすると妙な手ごたえがあったのです。厚い鉄板の中で、うごめいているものを感じたのです」

それと聞くと二人の書生は、身構えをして金庫に近づき、その扉を開こうとした。

「いや、待ちたまえ。別に急いで開くことはないよ、先《ま》ず警察へ電話をかけるんだ。そして、ちゃんと捕縛《ほばく》の用意をしておいてからでもおそくはないよ、もう袋の鼠なんだから」

蘭堂は勝ちほこって、両手をこすりながら云った。

「それにしても、金庫とは妙な隠れ場所を選んだものだね。奴さん君たちが見張りをする以前にこの部屋へ忍び込み、金庫に隠れて時機の来るのを待っていたんだよ。空気抜きのために隙間の作ってあった扉を、今僕が閉め切ってしまったから、奴さんそのうちに息苦しくなって飛び出して来るぜ。見ていたまえ」

警察へは早速電話がかけられた。書生たちは棒切れや細引《(注8)ほそびき》を用意して、金庫の前に待ち構えた。

五分、十分、十五分、息苦しい時が遅々として進んだ。

と、案の定、金庫の中にゴソゴソと妙な物音がしたかと思うと、いきなり扉がゆるぎ出し、内部から、パッと押しあけられた。

「ワッ」

というようなえたいの知れぬ叫び声が起こった。賊はとうとう我慢しきれなくなって、自ら敵中に躍り出したのだ。

持参金五万円

金庫の扉が内部からパッと押し開かれた。そして、何か黒い塊みたいなものが、鉄砲のように飛び出して来た。

「アッ、ゴリラ！　貴様だったな」

蘭堂は両手を拡げて鉄砲玉に組みつこうとした。それは恐怖王の同類のかの醜いゴリラ男であった。ステッキを持った二人の書生が、バタバタと駈けよった。花園夫人は両手を顔に当てて、部屋の隅にうずくまってしまった。

だが、賊はほんとうのゴリラではないかと思われるほど頑強《がんきょう》ですばやかった。彼は「ギャッ」と猿類の鳴き声を発して、迫る蘭堂を突き飛ばすと、寝台の向こう側に逃げ込んでしまった。その寝台の上には、京子さんの死骸が、まだ横たわっているのだ。

「大丈夫、もう逃がしっこはない。出口は一つだ。さあ、ゴリラ、出て来い」

蘭堂は鬼ごっこの鬼のように、両手を拡げて、抜け目なく身構えした。

「君たちは両方から挟みうちにしたまえ、なあに、大丈夫だ。あいつは武器を持っていないのだ。ちっとも怖がることはないぞ」

蘭堂の指図に従って二人の書生が一人ずつ、左右から寝台の向こう側へ迫って行った。

　ゴリラ男は今や絶体絶命であった。うしろに窓はあるけれど、頑丈な鉄格子であった。寝台の下をくぐって逃げようにも、その向こうには蘭堂が立ちはだかっている。しかも、左右の敵は、太いステッキを振りかざして、刻一刻迫って来るのだ。

　だが、この野獣は、少しも騒がなかった。兇悪《きょうあく》なゴリラの顔に、ゾッとする笑いを浮べて、ギラギラする目で蘭堂を睨みつけた。

「ワハハハ……俺が武器を持っていないって？　武器って、ピストルか、それとも九寸五分か。オイ、蘭堂、貴様これが見えないのか。ほら、こんなすばらしい武器が」

　ゴリラが破れ鐘《わがね》のような声で云った。ギャアギャア叫ぶばかりだと思っていたら、この猛獣は人間の言葉を知っているのだ。

　彼はそう云ったかと思うと、目にもとまらぬ早さで、寝台の上にかけ上がった。おやッ、こいつ何をするのだ。

「ほら、これが俺の武器だよ」

　ゴリラは、いきなり京子の死骸の頸《くび》と腿《もも》とに両手をかけ、軽々と胸の辺までつり上げた。人間の楯《たて》である。

「アッ、何をする。離せ、離さないと」

「ワハハハハ、離さないと、飛び道具でもお見舞するというのかね。だが、このお嬢さんが守って下さるよ。さあ、蘭堂、貴様こそ其処《そこ》をどけ。そして、俺の帰り道をあけてくれ。いやか、いやだと云えば、ほら、見ろ、こうだぞ、こうだぞ」

ゴリラは歯をむき出して、威嚇《いかく》しながら、頸と太腿をつかんだ手を、ギュウとしめて、令嬢の死骸を弓のように彎曲《わんきょく》させた。今にも背骨がペキンと折れてしまうのではないかと思われるほど。

するとたちまち部屋の一隅から、絹を裂くような悲鳴が起こった。

振り向くと花園夫人が、飛び出した両眼で、ゴリラの手元を凝視しながら、何とも云えぬ変な泣き顔になっていた。

「いけません、いけません。それだけは勘弁《かんべん》して……大江さん早くあの子をとり返して」

野獣のふるまいは余りにもむごたらしかった。夫人の悲鳴を聞かずとも、恋人の蘭堂には、たとい死骸とは云え、京子の身体がおがらかなんぞのようにへし折られるのを見ているわけにはいかなかった。

「待て、お嬢さんを下に置け。そうすれば貴様を逃がしてやらぬものでもない」

蘭堂は遂に弱音を吐いた。

「ワハハハハ、参ったな。じゃ、道を開け。そこをどけ」

ゴリラが歯をむいた。

「よし、のいてやる。その代わりお嬢さんを離すんだ」

蘭堂は云いながら部屋の隅へあとじさりした。そこにほんのちょっとした隙があった。

ゴリラはパッと寝台を飛び降りると、矢のように部屋の入口へ走った。京子さんの死骸を小脇に抱えたまま。慾深くも、切断された左腕さえ片手に引っつかんで。

「こらッ、お嬢さんをどうするんだ。待てッ」

蘭堂は叫びさまドアの外へ追って出た。二人の書生もあとに続いた。

外の廊下から、ゴリラ男が走りながらの捨てぜりふが聞こえてきた。

「こいつは俺の武器だからね、うっかり手放すわけには行かんよ。貴様が俺に追いついたら、ほら、ペキンと二つに折っちまうんだ。貴様の好きな女をね」

そして、逃走者と追手の足音が、あわただしく玄関の方へ消えて行った。花園夫人はどうしていいのかわからなかった。泣くにも泣けぬ腹立たしさであった。もしあのまま京子の死骸が帰って来なかったら、旅行中の主人に何と云って申し訳をすればいいのだろう。と思うと、俄かに胸がつぶれて、彼女は寝室を去りもやらず、主なきベッドに倒れ伏して、声もなく泣き入った。

十分ほどたつと、追手の蘭堂初め書生たちが、空しく引き返して来た。そのあとから、青ざめた女中たちがおずおずと、寝室の入口へ顔を出した。

「奥さん申し訳ありません、逃がしてしまいました」

蘭堂はセイセイ息を切らしながら云った。

夫人はやっと顔を上げて、キョトキョトとあたりを見廻した。

「では、あの京子も……」

「ええ、京子さんの死骸もです。僕はとりあえず附近の交番に立ち寄って、非常線の手配を電話で本署に頼んでくれるように云って来ましたが。もう手遅れかも知れません」

「見失ったのですか」

「そうです……僕は駈けっこでは人にひけを取らない積《つも》りなんだけれど、あいつにかかっては敵いません。あいつは全くゴリラです。人間ではありません。あんな重いものを抱えながら、まるで黒い風のように走るのです。町角を三つばかり曲がったと思うと、もう影も形も見えませんでした。実に恐ろしい魔物です。今頃非常線の手配をしたところで、恐らく無駄でしょう」

蘭堂は申し訳なさそうに説明した。

「ほんとうです。奥さん。あいつは人間じゃありません。僕らは心臓が喉から飛び出すほど走ったんだがなあ」

一人の書生が残念そうに怒鳴った。

しばらく誰も物を云わなかった。さしずめ何をすべきか、見当もつかないのだ。

深い沈黙の中に、夫人の啜《すす》り泣きの声ばかりが、切れ切れに続いていた。

「それはそうと、奥さん、金庫の中は異状はありませんか。何か紛失したものはありませんか」

蘭堂がふと気を変えて尋ねた。

「まあ、あたし、まだ調べても見なかったのですが……」

夫人は力なく立ち上がって、金庫の前へ行った。

見ると、金庫の中の桐の観音開きは、ゴリラが身を隠すために破壊され、中の棚はめちゃめちゃにこわされて、おびただしい書類が、箱の底に押しつけられていた。

観音開きの下部の抽斗を開いて見ると、一つだけ、空っぽになっていることがわかった。いや、全く空っぽではなくて、債券の束の代わりに、一枚の紙片が残されていた。

「あらッ、債券がなくなっています。まあ、どうしたらいいのでしょう。そして、こんなものが……」

蘭堂はその妙な紙片を夫人から受け取りながら尋ねて見た。

「して、金額は？　余ほど沢山《たくさん》ですか」

「ええ、五万円。(注9)額面で五万円なんです。それが帰らなかったら、私どもはすっかり貧乏になってしまいますわ」

気の毒な夫人は気違いのような眼つきをして、オロオロと云った。

蘭堂は賊の置き手紙らしい紙片を読み下して見た。そこには左のような、驚くべき文句が書きつけてあった。

花園先生
先生の令嬢京子さんが、私を愛するの余り、結婚を申し出られたのは、私にとっていささか有難迷惑であります。なぜと云って、私の方では少しも京子さんを愛していないからです。
しかし令嬢の切《せつ》なる願いをいなむによしなく、私は明夜《みようや》私の邸宅に於《おい》て、はれの結婚式を挙げることに致しました。そこで今晩、私は花嫁のお迎えに上がったわけです。

先生、これは少々押しつけがましい婚姻と云わねばなりません。繰り返して申しますが、私は少しも令嬢を愛していないのですから。かような場合、世のならわしとしましては、花嫁に持参金をつけるのが当然であります。私はその持参金に対して目をつむって、好まぬ結婚をいたすのです。金庫在中の債券五万円、右持参金として確かに受領致しました。

恐怖王身内の猿類より

ああ、何ということだ。ゴリラ男は又しても、死骸と婚礼をしようとするのか。しかも今度の死骸には両手がない。昔の俗語でトクリゴという奴だ。両手のない死骸の花嫁を、彼は一体どうしようというのだろう。

ゴリラの再婚。そうだ、このけだものはねや淋しくなったのだ。第二の死骸を娶《めと》ろうとしているのだ。莫大な持参金と諸共に。

彼奴、今度は、どのような恐ろしい婚礼の儀式を営むことであろう。

闇を走る怪獣

「恐怖王」と自称する怪賊の正体は、少しもわかっていない。

読者はかつて、布引照子の死顔に奇妙なお化粧をほどこした一人物を知っている。それは黒い洋服を着た、青白い顔の小柄の男で、美術家のようにフサフサした長髪を肩のあたりまで垂れていた。もしかしたら、あの男こそ「恐怖王」その人ではなかったか。彼が相棒のゴリラ男に、部下に対するような口を利いていたところを見ると、どうやらこの想像は当たっていそうだ。しかし、あの長髪の怪人物は、その後一度も我々の前に姿を見せぬ。

ただ我々が知っているのは、賊の部下に相違ないゴリラ男の奇怪なる行動ばかりだ。彼奴は花園京子を、不思議なやり方で殺害したばかりではない。その死骸を小脇に抱えて、いずくともなく逃げ去った。

ゴリラ男はどこへ行ったか。花園京子の死骸はどうなったか。むろん警察では手を尽くして捜索したのだけれど、その晩はもちろん、翌日になっても、賊の行方は全くわからなかった。ところが、その次の夜になって、実に不思議なことが起こった。気でも違ったような変てこなことが起こった。

というのは、事件が起こってからほとんど一昼夜を経過した翌晩になって、やっぱりあの時と同じように、京子さんの死骸を抱えて走っているゴリラ男が発見されたのだ。何ということだ。彼は二十時間以上も、死骸を抱えて、東京の町をさ迷っていたのであろうか。

その夜十一時頃、Kという警視庁捜査課に属する私服刑事が、上野公園に近い淋しい屋敷町を歩いていると、行手に当たって、若い女らしい人間を小脇に抱えて、エッチラオッチラ走っている、奇妙な人影を発見した。

「オイ、待て」

と声をかけると、相手はギョッとして振り向いたかと思うと、いきなり恐ろしい早さで駈けだしたが、そのチラと振り向いた人物の顔は、どうも人間ではない。何か猿類に属する動物のように感じられた。

まさか、猿が着物を着て走っているわけはないと、K刑事は変な気持になったが、ヒョイと思い出したのは、「恐怖王」の一件だ。しかもその前晩、花園令嬢の死骸がさらわれた事実がある。さらった奴は、そうそう、ゴリラとあだなを取った「恐怖王」の手下であった。さては、あいつゴリラ男だな。そして、小脇に抱えているのは花園令嬢だな。

「しめた！　大物だぞ」

人通りもない淋しい町だ。追うものも逃げるものも、何の障害物もなく思う存分駈けることが出来た。町角を曲がり曲がり、五、六丁ほど、不思議な駈けっこが続けられた。彼らは二つの黒い塊になって、風を切って走った。

いくらゴリラでも重い荷物を持っていては、そうそう走れるものではない。二人の距離はだんだんせばめられて行った。

このまま走っていては、瞬くうちにつかまるに決まっている。ゴリラ男はとうとう決心した。だいじな獲物を捨てて我が身の安全を計る決心をした。

「ええ、これが欲しけりゃくれてやらあ」

彼は憎々しく怒鳴りながら、抱えていた死骸を地上に投げつけて更に走り続けた。

刑事は、この不意撃ちにちょっとたじろいた。令嬢の死骸に目もくれず、追跡を続ける気転《きてん》が利かなんだ。彼は思わず投げ出された死骸の前に立ち止まった。

ゴリラ男はその隙に、十間ほども逃げのびることが出来た。もし、その時、彼の前方から、あの巡査がやって来なかったら、まんまと逃げおおせたかも知れない。だが、追っ駈けながら刑事の吹き鳴らした呼笛《よびこ》の利き目があった。それを聞きつけた一人の警官が、ちょうどその時、賊の前面に現われたのだ。いかな乱暴者も、走り疲れたところへ腹背《ふくはい》に敵を受けてはかなわぬ。烈しい格闘の末、ゴリラめ、とうとう捕縛されてしまった。

二人の警官は、賊の縄尻《なわじり》を取って、令嬢の死骸の倒れている場所へ引き返した。

「君、今も云う通りこいつは恐怖王の手下のゴリラに違いない。この死骸を抱えて走っていたのだからね。これは君花園さんの令嬢だぜ」

K刑事が説明した。彼らは見知りごしの間柄だ。

「フム、そうか、昨夜の一件だね。こいつはでっかい捕物だぞ」

二人は思わぬ功名にホクホクしながら地上の死骸を覗き込んだ。街燈の光がボンヤリと女の洋装を照らしている。

「違いない。この服装の様子では、確かに令嬢だぜ」

「ヤ、美しい顔をしている。まるで人形みたいだぜ」

警官たちの昂奮した声にまじって、クスクスと忍び笑いが聞こえた。

「おや、誰だ、今笑ったのは。貴様だな、コラ、お前何がおかしいのだ」

K刑事は、縄尻をグイと引いて、ゴリラ男を叱りつけた。賊は叱られても、まだニヤニヤ笑っている様子だったが、別に口答えはしなかった。

「待ってくれ、オイ、変だぜ」

死骸を覗き込んでいたいた警官が、頓狂《とんきょう》な調子で云った。

「どうしたんだ」

「人形みたいな美しいお嬢さんだと思ったら、これは君、ほんとうの人形だぜ。ほら見たまえ、顔を叩くとコチコチ音がする」

全くそれは人形に相違なかった。洋服屋のショウ・ウインドウに立っているマネキン人形だ。

「ワハハハハハ」

突然、ゴリラ男の傍若無人《ぼうじゃくぶじん》な笑い声が爆発した。だが、笑われても致し方がない。飾り人形をほんものの女の死体と思い込んで、目の色変えて追っ駈けたんだから、どうも引っ込みがつかない。

しかし待てよ。この夜更けに、マネキン人形を抱えて走っているのも変だし、それに、泥棒でもなければ、何も逃げ出すことはないはずだ。おやおや、するとこいつは人形泥棒だったのか。

いや、どうしてもそうではなさそうだ。ただの人形泥棒が、あんなに死にもの狂いに逃げ出すのも変だし、あれほど頑強に抵抗するわけもない。その上、こいつの顔が気に食わぬ、話に聞いているゴリラ男の人相にそっくりだ。

そこでK刑事は、いずれにせよ、何かの罪人には相違ないのだから、とにかく、その男を警視庁の留置室へブチ込んで、上役の意見を聞くことに腹をきめた。

さて、翌朝になって、花園家の書生を呼び出して、首実検をさせて見ると、果たせるかな。

「こいつです。一昨夜の賊はこいつに相違ありません」

という答えだ。その上、同じ書生の証言によって、例のマネキン人形に着せてあったのは、令嬢京子さんが当夜着ていた洋服と寸分違わないことまで判明した。洋服の襟の裏に、京子さんの持物であることを示すイニシャルが縫い込んであったのだから間違いはない。

いよいよわからなくなってきた。ゴリラ男は一体京子さんの死骸をどこへ隠してしまったのだろう。又、なぜマネキン人形なんかに、その着物を着せて持ち歩いていたのだろう。何だか狐につままれたような、途方もない話である。

警視庁では、K刑事の上役の捜査係長が取り調べを担当して、終日ゴリラ男と根くらべをして見たが、結局何の得るところもなかった。

ゴリラ男は、何を尋ねても、ろくろく返事もせず、返事をすれば出鱈目ばかり云っている。始末におえぬのだ。

京子の死体をどこに隠したか。マネキン人形は何の目的でどこから盗み出したか。彼の首領の「恐怖王」とは一体何者であるか。その他さまざまの訊問《じんもん》に対して、何一つ満足な答えを得ることは出来なかった。

いや、そればかりではない。だんだん訊問を続けているうちに、実に恐ろしいことが起こった。係長が業《ごう》をにやして、賊の頬をなぐったのがいけなかった。それまでは、ろくな答えはせぬにもせよ、ともかくおとなしく応対していたゴリラが、その一撃に腹を立てて、俄かにあばれ出したのだ。

彼は、ギャッというような、不思議な叫び声を発しながら、歯をむき出して、本もののゴリラそっくりの恐ろしい相好になって、係長に飛びかかって来た。係長はすんでのことに、この猛獣のために食い殺されるところであった。いや、決して誇張《こちょう》ではない。あとになって、実際ゴリラ男のために噛みつかれた巡査さえあったのだから。

彼の昂奮はなかなか静まらなかった。数日の間あばれ続けた。警官たちの折檻《せっかん》が加われば加わるほど、彼の兇暴はつのって行った。そして、とうとう、一巡査が彼の牙《きば》にかかって、半死半生の目にあうような椿事を惹《ひ》き起こすことになった。

人々は、この男が、人類に属するか、獣類に属するかを疑わねばならなかった。猿にしては人間の肌を持ち人語を解するのが変であった。しかし、人間にしては、余りにも力強く兇暴であった。

遂には、この超人のために、警視庁の地下室に、動物園の檻《おり》が運び込まれた。猛獣はその檻にとじこめられ、その中で訊問を受けることになった。実に前代未聞の椿事と云わねばならぬ。

だが、それは後のお話。我々はゴリラ男が捕縛された翌日、Dという大百貨店内に起こった、奇々怪々の出来事について語らねばならぬ。

百貨店内の結婚式

ゴリラが捕縛された翌日の午後、アパートの書斎に考え込んでいた大江蘭堂の所へ、大型の西洋封筒にはいった立派やかな招待状が舞い込んだ。その文言は次の如くであった。

何かとお骨折り下さいました私達の結婚式を愈々《いよいよ》本日午後五時、D百貨店に於て挙行することに致しました。万障《ばんしょう》御繰合《おくりあ》わせ御列席の程願《ねがい》上《あ》げます。

恐怖王
花園京子

果たして、ゴリラ男は京子の死骸と結婚するのだ。いや、ゴリラ男ではない。この招待状には「恐怖王」となっている。いずれにもせよ、京子は賊の妻となって、死恥《しにはじ》をさらさねばならぬのだ。

だが、場所もあろうに、D百貨店とは、しかも午後五時とは。何という大胆不敵、賊はあの大群衆の中で、恐ろしい結婚式を挙行する積りであろうか。

蘭堂は早速このことを、警視庁と花園家とへ電話で報告した。警視庁ではすぐさまD百貨店へ刑事が出張するという答えであった。

ちょうど電話をかけ終わったところへ、ヒョッコリ喜多川夏子が訪ねて来た。

「大変なことになりましたわね。ゴリラの行方はまだわかりませんの」

彼女は挨拶もしないで、そのことを云った。

「昨夜つかまったのです。しかし、京子さんの死骸をどこに隠したかは、少しも白状しないということです」

蘭堂は今朝花園家の書生から聞かされたゴリラ男逮捕の顚末を、手短に語った。

「まあ、人形に京子さんの服を着せて持ち歩いていたんですって。変ですわね。一体何のためにそんな真似をしたのでしょう」

「それが誰にもわからないのです。ゴリラはなにも云わないのです。いや、不思議はそればかりではありません。ごらんなさい。今こんな招待状が舞い込んだところです」

夏子は結婚式の招待状を一読して、しばらく黙り込んでいたが、ハッと嬉しそうな叫び声を立てた。

「大江先生、あたし何だかわかりかけて来たような気がしますわ。ええ、きっとそうだわ。辻褄《つじつま》が合っているわ。あたし、名探偵になれそうな気がするわ」

蘭堂はこの若く美しき未亡人の、少々頓狂な性質を知っていたので、彼女の大袈裟《おおげさ》な言葉にも、さして驚かなかった。

「何がわかったとおっしゃるのです」

「この招待状の意味がです。なぜD百貨店を式場に選んだのか、ゴリラ男がどうしてマネキン人形なんか持ち歩いていたのか、ということがですわ」

「ホウ、あなたはそれがわかったとおっしゃるのですか」

蘭堂は面喰らって聞き返した。「D百貨店を式場に選んだことと、例の京子さんの服を着せられていた人形との間に、何か関係でもあるのですか」

「大ありよ」未亡人はさも自信ありげだ。「そこに謎《なぞ》を解く鍵が隠されているのですわ。一見して、何の関係もないような、この二つの事柄に、すべての秘密が伏在《ふくざい》しているのですわ。おお、嬉しい。先生にも解けない謎が、あたしに解けたんですもの」

「女探偵ですね」蘭堂はあっけにとられた。「その秘密というのを僕に教えてくれませんか」

「むろんお教えしますわ」夏子はますます得意である。「でも、それよか、これから二人でD百貨店へ行って見ようじゃありませんか。そして、あたしの想像が当たっているかどうか確かめて見ようじゃありませんか」

蘭堂は何だか狐につままれた感じであったが、夏子の言葉がまんざら出鱈目とも思えぬので、ともかく自動車を命じて、この色っぽい未亡人と同乗した。

「で、あなたは、賊がD百貨店で……あんな雑沓の場所で、この奇妙な結婚式を挙げると思うのですか」

走る車内で、蘭堂はまるでドクトル・ワトスンのような、間の抜けた質問をしなければならなかった。

「ええ、そう思いますわ。雑沓すればするほど、賊の思う壺なのよ。恐怖王のこれまでのやり方を見ればわかりますわ。あいつは、悪事を見せびらかすのが大好きなんです。死人との結婚式を、大百貨店で挙行するなんて、如何にも恐怖王の思いつきそうなことじゃありませんか」

「それは僕も同感だけれど……」

「先生、ゴリラ男がつかまったのは上野公園の近くでしたわね」

「ええ……そして、D百貨店も上野公園の近くだというのでしょう。そこまではわかるけど」

蘭堂はちょっとくやしそうな表情をした。

やがて車はD百貨店の玄関に到着した。

二人は、買物に来た夫婦のように肩を並べて、店内にはいって行った。

「一体この華《はな》やかな店のどこの隅に、恐怖王が隠れているのです。あなたは僕をどこへ連れて行こうとおっしゃるのです」

蘭堂は夏子に一杯かつがれているのではないかと疑った。

「六階よ。まあ、あたしについて来てごらんなさいまし」

未亡人はすましてエレベーターの昇降口へ急いだ。

そこで、エレベーターを待つ間に、ふと蘭堂の注意を惹いたものがある。昇降口の壁に貼られた、一枚の美しいポスターだ。

「六階催し物」

「婚礼儀式の生人形と婚礼衣裳の陳列会」

模様のような字で、そんなことが大きく書いてある。

「夏子さん、わかりました。これでしょう。あなたはこの催しものがあることを、ちゃんと新聞か何かで知っていたのでしょう」

蘭堂は未亡人の耳のそばで囁いた。

「そうよ。すっかり当てられちゃった。さすがは先生ね。どうお思いになって？　あたしの想像は間違っているでしょうか」

夏子はニヤニヤしながら云った。

「余り突飛のようですね。しかし、相手が恐怖王のことだから、或いはあなたの空想が的中するかも知れませんよ。ともかく、急いで行って見ましょう」

二人はエレベーターにのって、六階へ上がった。催し物場は黒山の人だかりだ。その人ごみを分けるようにして、婚礼人形の幾場面《いくばめん》を見て行くと、最後に三々九度《さんさんくど》の盃の場面が飾りつけてあった。

竹の柵に押し並んだ見物の頭の上から、花婿人形と花嫁人形の、美《うる》わしく着飾った胸から上が見えていた。

「あれよ。もしそうだとすれば、きっとあれよ。前へ出て見ましょうよ」

夏子は蘭堂の手をとって、見物を押し分けて行った。

婚礼の飾り物をした、広い床の間を背景に、新郎新婦、仲人、それぞれの親たち、待《まち》(注10)女郎《じょろう》などが、生けるが如く飾りつけてある。

如何にも華やかな、はれがましい結婚式だ。もしこの花婿人形が恐怖王その人であり、花嫁人形が京子の死骸であったとしたら、賊の計画は実に見事に成功したものと云わねばならぬ。

だが、あのとりすました新郎新婦が、人形ではなくて、本ものの人間だなどと、そんなばかばかしいことがあるだろうか。

「ねえ、先生、花嫁人形がすこしうつむき過ぎてやしないこと。顔が電燈の蔭になってますわね。人形師があんな下手な飾りつけをしたのでしょうか」

熱心に見つめていた夏子が、蘭堂の袖《そで》を引いて囁いた。

「ウン、少しおかしいですね。それに、あの顔はどこやら見覚えがある」

「ええ、あたしもそう思うのよ。死顔に厚化粧ですもの、少しは相好が変わるはずですわ。ちょっと見たのでは京子さんに見えないけれど、でも、どっか似てやしないこと」

「そうです。見ているうちにだんだん京子さんの俤《おもかげ》が出て来た。それに、あの姿勢が人形にしては少しおかしいですね。一人の店員を呼んで調べさせてみましょう」

蘭堂は群集を抜け出して、一人の店員を呼び止め、何事か囁いた。店員は最初の間、取合おうともしなかったが、だんだんまじめな顔になって、遂にはまっ青になって、どこかへ駈け出して行った。

間もなく、年配《ねんぱい》の店員が常雇《じょうやと》いの刑事探偵二人を従えて駈けつけて来た。見物たちは、婚礼式の場面の前から追いのけられた。二人の刑事と蘭堂とが舞台に上がって行った。

「やっぱりそうだ。これは人形じゃない」

一人の刑事が、近々と花嫁人形を覗き込んで叫んだ。

「だが、この手は両方とも、コチコチ云うぜ、確かに人形の手だぜ」

今一人の刑事は、花嫁の両手を叩き合わせながら、不思議そうに云った。

「いや、この死人には両手がないのです。賊のために切り取られたのです。だから、手だけは人形の手がつけてあるのです」

蘭堂はそう説明しながら、花嫁の顔にさわって見た。木にしてはあまり冷たい。その上、フカフカと弾力があるのだ。

「やア、ひどい匂いだ。どうしてこの匂いに気がつかなかったのだろう。近寄って見たまえ、たまらない匂いがする」

刑事の一人が不作法《ぶさほう》に怒鳴った。

かくして、花園京子の死体は発見されたのである。

賊は確かに彼の約束を実行した。衆人環視《しゅうじんかんし》の百貨店内において、恐ろしい結婚式を挙行した。

だが。発見されたのは花嫁ばかりだ。花婿は一体どうしたのだ。お嫁さんばかりの婚礼式なんてないことだ。

すると、このとりすました花婿人形が、やっぱり本ものの人間なのだろうか。もしやこれは恐怖王その人の巧妙きわまる変装姿ではあるまいか。

そう思うと、蘭堂は一種異様の戦慄《せんりつ》を感じないではいられなかった。

彼はツカツカとその人形に近づいて、いきなり肩の辺をつきとばした。

すると、人形は、ガタンと音を立てて、坐ったままの形で、その場に転がってしまった。着附けがくずれて、半分しかない胸部があらわになった。

「おや、この人形の胸になんだか書いてあるぜ」

刑事はそれに気づいて叫んだ。

人々は転がった花婿人形のまわりに集まった。その胸を見ると、確かに、墨黒々《すみくろぐろ》と、文字が書きつけてある。


花婿恐怖王の役目を勤めたるこの人形、恐怖王の身替《みがわ》りとして逮捕なさるべく候《そうろう》

賊の余りと云えば傍若無人な冗談に、あっけにとられて、しばらく口を利くものもなかった。

怪画家

大江蘭堂は、美しき未亡人喜多川夏子と共に、D百貨店花嫁人形の怪異をあばいた

翌日、彼のアパートの寝台で、お昼頃まで朝寝坊をした。前夜花園家で京子のお通夜《つや》があったからだ。

顔を洗って着物を着換えたところへ、書斎の方のドアをノックするものがあった。来客である。彼は寝室を出て、書斎のドアを開いた。

「ごめん下さい、大江さんのお部屋はこちらですか」

廊下に見知らぬ男が立っていた。

黒の背広に黒のネクタイ、大きな黒眼鏡をかけて、黒ビロードのソフト帽を冠《かぶ》っている。イヤに色の黒い小柄《こがら》な男だ、帽子の下にフサフサと長髪が垂れ、鼻の下に濃い口髭がある。洋画家と云った風体。

「僕、大江ですが……」

蘭堂はこの男を全く見知らなかったので、変な顔をして答えた。

だが、読者諸君はご存じだ。この小柄な長髪の男こそ、ゴリラ男の首領——恐らくは「恐怖王」その人なのだ。

このお話の初めの所で、ゴリラ男が運転手に化けて、布引照子の棺桶を盗んで来た時、例の空家に待ち受けていて、死骸の顔に化粧をした不思議な人物、あの男だ。あの男が、大胆不敵にも大江蘭堂を訪ねて来たのだ。

「初めてお目にかかります。僕黒瀬《くろせ》というものです。少しお話ししたいことがありまして」

怪人物が、やさしい作り声で名を名乗った。むろん出鱈目にきまっている。

「どういうご用でしょう」

蘭堂はうさんらしく相手を見上げ見おろしている。

「あの、実は恐怖王の一件について……」

黒瀬と名乗る小男は、声を低くして、物々しく云った。「恐怖王」と聞いては、会わぬわけにはいかぬ。蘭堂は早速黒瀬を請《しょう》じ入れた。

「ゴリラは白状したでしょうか。新聞にはそのことが何も出ていませんが」

怪人物は椅子にかけると、何の前置きもなく始めた。

「何も云わないのです。共犯者のことも云わないし、自分の名前さえ白状しないのです。ただ、野獣のようにあばれ廻るばかりで、手におえないのです。とうとう、警察でも持て余して、動物を入れる檻の中へとじこめたということです」

蘭堂は聞き知っているままを答えた。

「そんなにあばれるんですか。あいつが」

「ほんとうのゴリラみたいに、食いついたり、引っかいたりするんだそうです。巡査が腕に食いつかれて、ひどい怪我をしたということです」

「そうですか、じゃ、やっぱりあいつかも知れない」

黒瀬は思わせぶりに云った。

「え、あいつとおっしゃると？　あなたはあのゴリラについて何かご存じなのですか」

蘭堂は聞き返さないではいられなかった。

「ええ、お話の様子では、どうも僕の知っている奴らしいのです。新聞の写真を見て、あんまり似ているものだから、もしやと思って、お伺いしたのです。あなたがこの事件に関係していらっしゃることはよく知っていましたし、それに僕はあなたの小説の愛読者なものですから、警察よりはこちらへお伺いする気になったのです」

そして、黒瀬は彼自身を手短に紹介した。それによると、彼は岡山県の田舎の者で、父から仕送りを受けて、絵の勉強に出て来ている、美術学生であった。

「それはよくこそ。御承知の通り、僕はあいつにはひどい目にあっているのですから、恐怖王の正体をあばくのに参考になることでしたら、喜んで伺いますよ」

「あなたは、ゴリラ男のほかに、恐怖王と名乗る元兇《げんきょう》がいるのだとお考えですか」

「むろんそうだと思います。あの野獣みたいな男の智恵では、こんな真似は出来っこはありません」

「そうでしょうね。僕もそう思うのです。ゴリラというのが僕の知っている奴だとすると、そいつは子供ほどの智恵もないのですからね」

「あなたはどんな関係であいつをご存じなのです」

「僕の親父《おやじ》が、香具師《やし》の手から買い取ったのです。そして、十何年というもの、僕の家で飼っていたのです」

「飼っていたんですって？」

蘭堂はびっくりして叫んだ。

「ええ、飼っていたんです。あいつはね。どうも純粋の人間ではないように思われるのです。

「今度警察にとらえられても、檻の必要があるというのは、つまりあいつが人間ではないからです。香具師というものは、お金儲《かねもう》けのためには、どんな真似だってしますからね。あの半獣半人がこの世に生まれて来たのには、何か恐ろしい秘密があるのではないかと思います。僕の親父はあいつの子供の時分、香具師があんまり残酷に扱うのを見兼ねて、物好き半分に買い取ったのですが、一年二年とたつに従って、後悔しはじめたのです。大人になるにつれて、あいつが恐ろしい野獣であることがわかって来たからです。あいつはほんとうの猿のように、どんな高い所へでも登ります。天井をさかさまに這うことさえ出来ます。力は大人が三人でかかっても負けるほどです。僕はあいつと一緒に育ったのでよく知っています。あいつが来てからというもの、僕の家は魔物のすみかになったのです。家じゅうの者が気が違ったようになってしまったのです」

「すると、あいつは、あなたの家から逃げ出したわけですか」

「そうです。もう六年ばかり以前のことです。僕の家に居候《いそうろう》をしていた男が、あいつを盗み出したのです。何のためにか少しもわかりませんが、二人は――いや、一人と一匹とは、まるで駈落《かけおち》でもするように、手に手をとって逃げ出してしまったのです。僕の家では結句《けっく》厄介払いをしたと喜んだことですが……」

「なんだかゾッとするようなお話ですね。で、あいつは何という名前だったのです」

「三吉《さんきち》と云うんです。以前の飼主の香具師がそう呼んでいたんです。つまり戸籍面は黒瀬三吉という事になっているんです」

「それから三吉を盗んで行った奴は？」

「いや、それはあとにして下さい。それがもしあの恐怖王だとすると、迂濶には云えないような気がします。その前に僕は一度ゴリラ男を見たいのです。果たして三吉だかどうだか確かめたいのです。あなたのお口添えで、ゴリラを一見するわけには行きませんでしょうか」

「むろん見せてくれると思います。警察ではゴリラの素性がわからなくて困っているのですからね。その上あなたが共犯者を見知っていられるとすれば、こんな耳寄りな話はありません。喜んで見せてくれるでしょうよ」

そんなふうに二人の話はトントン拍子に進んで行った。

蘭堂は、警視庁へ電話をかけて、知り合いの捜査課長に話をすると、すぐその人を連れて来てくれという返事であった。

注射針

それから一時間ほど後、大江蘭堂と、怪画家黒瀬とは、捜査課長自身の案内で、ゴリラと対面するために、警視庁の地下室の階段を降りていた。

「するとあなたとあのゴリラとは、戸籍面では兄弟という事になっているのですか」

捜査課長のS氏は、先に立って薄暗い階段を降りながら、尋ねた。

「ええ、僕の兄に当たるわけです」

黒瀬はまじめな声で答えた。

何だか変な具合であった。考えて見ると、これは六年ぶりの兄弟の対面に相違なかった。何という異様な対面であろう。兄の方は一匹の野獣として、動物の檻の中にとじこめられているのだ。

奥まった薄暗い部屋のドアが開かれると、その中に頑丈な鉄の檻があった。檻の中には動物園の熊のように寝そべっている黒いものがあった。

「こら、起きろ起きろ、お前に会いたいという人があるんだ」

S氏は靴で檻の縁をコツコツ蹴りながら怒鳴った。

野獣はビックリしたように、ヒョイと顔を上げてこちらを見た。ゴリラの目と黒瀬画家の目とが、カチッとぶッつかった。

「アッ、お前……」

ゴリラが何か叫びかけてハッと口をつぐんだ。非常に驚いている様子だ。

「僕だよ三吉。覚えているかね、黒瀬正一《しょういち》だよ」

画家は、ゴリラの目を見つめながら、圧《おさ》えつけるように云って、檻の側へ近づいて行った。画家はゴリラに対して、一種催眠術的な力を持っているように見えた。彼の前では、あばれもののゴリラが非常におとなしく、首を垂れてかしこまっていた。

「三吉、お前は飛んでもないことをしたんだそうだね。その上、捕《つか》まってからも、人を傷つけたというではないか。お前は何という馬鹿だろう。こんな動物の檻の中へ入れられるのも、お前の智恵が足りないからだよ。悲しいとは思わないのか。素直に何もかも白状してしまうがいいじゃないか。お前が云わなくてもこうして僕が知ったからには、僕からすっかり申し上げてしまうよ。その方がお前のためなのだ。警察の方も、お前の哀れな素性をお聞きになったら、きっと同情して下さるよ」

黒瀬は檻の鉄棒に顔をくッつけて、涙ぐんだ声で、諄々《じゅんじゅん》と諭《さと》し聞かせるのであった。ゴリラの方でも、久かた振りの対面を懐《なつ》かしがってか、黒瀬の側へすり寄って来て、じっとうずくまっていた。黒瀬は話しながら、鉄棒の間から手を入れて、ゴリラの背中をさすったり、その手を握ったりした。そんなにされても、ゴリラは、まるで猛獣使いの前に出たけだもののようにおとなしかった。

画家とゴリラとの不思議な対面は三十分ほどもかかった。彼はその間、ゴリラを説き伏せるために、ボソボソ、ボソボソ囁きつづけていたのだ。そして、結局彼の努力は報いられたように見えた。

「とうとう説き伏せました。三吉は今度のお調べには、何もかも白状すると云っています」

黒瀬は少し離れて待ち受けていた二人の方へ戻りながら云った。

捜査課長はこの吉報にひどく喜んで、お礼を云った。

黒瀬は何かもじもじしていたが、

「洗面所はどちらでしょうか」

と尋ねた。

捜査課長はドアの外へ出て、その所在を教えた。黒瀬はさいぜんから我慢していたものと見え、妙な走り方をして、その方へ急いで行った。

そして、それっきり、この怪画家は再び姿を見せなかったのだ。洗面所へ行くと見せかけて、どこかへ逃げ出してしまったのだ。

一方檻の中でも妙な事が起こっていた。

「オイ、三吉、何をしている。どうしたんだ」

捜査課長が驚いて檻に駈け寄り、又コツコツと、その縁を靴で蹴った。

だが、今度はゴリラは何の反応も示さなかった。彼は長々と横たわって鼾《いびき》をかいていた。顔がまっ青になって、額にビッショリ汗の玉が浮いていた。

「今話をしていた奴が、もう寝入っている。何ということだ。こら、起きぬか」

S氏は鉄棒の間から手をさし入れて、転がっているゴリラの身体を烈しくゆすぶった。だが少しも手ごたえがない。まるで死んだようだった。数分間でこんなにもよく寝込めるものだろうか。

「変ですね、どうかしたんじゃありませんか。そいつの顔色をごらんなさい」

蘭堂が檻を覗き込んで云った。

ただ事ではなかった。ゴリラは死にかけているのだ。何の原因もなく、突然こんな発作《ほっさ》が起こるものだろうか。

「それにしても、あの黒瀬という人は何をしているのだろう。ばかに長いじゃありませんか」

S氏がふとそれに気づいて云った。

二人の胸にほとんど同時に、ある恐ろしい考えがひらめいた。

「オイ君、さっき出て行った黒瀬という人を探してくれたまえ、洗面所にいるはずだ。大急ぎで探してくれたまえ」

S氏は外の廊下に立っていた一人の警官に命じた。

だが黒瀬の姿はもちろん、庁内のどこの隅にも発見されなかった。

一方ゴリラ男の容態を見るために医員がかけつけ、檻の戸を開いて中へはいって行った。

彼はゴリラのからだを綿密《めんみつ》に調べ終わって顔を上げた。

「腕に注射針の痕《あと》があります」

「毒薬ですか」

捜査課長がびっくりして聞き返した。

「ええ、多分……」

医員はある毒薬の名を答えた。

「それで生命は？」

「わかりません。至急に手当てをして見ましょう。こんな頑強な男ですから、うまく命をとりとめるかも知れません」

医員はゴリラ三吉の脈を圧えながら云った。

二人の警官が医員の指図に従って、ゴリラを檻から出して、階上の別室に運んで行った。

庁内は俄かに色めき立った。捜査課長は自室の電話口で、黒瀬と称する男の人相風体を怒鳴り続けた。黒瀬逮捕の非常線が張られたのだ。

ゴリラに毒薬を注射した者は黒瀬のほかにはない。何よりの証拠は彼が姿を消したことだ。ゴリラ男の奇妙な身の上話も、三吉という名前もみんな出鱈目にきまっている。彼は捕われた同類に接近するために、巧《たく》みな手だてを考え出したのだ。

あわよくば同類を救い出す積りであったかも知れない。だが、それが絶望とわかると、彼は我身の安全をはかるためには、同類をなきものにするほかはなかった。幸い、まだ何も白状していないのだから、今のうちに殺してしまえば、彼は永久に安全でいることが出来るのだ。

だが、それほどゴリラの自白を恐れた黒瀬という男はそもそも何者であったか。彼こそ「恐怖王」その人ではなかったのか。

悪魔の正体

警察の物々しい捜索にもかかわらず、黒瀬という長髪の男の行方は、杳《よう》として知れなかった。こんなに探してもわからないところを見ると、黒瀬という名が出鱈目なのはもちろん、あの長髪も、チョビ髭も、黒眼鏡も、みんな変装用の道具であったかも知れない。顔色が変にあさ黒かったが、あれもひょっとしたら、巧みなお化粧をしていたのではあるまいか。いや、それればかりではない。あいつの声は、何だか変であった。作り声をしていたに違いない。などと、次から次へと疑いが起こって来た。

一方毒薬のために意識を失ったゴリラ男は、普通の人であったら即死すべきところを、野獣のような体質のお蔭で、辛《から》くも一命はとりとめたけれど、意識を取り戻しても唖《おし》のようにだまりこくって、ただ寝台の上に長くなったまま、身動きさえしなかった。気が違ってしまったのかも知れない。自然取り調べは少しも進捗《しんちょく》しないのだ。

その騒ぎがあってから七日目の夜のことである。

大江蘭堂は喜多川夏子に誘われて、鎌倉の彼女の家に客となっていた。

恋人を失った悲しみはまだ新しかったけれど、この若く美しき未亡人の、友達としての魅力は捨て難きものがあった。

彼女は美しかったし、お金持ちであったし、蘭堂に並々ならぬ好意を寄せていたし、その上、女に似げなき推理の名手であって、D百貨店の花嫁人形事件では、謂わば専門家の蘭堂をさえアッと云わせたほどだから、最初は嫌い抜いていた蘭堂も、いつの間にかこよなき友達としてつき合い始めたのも、無理のないことであった。

例によって夏子のもてなしは、至れり尽くせりであった。二人きりで食卓を囲んで、すてきな手料理と香り高い洋酒の瓶が、幾いろも幾いろも並べられた。

「いくら我が身が助かりたいからといって、あんなに忠実に働いたゴリラ男を殺してしまおうとするなんて、残酷じゃありませんか」

話は突然そこへ落ちて行った。

「でも、恐怖王にして見れば、ほかに仕方がなかったのかも知れませんわ」

「しかし、あいつはもともと、俺は恐怖王だぞと広告しているじゃありませんか。たといゴリラがほんとうのことを白状したところで、そのために捕えられるようなへまな真似はしないはずです。助手に使うためにゴリラを救い出す必要はあったかも知れないが、何も殺すことはなかったでしょう」

「でも、恐怖王の方には、何かそうしなければならないような、特別の事情があったのかも知れませんわ」

夏子はもう目の縁を赤くしながら、妙に賊のかたを持つのである。

「特別の事情って？」

蘭堂も少し酔っていた。酔うに従って話し相手が、だんだん美しくなまめかしく見えて来るのであった。

「たとえば、恐怖王が、一方では私たちのように普通の社交生活をしていて、その仮面をはがれては困るというような……」

夏子はあどけない巻き舌になって云った。

「ホホウ、あなたはあの殺人鬼が、我々と同じような善良な社交生活を営んでいるとおっしゃるのですか」

「ええ、そうでなければ、あんな危険をおかして、ゴリラを殺しに行くはずがありませんもの。もしかしたら、恐怖王は恋をしているんじゃないかと思いますわ。恋人に身の素性を知らせたくないためばかりに、あんな冒険をやったのではないかと思いますわ」

そう云って、夏子はうるんだ目で、じっと蘭堂の顔を見つめた。蘭堂の方でも、なぜか相手の目を覗き込まないではいられなかった。二人はお互いの目を見つめたまま、長い間黙り込んでいた。そこに何かしら異様な、ゾッとするようなものが感じられた。

「ホホホホホ」夏子が頓狂に笑い出した。

「さあ、これを一つ召し上がれ。強いのよ。でも大丈夫。あたし介抱して上げるから」

女は、なまめかしく云って、赤い色の洋酒をグラスについで勧《すす》めた。

蘭堂は妙なゾッとするような感じを払いのけようとして、それを一《ひ》と息《いき》に飲みほした。火のような熱い酒だった。喉から食道がカーッとほてって、それが、胃袋に落ちついた時分に、俄かに脈が早くなって来た。脳髄がズキンズキンと持ち上げられるような気がした。そして、夏子の美しい顔がスーッと遠く小さくなって、いつとはなく意識がぼやけて行った。

蘭堂は、目まぐるしく変転する長い長い夢を見つづけていた。

それは歯の根も合わぬほど恐ろしく快《こころよ》い悪夢であった。まっ暗な中に白い巨大な芋《いも》虫《むし》のようなものが、無数にクネクネとよじれ合っていた。それがさまざまの色に変わって行った。赤い芋虫がいちばん恐ろしく、ゾッとするような魅力を持っていた。

変転する場面は、皆そのような感じのものであった。どれもこれも身の毛もよだつ悪夢であった。

夢見ながら、触覚では、絶え間なく、暖かくて柔らかい触手のようなものでくすぐられるのを感じていた。

グッショリ脂汗になって、ふと目を覚ますと、顔の上に何か重い柔らかいものが乗っかっていた。それが夏子の顔であることを悟るのに長い時間かかった。

彼が身動きすると、夏子は顔を離して、枕元に立った。もうちゃんと着替えをすませて、お化粧さえしていた。

まだおぼろげな意識で、ぼんやり見上げている蘭堂の頰を、軽く叩いて、彼女はニッコリ笑った。

「可愛いお坊ちゃん、お目がさめて？」

そういったかと思うと、彼女は何か用ありげに寝室《ねま》の外へ出て行ってしまった。

蘭堂はそれを見送りながら、声をかける気力もなく、三十分ほどもウトウトしていた。身体の節々が抜けて行くような、快さにひたっていた。

女中が新聞とコーヒーを枕元の小卓へ置いて行ってくれたのも、夢の中のようにおぼろげであった。

長い間かかって、やっと意識がハッキリすると、彼は毎朝の習慣に従って、枕元の新聞を取った。

重いカーテンがおろしてあるので、寝室は夕暮れのように薄暗かった。

彼は卓上の電燈をひねって、夜の光線で新聞を読み始めた。

> 「ゴリラ男」脱走す
>
> 深夜深更○○病院から
>
> 全市に非常警戒

四段抜きの大見出しが、彼の目に飛びついて来た。

記事はただ病中のゴリラ男が脱走して行方知れずというだけで詳しいことはわからなかったが、考えて見ると、首領恐怖王から毒薬注射を受けたのちのゴリラである。

再び首領の前に頭を下げて行くはずはない。愚《おろ》かものの彼とても、それくらいのことはわかっているだろう。

いや、愚かものであるだけに、我が身の危険などは顧みず、ただ恨みに燃えて、同類を裏切った首領に仇《あだ》を報いようとするかも知れない。

「ゴリラの脱走を聞いて震え上がるのは、一般市民でなくて、むしろ彼の首領恐怖王その人ではあるまいか」

蘭堂は苦笑しないではいられなかった。彼らは同士うちを始めるにきまっている。そして、どちらが勝つにしても、世間はいくらか助かるのだ。

そんなことを考えていると、どこからか恐ろしい悲鳴が聞こえて来た。「助けて……」というように聞こえたが、云い切ってしまうまでに、何かに圧えつけられたように、パッタリ途絶えてしまった。

確かに夏子の声であった。どうしたというのだろう。ゴリラ脱走の記事と今の悲鳴との、妙な符合が蘭堂をギョッとさせた。

彼は大急ぎで寝台を飛び降りると、寝間着のまま、部屋を飛び出した。

廊下には二人の女中が青くなって震えていた。聞いて見ると、今の声はどうやら二階の書斎らしいとのことだ。

彼は階段を飛び上がってその部屋へ駈けつけた。

ドアは開かぬ。内側から鍵をかけてある様子だ。

聞き耳を立てると、部屋の中で、何者かの息遣いがハッハッと聞こえる。

蘭堂はふと気がついて、ドアの鍵穴に目を当てた。

案の定、そこにゴリラ男がいた。

彼は何故か案の定という気がしたのだ。

病院を逃げ出した彼は、昨夜のうちにこの邸へ忍び込んでいたものに相違ない。なぜ彼はここへやって来たのか。

ゴリラはハッハッと息をはずませていた。牙のような大きな歯がまっ赤に染まって、唇からボトボトと赤い雫《しずく》がたれていた。血だ。

「そこへ来たのは、大江の野郎だな」

突然血走った目が鍵穴を睨みつけて、赤い口が怒鳴った。

「ハハハハハ、馬鹿野郎！　手前《てめえ》はそれでも探偵のつもりか。ここは手前の敵《かたき》の家だということを知らねえのか。ハハハハ。ソラ、開けてやるからはいって来い。そして、このテーブルの上の品物をよく調べて見るがいい。さあはいって来い」

ゴリラは嘲笑《ちょうしょう》しながら、鍵穴に鍵をはめてカチカチと廻した。

—と押しでドアは開いた。だが、蘭堂はすぐさま飛び込む勇気がなかった。赤い雫のたれているゴリラの口を見ては、飛びかかって行く勇気がなかった。

躊躇している間に、ゴリラはもう向こう側の窓枠に足をかけていた。パッと彼の姿が窓の外へ消えると、空中に不気味な笑い声が残った。ゴリラは二階の窓から庭へ飛び降りたのだ。

蘭堂がその窓へ駈けつけた時には、ゴリラはもう塀を乗り越していた。

今から階段を廻って追い駈けたのでは、とても間に合わぬ。と云って、猿でない蘭堂には、この高い洋館の窓から飛び降りる力はない。声を立てて往来の人の応援を求めようにも、早朝といい、林の中の非常に淋しい場所なので、人通りもないのだ。

仕方がないので、階下に飛んで降りて、女中に警察と附近の医者へ電話をかけておいて、又元の二階へ取って返した。こんな時に書生がいてくれれば助かるのだが、それも此頃《このごろ》ちょうど不在なのだ。

ゴリラよりも気がかりなのは夏子のことだ。手傷を受けただけならいいが、もしや殺されてしまったのではあるまいか。

夏子は部屋の片隅にもみくちゃになって倒れていた。調べて見ると、息も絶え脈もなくなっていた。喉をしめられた跡が紫色にふくれ上がっている。左頬を喰いつかれたと見え、ザックリ肉が開いて、顔じゅうが紅酸漿《べにほおずき》のようにまっ赤だ。素人目にも到底蘇生《とうていそせい》の見込みはない。

ゴリラ男が云い残して行ったテーブルの上を見ると、そこに実に奇妙な品々を発見して、蘭堂は愕然とした。

一着の古い黒の背広服、黒ビロードのソフト帽、その横に白紙をのべて、上に黒眼鏡と、長髪の鬘と、つけ髭が並べてある。

その側に、数枚の手紙のようなものが、キチンと重ねて、丁寧に紙ナイフが重しにのせてある。

蘭堂は、悪夢の続きでも見ているような気がした。この服、この帽子、この眼鏡、すべて黒瀬と名乗った怪画家のものではないか。ゴリラに毒薬の注射をして逃げ去った、恐怖王その人とおぼしき怪人物のものではないか。彼は果たして変装していたのだ。長髪も口髭も、皆にせものであったのだ。

では、一体何人が黒瀬に化けていたのだ。あの残虐あくなき殺人鬼「恐怖王」の正体はそもそも何者であったのだ。

如何に不思議に見えようとも、それはここに殺されている喜多川夏子その人と考えるほかはない。でなくて、病院を脱走したゴリラ男がわざわざ夏子を殺しにやって来るはずはないからだ。

ゴリラ男は「ここはお前の敵の家だ」と云った。夏子がもし「恐怖王」であったとすれば、如何にも敵の家に相違ない。蘭堂は我が恋人を殺害した当の敵と同じ寝室に夜を明かしたことになる。

余りに事の意外さに、蘭堂はしばらくぼんやり立ち尽くしていたが、やがて、テーブルの上の手紙のような紙片を手に取って、むさぼり読んだ。

それは皆「恐怖王」と自称する首魁《しゅかい》からゴリラ男とおぼしき人物に送られた、簡単な通信文であった。

布引照子の棺桶を盗み出す手筈《てはず》を打ち合わせた一通があった。照子の死骸を自動車に乗せて、恐怖王（即ち喜多川夏子）が、同じ車内に隠れ腹語法《ふくごほう》によって照子の声で父布引氏に呼びかける手段を記した一通があった。花園京子の片腕を切断する打ち合わせの一通があった。又、大江蘭堂を鎌倉におびきよせ、空中文字、砂文字によって、夏子の家へ誘い込む手筈を通知した一通があった。

どれもこれも、通信者相互にだけわかるような、符号に近い文句であったけれど、事件を最初から知っている蘭堂には、なんなく判読することが出来た。

しかし、何より恐ろしいのは、その手紙の文字が、よく知っている喜多川夏子の筆《ひっ》蹟《せき》に相違なかったことだ。もはや疑う余地はなかった。

「恐怖王」とは、この美しき一女性に過ぎなかったのか、余りにあっけない種明かしではないか、これがほんとうだろうか。蘭堂はいくら証拠を見せつけられても、それを信じる気にはなれなかった。

彼女はあの美しい顔をして、実は恐ろしい精神病者であったのだろうか。血に飢えた殺人狂であったのだろうか。

だが、殺人狂としても、これらの犯罪には、何かしら一つの思想が含まれているように見えるではないか。

きまったように死骸に化粧をほどこして結婚式を行うというのには、単なる殺人狂以上の意味がありそうに見えるではないか。

それは金銭をゆすり取る手段であったかも知れない。又犯罪者の虚栄心から出た奇抜なお芝居であったかも知れない。だが、その奥にもう一つの意味が隠されてはいないだろうか。

蘭堂は知らなかったけれど、布引照子の恋人鳥井純一は、一夜生けるが如き照子の姿に引き寄せられ、彼女の声を聞き、暖かい肌触りを感じたではないか。これは一体何を意味するのだ。そこには、照子の死骸の蔭に、犯人喜多川夏子がひそんでいて、腹話術を使い、死骸の身替わりを勤めたのではあるまいか。

今又大江蘭堂は、恋人花園京子を奪われた上、一夜を夏子の家に明かすこととなったではないか。そこに一脈の相通ずるものが隠されているのではなかろうか。

蘭堂は、そこまで深く考える余裕はなかったけれど、何とも知れぬいまわしさに、目の前が暗くなったような気がした。

× × ×

間もなく所轄《しょかつ》警察から多数の警官が駈けつけて、附近を隈なく捜索したのはもちろん、鉄道の駅々、街道という街道へ非常線を張って、人間ゴリラを待ち受けたけれど、彼はどこへ逃げこんだのか、幾日たっても警察の網の目にかからなかった。

一と目見ればそれとわかる奴だから、人中《ひとなか》へ出て来れば、忽《たちま》ち捉まるは知れている。しかも、いつまでたっても消息がないところを見ると、彼は故郷の深山へと分け入って、元の猿類に帰ってしまったのではあるまいか。

警察でも世間でも、恐怖王の正体が一未亡人に過ぎなかったという結論では、どうも満足が出来なかった。彼らは何かしらもっとすばらしい超人を期待していた。

ひょっとしたら、それはすべて、奥底の知れない極悪人《ごくあくにん》の、巧みにも拵え上げた偽《ぎ》証《しょう》ではなかっただろうか。

ほんとうの恐怖王は、まだどこかに生き永らえて、次の大それた計画を目論んでいるのではあるまいか。そして、夏子未亡人は、賊にとっては仇敵《きゆうてき》である大江蘭堂と恋をしたばっかりに、さし当たりその筋を油断させるための可哀そうな替え玉に使われたのではないだろうか。つまり黒瀬と称するあの怪画家と、夏子未亡人とは全く何の関係もなかったのではないか。

あの毒薬の注射にしても、ゴリラを殺すのが目的でなく、一時人事不省《じんじふせい》に陥《おちい》らせ、檻の中から、逃げやすい病院へ移させる手段でなかったとは云えぬのだ。

だが、それは永久に解き難き謎であった。再び「恐怖王」が活躍を始めるか、行方不明のゴリラ男が姿を現わすか、それともまた、あの鎌倉の空に「恐怖王」の文字を描いた怪飛行機の操縦者が名乗って出るまでは（不思議なことに、その操縦者は、いくら探しても、いつまでたっても現われて来なかったが）これらの疑いは、いまわしき幻想でしかなかった。

（『講談倶楽部』昭和六年六月号より翌年五月号まで）

悪霊

発表者の附記

二《ふ》た月《つき》ばかり前の事であるが、N某《なにがし》という中年の失業者が、手紙と電話と来訪との、執念深い攻撃の結果、とうとう私の書斎に上がり込んで、二冊の部厚《ぶあつ》な記録を、私に売りつけてしまった。人嫌いな私が、未知の、しかも余り風体《ふうてい》のよくない、こういう訪問者に会う気になったのはよくよくのことである。彼の用件はむろん、その記録を金に換えることのほかにはなかった。彼はその犯罪記録が私の小説の材料として多額の金銭価値を持つものだと主張し、前もって分け前にあずかりたいというのであった。

結局私は、そんなに苦痛でない程度の金額で、その記録をほとんど内容も調べず買い取った。小説の材料に使えるなどとはむろん思わなかったが、ただこの気兼ねな訪問者から、少しでも早くのがれたかったからである。

それから数日後の或《あ》る夜、私は寝床の中で、不眠症をまぎらすために、何気なくその記録を読み初《はじ》めたが、読むにしたがって、非常な掘り出しものをしたことがわかって来た。私はその晩、とうとう徹夜をした上、翌日午頃《ひるごろ》までかかって、大部《たいぶ》の記録をすっかり読み終わった。半分も読まないうちに、これは是非《ぜひ》発表しなければならないと心をきめたほどであった。そこで、当然私は、先日のN某君にもう一度改めて会いたいと思った。会って、この不思議な犯罪事件について、同君の口から何事かを聞き出したいと思った。記録を所持していた同君は、この事件にまったく無縁《むえん》の者ではないと思ったからだ。しかし、残念な事には、記録を買い取った時の事情があんなふうであったために、私は某君の身の上について何事も知らなかった。彼の面会強要の手紙は三通残っていた。けれど所書《ところが》きは皆違っていて、一つは浅草《あさくさ》の旅人宿、一つは浅草郵便局留置きで返事をくれとあって所書きがない。その旅人宿二軒へは、人をやったり電話をかけたりして問い合わせたけれど、N某君の現在の居所はまったく不明であった。

記録というのは、まっ赤な革表紙で綴《と》じ合わせた、二冊の部厚な手紙の束であった。全体が同じ筆蹟《ひっせき》、同じ署名で、名宛人《なあてにん》も初めから終わりまで例外なく同一人物であった。つまり、このおびただしい手紙を受け取った人物が、それを丹念に保存して、日附の順序に従って綴じ合わせておいたものに相違ない。若《も》しかしたら、あのN某こそ、この手紙の受取人で、それが何かの事情で偽名《ぎめい》にしていたのではなかったか。こんな重要な記録が、故なく他人の手に渡ろうとは考えられないからだ。

手紙の内容は、先にも云った通り、或る一連の残酷な、血腥《ちなまぐさ》い、異様に不可解な犯罪事件の、首尾一貫した記録であって、そこに記された有名な心理学者たちの名前は、明らかに実在のものであって、われわれはそれらの名前によって、今から数年以前、この学者連《れん》の身辺に起こった奇怪な殺人事件の新聞記事を、容易に思い出すことが出来るであろう。おぼろげな記憶によって、その記事をこれに比べて見ても、私の手に入れた書輸集《しょかん》がまったく架空《かくう》の物語でないとはわかるのだが、しかし、それにもかかわらず、ここに記された事件全体の感じが(簡単な新聞記事では想像も出来なかったその秘密の詳細が)なんとなく異様であって、信じがたいものに思われるのは何故であるか。現実は往々にして如何なる空想よりも奇怪なるがためであろうか。それとも又、この書翰集は無名の小説家が現実の事件にもとづいて、彼の空想をほしいままにした、廻りくどい欺瞞《ぎまん》なのであろうか。歴史家でない私は、その何《いず》れであるかを確かめる義務を感じるよりも先に、これを一篇の探偵小説として、世に発表したい誘惑に打ち勝ちかねたのである。

一応は、この書翰集全体を、私の手で普通の物語体《てい》に書き改めることを考えて見たけれど、それは、事件の真実性を薄めるばかりでなく、かえって物語の興味をそぐ虞《おそ》れがあった。それほど、この書翰集は巧みに書かれていたと云えるのだ。そこで私は、私の買い取った三冊の記録を、ほとんど加筆しないで、そのまま発表する決心をした。書翰集のところどころに、手紙の受取人の筆蹟とおぼしく、赤インキで簡単な感想或

い は説明が書き入れてあるが、これも事件を理解する上に無用ではないと思うので、ほとんど全部(註)として印刷することにした。

事件は数年以前のものであるし、若しこの記録が事の真相であったとしても、迷惑を感じる関係者は多く故人《こじん》となっているので、発表をはばかるところはほとんどないのであるが、念のために書翰中の人名、地名はすべて私の随意《ずいい》に書き改めた。しかし、この事件の新聞記事を記憶する読者にとって、それらを真実の人名、地名に置き替えることは、さして困難ではないと信じる。

今私はこの著述がどうかしてN某君の眼に触れ、同君の来訪を受けることを切に望んでいる。私は同君が譲ってくれたこの興味ある記録を、そのまま私の名で活字にすることを敢《あえ》てしたからである。この一篇の物語について、私はまったく労力を費していない、したがってこの著述から生じる作者の収入は、全部、N某君に贈呈すべきだと思っている。この附記を記した一半の理由は、材料入手の顚末《てんまつ》を明らかにして、所在不明のN某君に、私に他意なき次第を告げ、謝意を表したいためであった。

第一信

長い間まったく手紙を書かなかったことを許して下さい。それには理由があったのだ。数年来まるで恋人のように三日にあけず手紙を書いていた君のことを、この一《ひ》と月《つき》ほどの間と云うもの、僕はほとんど忘れていた。僕に新しい話し相手が出来たからだなどと思ってはいけない。そんなふうの並々の理由ではないのだ。君は僕の「色《いろ》眼鏡《めがね》の魔法」というものを多分記憶しているだろう。僕が手製でこしらえたマラカイト緑とメチール菫《すみれ》の二枚の色ガラスを重ねた魔法眼鏡の不気味な効果を。あの二重眼鏡で世界を覗《のぞ》くと、山も森も林も草も、すべての緑色のものが、血のようにまっ赤に見えるね。いつか箱根の山の中で、君にそいつを覗かせたら、君は「怖い」と云って大切なロイド眼鏡を地べたへほうり出してしまったことがある。あれだよ。僕がこの一と月ばかりの間に見たり聞いたりしたことは、まったくあの魔法眼鏡の世界なのだよ。眼界は濃霧《のうむ》のようにドス黒くて奥底が見えないのだ。しかしその暗い世界をじっと見つめていると、眼が慣れるにつれて、滲《にじ》み出すようにまっ赤な物の姿が、まっ赤な森林や、血のような草叢《くさむら》が、目を圧《あっ》して迫って来るのだ。

君の少し機嫌をわるくした手紙は今朝受け取った。恋人でなくても、相手の冷淡は嫉(ねた)ましいものだ。僕は心にもない音信の途絶えを済まない事に思った。と云って、何もそれだからこの手紙を書き出したのではない。もっと積極的な意味があってなのだ。君の手紙の中に黒川《くろかわ》先生の近況を尋ねる言葉があったね。君は大阪にいて何も知らないけれど、君のあのお見舞の言葉は、偶然とは思われぬほど、恐ろしく適切であったのだ。僕は先生の身辺に継起《けいき》した出来事について君のお尋ねに答えるべきなのであろうが、それは、いくら僕の手紙が饒舌《じょうぜつ》だからと云って、一度や二度の通信ではとても書ききれるものでない。それほどその出来事というのが重大で複雑を極めているのだ。しかも事件はまだ終わったのではない。僕の予感ではこの殺人劇のクライマックスは、つまり犯人の最後の切札は、どっかしら見えないところに、楽しそうに、大切にしまってあるのだ。

実を云うと、僕自身もこの血腥い事件の渦中の一人に違いない。なぜと云って、黒川博士の身辺の出来事というのは、君も知っている例の心霊学会のグループの中に起こったことであって、僕もその会員の末席をけがしているからだ。僕がどういう気持で、この事件に対しているか、事件そのものは知らなくても、君にはおおかた想像出来るであろう。黒川先生や気の毒な被害者の人たちには、まことに済まぬことだけれど、気の毒がったり、途方にくれたり、胸騒ぎしたりする前に、先《ま》ず探偵的興味がムクムクと頭をもたげて来るのを、僕はどうすることも出来なかった。事件が実に不愉快で、不気味で、惨虐《ざんぎゃく》で、(注11)八幡《やわた》の藪知《やぶし》らずみたいに不可解なものであるだけ、被害者にとってはなんとも云えぬほど恐ろしい出来事であるのに反比例して、探偵的興味からは実に申し分のない題材なのだ。僕はつい強いても事件の渦中に踏み込まないではいられなかった。

君が僕に劣らぬ探偵好きであることはわかっている。僕は君が東京にいてまだ学生だった時分、二人で机上の探偵ごっこをして楽しんだのを忘れることが出来ない。で、僕はこういう事を思い立った。まだ謎《なぞ》はほとんど解けていないまま、この事件の経過を詳しく君に報告して、それを後日のための記録ともし、又、遠く隔てて眺めている君の直覚《ちょっかく》なり推理なりを聞かせてもらおうという目論見《もくろみ》なのだ。つまり、僕たちは今度は、現実の、しかも僕に取っては恩師に当たる黒川博士の身辺をめぐる犯罪事件を材料にして、例の探偵ごっこをやろうというわけなのだ。これはちょっと考えると不謹慎な企てと見えるかも知れない。だが、そうして、若《も》し少しでも事件の真相に近づくことが出来たならば、恩師に対しても、その周囲の人たちに対しても、利益にこそなれ決して迷惑な事柄ではないと思う。

今から約一カ月前、九月二十三日の夕方、姉崎曾恵子《あねざきそえこ》未亡人惨殺事件が発見された。

そして、なんの因縁《いんねん》であるか、その第一の発見者はかくいう僕であった。姉崎曾恵子さんというのは僕たちの心霊学会の風変わりな会員の一人で（風変わりなのは決してこの夫人ばかりではないことが、やがて君にわかるだろう）一年ほど前夫に死に別れた、まだ三十を少し越したばかりの美しい未亡人だ。故姉崎氏は実業界で相当の仕事をしていた人だが、その人と黒川博士とが中学時代の同窓であった関係から、夫人も博士邸を訪問するようになり、いつの間にか心霊学に興味を持って、心霊現象の実験の集まりには欠かさず出席していた。その美しいわれわれの仲間が突然奇怪な変死をとげたのだ。

その夕方、午後五時頃であったが、僕は勤め先のA新聞社からの帰りがけに、かねて黒川先生から依頼されていた心霊学会例会の打ち合わせの用件で、牛込《うしごめ》区河田町《かわだちょう》の姉崎夫人邸に立ち寄った。多分君も知っている通り、あの辺は、道の両側に毀《こわ》れかかった高い石垣が聳《そび》え、その上に森のような樹木が空を覆《おお》っていたり、飛んでもない所に草のはえた空地《あきち》があったり、狭い道に苔のはえた板塀が続いていて、その根元には蓋《ふた》のない泥溝《どろみぞ》が横たわっていたりする、市中の住宅地では最も陰気な場所の一つだが、姉崎未亡人の邸《やしき》は、その板塀の並んだ中にあって、塀越しに古風な土蔵の屋根が見えているのが目印だ。

姉崎家の門よりは電車道寄りに、つまり姉崎家の少し手前の筋向こうに当たる所に、今云った草のはえた空地があって、その隅に下水用の大きなコンクリートの管《かん》が幾つもころがっているのだが、多分その管の中を住居にしているのだろう、一人の年とった男の片輪乞食が、管の前に躄車をすえて、折れたように坐《すわ》っていた。僕はそいつを注意しないわけにはいかなかった。それほど汚なくて気味のわるい乞食だったからだ。そいつは簡単に云えば毛髪と右の目と上下の歯と左の手と両足とを持たない極端な不具者であった。身体の半分がなくなってしまっていると云ってもよかった。その上痩《や》せさらぼうて、恐らく目方も普通の人間の半分しかないのだろうと思われたほどだ。僕は道端に立ち止まって二、三分も乞食を眺めつづけたが、そのあいだ彼は僕を黙殺《もくさつ》して、片方しかない手で折れ曲がった背中をボリボリ掻《か》いていた。

僕がこの躄乞食をそんなに長く見つめていたのは、人間の普通でない姿態《したい》に惹《ひ》きつけられる例の僕の子供らしい好奇心に過ぎなかったが、しかしそうしてこの乞食を心にとめておいたことが後になってなかなか役に立った。いやそればかりではなく、僕とそいつとは、別にはっきりした理由があるわけではないけれど、なんだか目に見えない糸で繋《つな》ぎ合わされているような気がして仕方がないのだ。殊《こと》に近頃になってこの二、三日などは毎晩のように、あのお化けの夢にうなされている。昼間でもあいつの顔を思い出すとゾーッと寒気がして何とも云えぬ厭《いや》な気持におそわれるのだ。姉崎家のことを書く前に、僕はなんだかあの片輪者について、もう少し詳しく君に知らせておきたくなった。そいつの不具の度合いは、身体のどの部分よりも顔面に最もいちじるしかった。頭部の肉は(注12)顱頂骨《ろちょうこつ》が透《す》いて見えるほどひからびていて、ピカピカ光る引《ひ》き釣《つ》りがあって、その上全面に一本の毛髪も残っていなかった。木乃伊《みいら》には毛髪のついているのもあるが、この乞食の頭は、木乃伊とそっくりな上に髪の毛さえも見当たらぬのだ。広く見える額には眉毛がなくて、突然目の窪《くぼ》が薄黒い洞穴になっていた。尤《もっと》もそれは右の眼の話で、左の眼球だけは残っていたけれど、細く開いた瞼《まぶた》の中は、黒くはなくて薄白く見えた。僕は左の目も盲目なのかと考えたが、あとになってそれは充分使用に耐えることがわかった。目から下の部分はまったく不思議なものであった。頬《ほお》も鼻も口も顎《あご》も、どれだかまるで区別がなくて、無数の深い横皺《よこじわ》が刻まれているに過ぎなかった。鼻は低くて短くて幾段にも横皺で畳まれていて、普通の人間の鼻の三分の一の長さもないように見えたし、鼻の下には幾本かの襞《ひだ》になった横皺があるばかりで、すぐに羽をむしった鶏《にわとり》のような喉《のど》になっていた。むろんその横皺の一つが口なのだけれど、どれが口に当たるのか見分けがつかないほどであった。つまりこの乞食の顔は、われわれとはまるで逆であって、目から下の全体の面積が、額の三分の一にも足りないのだ。これは肉が痩せて皮膚がたるんだのと、上下の歯がまったくないために、顔の下半面が、提灯《ちょうちん》を押しつぶしたように縮んでしまったものに違いなかった。君が若しアルコール漬けになった月足らずの胎児を見た経験があるなら、それを今思い出してくれればいいのだ。髪の毛のまったく生えていない、白っぽくて皺くちゃのあの胎児の顔をそのまま大きくすれば、ちょうどこの乞食の顔になる。皮膚の色は、君は恐らく渋紙色《しぶがみいろ》を想像するであろうが、案外そうではなくて、若し皺を引き伸ばしたなら、僕なんかの顔色よりも白くて美しいのではないかと思われるほどであった。それからこいつの身体だが、それは顔ほどではなかったけれど、やっぱり木乃伊を思い出す痩せ方であった。着ているのは、盲目縞《じま》の木綿《もめん》の単衣《ひとえ》のぼろぼろに破れたもので、殊《こと》に左袖は跡方《あとかた》もなくちぎれてしまって、ちぎれた袖のあいだから、黒く汚れたメリヤスのシャツに包まれた腕のつけ根が、肩から生えた瘤《こぶ》みたいに覗いていた。その瘤の先が風呂敷の結び目のようにキュッとしぼんでいるのは、一見外科手術の痕《あと》で、この乞食が癩病患者ではないことを語るものだ。胴体は非常な老人のようにまったく二つに折れて、ちょっと見ると坐っているのだか寝ているのだかわからないほどであったが、その胴体に覆い隠された隙間から、膝から上だけの二本の細い腿《もも》が覗いて見えて、それが泥まみれの躄車の中にきっちりとはまり込んでいた。年齢はどう見ても六十歳以上の老人であった。

例の癖で、僕は饒舌になりすぎたようだ。道草《みちくさ》はよして姉崎家を訪ねることにしよう。そしてなるべく手取り早く犯罪事件にはいることにしよう。で、夫人の家を訪ねると、顔見知りの女中が、広い家の中にたった一人でいた。何かしらただならぬ様子が見えたので、僕はそのわけを尋ねて見たが、女中の答えたところは次の通りであった。姉崎未亡人は、夫の病死以来召使の人数も減らして、広い邸に中学二年生の一人息子と書生と女中の四人きりで住んでいた。ちょうどその日は子供の中学生は二日続きの休日を利用して学友と旅行に出ていたし、書生は田舎に不幸があって帰郷していたし、その上女中は夫人の云いつけで、昼すぎから午後四時半頃まで遠方の化粧品店と呉服屋とへ使いに出ていたので、その留守のあいだ夫人はまったく一人ぼっちであった。いつもはそういう場合には市ケ谷加賀町《いちがやかがちょう》にある夫人の実家から人をよこしてもらうようにしていたのに、今日はそれにも及ばないということだったので、女中はそのまま使いに出て、つい半時間ほど前に帰宅して見ると、家の中は空っぽで、表の戸締まりもなく、家じゅう隈なく探したけれど夫人の姿はどこにも見えなかった。おかしいのは、夫人の履物《はきもの》が一足もなくなっていないことだ。若し夫人がはだしで飛び出すようなことが起こったのだとすれば、それだけでもただ事ではない。さしずめ加賀町さんへこの事を知らせなければならぬが、それには留守番がないしと、処置に困《こう》じていたところへ、ちょうど僕が来合わせたというのであった。

会話を省略したので、少し不自然に見えるかも知れないけれど、その問答のあいだに、僕は邸内に女中がまだ探していない部分があることを気づいた。それは先にちょっと書いた往来の塀の外から屋根が見えているというこの家の土蔵なのだ。土蔵が女中の盲点にはいっていたのは、しかし無理はなかった。少なくとも女中の知っている限りでは、土蔵の扉《と》は時候の変わり目のほかはほとんど開かれたことがなく、戸《と》前《まえ》にはいつも開かずの部屋のように重々しい錠前が掛かっていたのだから。僕は念のためにと女中を説いて、二人で土蔵の前へ行って見たが、その扉には、女中の言葉通り昔風の大きな鉄の錠前が、まるで造りつけの装飾物でもあるように、ひっそりと掛かっているばかりであった。だが僕は錠前の鉄板の表面の埃《ほこり》が、一部分乱れているのを見逃さなかった。それは極く最近、誰かが扉を開けて又閉めたことを示すものではないだろうか。僕はふと夫人が第三者のために土蔵の中へとじこめられているという想像に脅《おびや》かされて、錠前の鍵を持って来るように頼んだが、女中はそのありかを知らなかった。それでも、僕はどうも断念出来ないものだから、窓から覗いて見ることを考えて、庭に降りて見まわすと、幸い、蔵の二階の窓が一つ開いたままになっているのを見つけた。僕は梯子《はしご》を掛けてその窓へ登って行った。窓の鉄棒につかまって、もうほとんど暗くなっているその土蔵の二階を、僕はじっと覗き込んでいた。猫のように僕の瞳孔《どうこう》が開いて暗がりに慣れるのに数十秒かかったが、しかしやがて、ぼんやりとそこにある物が浮き上がって来た。壁に接して塗簞笥《ぬりたんす》だとか長持《ながもち》だとか、大小さまざまの道具を容《い》れた木箱だとかが、ゴチャゴチャと積み並べてあるらしく、漆《うるし》や金具があちこちに薄ぼんやりと光って見えた。それらの品物は皆部屋の隅へ隅へと積み上げてあるので、板敷の中央はガランとした空地になっているのだが、そこに大きなほの白い物体が、曲がりくねって横たわっていた。僕の目はいちはやくその物体を認めたのだけれど、なんだか正体を見きわめることを遅らそうとするもののようであった。むろん怖がっていたのに違いない。しかし、いくら外《そ》らそう外らそうとしても、結局僕の視線はそこへ戻って行くほかはなかった。見ていると薄闇の中から、その曲線に富んだ大きな白い物体だけがクッキリと浮き上がって僕の目に飛びついて来るように感じられた。僕は視力以上のもので、それを白昼の如く見きわめることが出来た。

姉崎未亡人は、全裸体《ぜんらたい》で、水に溺《おぼ》れた人が死にもの狂いに藻掻《もが》いている恰好で、そこに息絶えていた。僕は血の美しさというものを、あの時に初めて経験した。脂《あぶら》づいた白くて滑《なめ》らかな皮膚を、大胆きわまる染め模様のように、或いは緋《ひ》の絹絲《きぬいと》の乱れるように、太く細く伝い流れる血潮の縞は、白と赤との悪夢の中の放胆《ほうたん》な曲線の交錯《こうさく》は、ゾッと総毛の立つほど美しいものだ。僕は夫人とさほど親しいわけではなかったから、この惨死体《ざんしたい》を見て悲しむよりは怖れ、怖れるよりはむしろ夢のような美しさに打たれたことを告白しなければならない。

君はこの僕の形容をいぶかしく思うに違いない。そんな縞のような血の跡がついているなんて、殺人者はいったいどういう殺し方をしたのかと。だがそれに答えるのには、窓の外からの朧《おぼろ》げな隙見だけでは不充分だ。僕は薄闇の悪夢から醒《さ》めて、現実の社会人の立場から、殺人事件発見者として適当の処置をとらなければならない。僕は女中とも相談の上先ず第一に公衆電話によって加賀町の夫人の実家へこの不祥《ふしょうじ》事を報告し、実家の依頼を受けて、所轄警察署その他必要な先々へ通知した。

地方裁判所検事の一行が到着して、警視庁や所轄《しょかつ》警察署の人々と一緒に現場検証を開始したのは、それから一時間ほど後であった。君も知っている通り僕のA新聞社での地位はこういう事柄には縁遠い学芸部の記者だから、裁判所の人などに知り合いは少ないのだけれど、幸いにもこの事件を担当した検事綿貫正太郎《わたぬきしょうたろう》氏は学芸欄の用件で数度訪問したことがあって、知らぬ仲ではなかったものだから、証人としての供述以上にいろいろ質問もすれば、綿貫氏から話しかけられもした。だがその夜の検証の模様を順序を追ってここに記す必要はない。ただ結果だけを書きとめておけばよいと思う。

先ず最初に土蔵の錠前の鍵に関する不可解な事実について一言しなければならぬ。先にも記した通り、土蔵の扉には錠がおりていたし、たとえ窓はあいていても厳重な鉄棒に妨げられてそこから出入りすることは出来ないので、現場を調べるためには是非錠前の鍵が必要であった。検証の時分には加賀町の実家から姉崎未亡人の兄さんに当たる人が来ていて、女中と一緒になって鍵のありかを探したのだけれど、どうしても見つからぬので、人々は止むを得ず錠前を毀《こわ》して土蔵の中へはいることにしたが、僕が注意するまでもなく、彼らは錠前の指紋のことに気づいていて、錠前そのものには触れず、扉にとりつけた金具を撃ち毀すことによって目的を達した。だが、やがてその紛失した鍵が、実に奇妙なことには、未亡人の死体の下から発見された。これはいったい何を意味するのであろうか。検査の結果、その土蔵の錠前は開閉ともに鍵がなくては動かぬことがわかっているのだ。とすると、蔵の外の錠前を、蔵の中にある鍵でどうして閉めることが出来たのであろう。それともこの殺人犯人は用意周到《よういしゅうとう》にも、あらかじめ土蔵の合鍵《あいかぎ》を用意していたのであろうか。

さて、そういうふうにして土蔵の二階へ上った人々は、先ず曾恵子さんの死体を囲んで、裁判医の鑑定を聞くことになった。綿貫氏の許しを得て僕もそこに居合わせたが、こんなことには慣れきったその筋の人たちをさえひどく驚かせたほど、この殺人方法は奇怪をきわめていた。鑑定によると、兇器《きょうき》は剃刀《かみそり》ようの薄刃《うすは》のもので、右頸動脈《うけいどうみゃく》の切断が致命傷だと云うことであったが素人にも一見してそれがわかるほど、頸部からの出血はおびただしいものであった。未亡人の俯伏《うつぶ》せになった顔は不気味な絵具で染めたように見え、解けた黒髪は絞《しぼ》るほどもしっとりと液体を含んでいた。しかしこの殺人が奇怪だという意味は、そういうむごたらしい点にあるのではなくて、被害者の生命を断つことに直接の関係はないけれど、しかし何かしら意味ありげな、常識では判断の出来ない、非常に不気味な別の事実についてであった。その一つは、姉崎未亡人が丸裸にされて殺されていたことだ。同じ蔵の二階の片隅に彼女の不断着《ふだんぎ》が脱ぎ捨ててあったところを見ると、被害者は蔵の中へはいるまではちゃんと着物を着ていたことは確かで、その二階へ来てから自ら脱いだか、犯人に脱がされたかしたものに相違ないのだが、それがこの殺人事件にどんな意味を持っていたのかちょっと想像がつかないのだ。それからもう一つの点は（この方が一そう奇怪であって、姉崎夫人殺害事件中での最も著《いちじる》しい事実なのだが）、夫人の死体には先に記した致命傷のほかに、全身にわたって六カ所に小さい斬り傷があったことだ。鑑定書の口調をまねて詳しく云うと、右三角筋部《さんかくきんぶ》、左前上膊部《さぜんじょうはくぶ》、左右臀部《でんぶ》、右前大腿部《ぜんだいたいぶ》、左後膝部《こうしつぶ》の六カ所に、長さ三センチから一センチぐらいまでの、剃刀ようの兇器によるものとおぼしき軽微な斬り傷があって、そこから六本の血の河が全身に異様な縞をえがいていたのだ。誰も皆これらの傷が余り小さすぎることを不審に思った。殺人者が六度斬りつけて六度失敗し、七度目にやっと目的を達したと考えるためには、傷が不自然に小さ過ぎた。いくらしくじったからと云って、六度が六度ともこんなかすり傷のようなものしかつけ得なかったとは想像出来ない事だ。又斬り傷の箇所が前後左右に飛び離れているのも不自然であって、被害者が逃げまわったり抵抗したためだと解釈するにしても、なんとなく首肯《しゅこう》しがたいところがある。しかも不思議はそればかりではなかった。

これらの傷口から、流れ出している血潮の河の方向が、傷口の小さ過ぎることなどよりは更《さ》らに一そう奇怪な感じを与えるのだ。と云う意味は、それらの血の流れの方向がまったく滅茶苦茶《めちゃくちゃ》であって、例えば右肩の傷口からのものは左肩に向かって横流《おうりゅう》し、右腕の傷口からのものは手首に向かって下流《かりゅう》し、左足からのものは反対に身体の上部に向かって逆流し、又ある傷口からのものは斜めに流れているという調子で、中にも異様に感じられたのは、左臀部からの（これが一ばん大きい傷口なのだが）血の流れは横に流れ、腰を通って下腹部左の端近くまで、つまり腰の部分をほとんど一周していたという有様であった。如何に被害者が抵抗しもがき廻ったにもせよ、こんな滅茶苦茶な血の流れ方があるものでなく、裁判医などもまったく初めての経験だと驚いていた。死体の所見は大体以上に尽きている。夫人の絶命した(或いは兇行《きょうこう》の行われた)時間は、医師の鑑定ではその日の午後という程度の漠然《ばくぜん》としたことしかわからなかった。又後《のち》に取り調べられたところによると、近所の人たちが夫人の悲鳴を聞いていたというような事実もなく、結局この殺人事件は、女中が使いを云いつけられて家を出た零時半頃から彼女が帰宅した四時半頃までの間に行われたものだという以上に正確な時間を決定する材料は、今のところ発見されていないのだ。なお未亡人の屍体は後に帝大解剖室に運ばれることになったが、その結果についてはいずれ書く機会があると思う。

次に検証の人々は、その土蔵の二階を主として、姉崎邸の室内庭園を問わず、殺人兇器その他犯人の遺留品、指紋、足跡、犯人の侵入逃走の経路などを発見するための綿密な捜索を行ったが、その結果はほとんど徒労《とろう》であったと云ってもよかった。検事や警察官たちの心の中まで見抜くことは出来ないけれど、少なくとも彼らが取りかわした会話や、僕が綿貫検事から聞き出したところによって想像すれば、捜索の結果彼らの蒐集《しゅうしゅう》し得た事実は左の諸点に尽きていた。

剃刀と想像される殺人兇器は土蔵の中はもちろん、邸内のどこにも見出すことは出来なかった。もっとも姉崎夫人の化粧台と書生の机の抽斗《ひきだし》とから剃刀が発見されはしたけれど、それは両方とも殺人の兇器としては使用出来そうもない安全剃刀であって、替刃《かえば》にも別段の異状を認めることは出来なかった。つまり兇器は犯人自身のものであって、彼はそれを現場に遺棄《いき》して立ち去るほど愚かでなかったのに違いない。犯人の足跡と指紋も、まったく見出すことが出来なかった。庭園の土は軟《やわ》らかだったけれど、そこには庭下駄《にわげた》以外の跡はなく、玄関前には敷石が敷きつめてあった。土蔵の板の間には薄く埃が積もっていて、それがひどく掻き乱された跡は見えたが、明瞭な足跡は無かった。指紋の方は、犯行現場の道具類の滑らかな面《おもて》には家内の人々の指紋が僅《わず》かに残っているばかりだったし、又、僕が最初異状を発見した蔵の錠前の鉄板の表面にも、これこそはと意気込んで鑑識課へ廻されたが、何の跡も残っていないことがわかった。それでは犯人は用心深く手袋をはめていたのであろうか。だが、若しそうだとすると、その手袋は動脈から吹き出した血潮のためにベトベトに濡《ぬ》れている筈《はず》ではないか。それについて僕はふとこんなことを空想した。犯人は兇行に取りかかる前に手袋を脱ぎ、兇行を終わって血のりを拭きとったあとで又それをはめたのだと。これは更らに進んで、彼が脱いだものはただ手袋だけではなかったのではないかと。これは非常に奇怪な空想かも知れない。そして君は多分、僕の例の癖が始まったと云うかも知れない。だが、被害者の夫人が全裸体であったこと、致命傷以外の傷と血の流れ方が実に異様であったことなどから、僕にはなんとなくそんなふうに思われたのだ。実を云うと、今のところ僕のこの空想にはほとんど賛成者がないのだが、僕自身はまだそれを捨てかねている。無駄事《むだごと》のようだけれど、この妙な考えを記して君に覚えておいてもらいたいと思うのだ。僕は今犯人が兇行の時の返り血を拭《ふ》き取ったと書いたが、これだけは空想ではなかった。と云うのは、先にもちょっと記した通り兇行現場の土蔵の二階には、死体から遠く離れた隅の方に、姉崎未亡人の不断着が脱ぎ捨ててあったが、それは(注13)袖畳《そでだた》みにしたのではなく、ごく乱暴に丸めたもので、僕が一と目見てこいつは曾恵子さん自身が丸めたものではないなと考えた通り、検《しら》べて見ると、その縞銘仙《めいせん》の単衣ものの中には、クシャクシャになった夫人常用の絞《しぼ》り羽二重《はぶたえ》の長襦袢《ながじゅばん》が包みこんであって、それに血を拭き取った跡がおびただしく附着していたからだ。若しやそこに指紋が残されているのではないかと思われたが、注意深い犯人にそんな手抜かりはなかった。で、長襦袢の血痕は、人々を一瞬間ハッとさせたばかりで、別に犯人捜索の直接の手掛かりとはならなかったが、しかしそうして丸めた着物をとりのけた事が、実に奇妙な証拠品らしいものを発見する機縁《きえん》となった。

同じ板の間の隅っこの、今までは着物のために隠れていた部分に、小さく丸めた紙切れが落ちていたのだ。その紙切れはこの殺人事件での証拠品らしい証拠品の唯一《ゆいいつ》のものであって、その筋の人たちもこれには非常に興味を持ったように思われるし、僕自身にも、なんとなくこれが後に重大な意味を持ってくるのではないかという予感があるので、その紙切れについてなるべく詳しく書いておこうと思う。最初それを発見した所轄警察の司法主任が、小さく丸められたままの紙切れを注意深く観察して、これは以前からそこに在《あ》ったのではなくて、犯罪の際に落とされたものに違いないと注意した。なぜかと云うと、その部屋は床の上にも、並んでいる道具類の上にも、目に見えるほど埃が積もっていたのに、丸められた紙切れの皺の中には、どこにもまったく埃がなかったからだ。更にそれを拡げて見ると、感心な司法主任の観察が間違っていなかったことが一そうはっきりした。というのは、紙切れには妙な符号みたいなものが記してあったのだが、それが非常に不可解な秘密めいた性質を持っていて、殺人事件に何かの関係があるらしく思われたからだ。序《つい》でにあとになってわかったことをつけ加えておくならば、姉崎家の女中をはじめ書生や子供の中学生などに糺《ただ》した結果を綜合するのに、その紙切れは未亡人が持っていたのではなくて、どうかして犯人が落として行ったものとしか考えられなかった。つまり、これこそ、甚《はなは》だしく難解な材料ではあったけれど、殺人者の素性を探り出す唯一の手掛かりに違いなかった。その紙切れは長さも幅も厚みもちょうど官製ハガキほどの正確な長方形で、紙質は上質紙と呼ばれているものであって、その中央に、二本の角《つの》の生えたいびつな方形の枠《わく》の上にななめに一本の棒を横たえた図形《ずけい》が、濃い墨汁で肉太《にくぶと》に描いてあるのだ。僕はその形をよく覚え込んでいるので、参考までに次に小さく模写しておく。君はこの異様な符号を見て何を連想するであろうか。僕は暗号でも解く気になって、いろいろに考えて見たが、なんだか、ああああれだったのかと直《す》ぐわかりそうでいて、その秘密が今にも意識の表面に浮かび上がりそうでいて、だがどうしてもわからない。綿貫氏に聞くと、警察の方でもまだこの謎が解けないでいるということだ。若し君がこんな図形をどこかで見たことがあるか、或いは図形の意味を解くことが出来たら是非知らせてほしいと思う。

　殺人の方法が余りに異様なので、これを単なる盗賊の仕業《しわざ》だとは誰も考えなかったようだが、順序として、一応盗難品の有無が調べられた。その結果

は、君も想像する通り、邸内には何一と品紛失《ふんしつ》したもののないことが確かめられたに過ぎない。それは被害者の左の薬指にはめられた高価な宝石入りの白金《プラチナ》の指環《ゆびわ》がそのまま残っていたことによっても明らかであった。

それから、被害者の実兄と女中と僕とは、型通りの訊問《じんもん》を受けたが、僕の判断する限りでは、検事はこれという捜査上の材料をつかむことは出来なかった。被害者の姉崎曾恵子さんは、一種の社交家ではあったけれど、非常にしとやかなむしろ内気な、そして古風な道徳家で、若い未亡人に立ちやすい噂《うわさ》などもまったく聞かなかったし、まして人に恨みを受けるような人柄では決してなかった。検事の疑い深い訊問に対して、彼女の兄さんと女中とは、繰り返しこの事を確言した。結局、姉崎家屋内での捜査は、右に図解した奇妙な一枚の紙切れのほかには、まったく得るところがなかったのだ。そこで、問題は女中が使いに出てから帰宅したまでの、つまり被害者が一人ぼっちで家にいた時間、午後一時頃から四時半頃までに、姉崎家に出入りした人物を、外部から探し出すことが出来るかどうかの一点に押し縮められた。これが検事たちの最後の頼みの綱であった。

局面がそこまで来た時、僕は当然ある人物を思い出さなければならなかった。云うまでもなく、この手紙の初めに書いた躄乞食のことだ。あいつに若し多少でも視力があったならば、そして、今日の午後ずっと同じ空地にいたのだとすれば、あの空地はちょうど姉崎家の門の斜向《すじむ》かいに当たるのだから、そこを出入りした人物を目撃しているに違いない。あの片輪者こそ、唯一の証人に違いない。〔註〕僕は思い出すとすぐ、その事を綿貫検事に告げた。

「これから直ぐに行って見ましょう。まだ元の所にいてくれればいいが」綿貫氏というのは、そういう気軽な、しかし犯罪研究には異常に熱心な、少し風変わりな検事なのだ。そこで人々は姉崎家の手提《てさげ》電燈を借りて、ゾロゾロと門外の空地へと出て行った。

手提電燈の丸い光の中に、海坊主みたいな恰好をして、躄乞食は元の場所にいた。蚊を防ぐために頭から汚い風呂敷のようなものを被《かぶ》って、やっぱり躄車の中にじっとしていたのだ。一人の刑事が、いきなりその風呂敷を取りのけると、片輪者は雛鶏《ひよっこ》のように歯のない口を黒く大きく開いて、「イヤー」と、怪鳥《かいちょう》の悲鳴を上げ、逃げ出す力はないので、片っ方だけの細い腕を、顔の前で左右に振り動かして、敵を防ぐ仕草をした。

決してお前を叱るのではないと得心《とくしん》させて、ボツボツ訊《たず》ねて行くと、乞食は少女のような可愛らしい声で、存外《ぞんがい》ハッキリ答弁することが出来た。先ず彼の白っぽく見える左眼は幸いにも普通の視力を持っていることが確かめられた。今日はおひる頃からずっとその空地にいて、前の往来を（したがって姉崎家の門をも）眺めていたこともわかった。「ではおひる過ぎから夕方までのあいだに、あの門を出入りした人を見なかったか。ここにいる女中さんと、この男の人のほかにだよ」と、検事は、その筋の人々に混《まじ》って立っていた姉崎家の女中と僕とを指さして、物柔らかに訊ねた。すると乞食は、刑事の手提電燈に射られた僕と女中とを白い眼で見上げながら、ほかに二人あの門をはいった人があると、ペタペタと歯のない唇で答えた。

そのうちの一人は黒い洋服に黒いソフト帽を冠った中年の紳士で、顔はよく見えなかったが、眼鏡や髭はなかったように思う。その人が女中が出て行って間もなく門内に姿を消した。それから長い時間の後（乞食の記憶は曖昧《あいまい》であったが、その間は一時間ほどと推定された）、一人の若くて美しい女が門をはいって行った。その髪型と着衣とは、非常にハッキリ乞食の印象に残っていたらしく、髪の方は「今時見かけねえ二百三高地《にひゃくさんこうち》でさあ。わしらが若い時分流行《はや》ったハイカラさんでさあ」と云った。君は多分知らないだろうが、二百三高地と云うのは、日露戦争の旅順《りょじゅん》攻撃の記念のようにして起こった名称で、前髪に芯を入れて、額の上に大きくふくらました形の俗に庇髪《ひさしがみ》と云った古風な洋髪のことだ。それから着衣の方は、むろん単衣物に違いないのだが

「紫色の矢絣《やがすり》」の絹物で、帯は黒っぽいものであったと答えた。矢絣というのも現代には縁遠い柄で、歌舞伎芝居の腰元の衣裳などを思い出させる古風な代物《しろもの》だが、老年の片輪乞食は、このわれわれにはむしろ難解《なんかい》な語彙《ごい》をちゃんと心得ていて、さも昔懐かしげな様子で、歯のない唇を三日月型にニヤニヤさせながら、少女のようにあどけない声で答弁した。彼はその女が眼鏡をかけていたことも記憶していた。

この二人の人物が姉崎家の門をはいった時間は、黒服の中年の男の方は午後一時から一時半頃までの間、矢絣の若い女の方は午後二時から二時半頃までの間、と判断すれば大過ないように考えられた。だが、彼らが門を出て行った時間は、つまり彼らがそれぞれどれほどの間姉崎家に留まっていたかということは、残念ながらまったく知る由がなかった。乞食はそれを見なかったのだ。二人ともいつ門を出て行ったか少しも気づかなかったというのだ。居眠りをしていたか、躄車を動かしてコンクリート管の蔭へはいっていたか、それとも他のものに気を奪われていた隙に、両人とも門を出て行ったものであろう。

来た人が帰って行くのを見逃していたほどだから、この両人のほかに、乞食の目に触れなかった訪問者がなかったとは云えないし、姉崎家への入口は正門ばかりには限らないことを考えると、殺人犯人がその黒服の男と矢絣の女のどちらかであったと極《き》めてしまうのはむろん早計だけれど、姉崎家は主人の死亡以来訪問者も余り多くなかったということだから、その乏《とぼ》しい訪問者のうちの二人がわかったのは、可なりの収穫であったと云っていい。

それから捜査の人たちは手分けをして、姉崎家の表門裏門への通路に当たる小売商店などを、一軒一軒尋ね廻って、胡散《うさん》な通行者がなかったかを調べたが、別段の手掛かりも得られなかった。ただそのうちの刑事の一人が、電車の停留所から姉崎家の表門への通路に当たる一軒の煙草屋で、さっきの躄乞食の証言を裏書きする聞き込みをつかんで来たほかには。

その煙草屋のおかみさんが云うのには、黒い洋服を着た人は幾人も通ったので、どれがそうであったかはわからぬけれど、矢絣の女の方は、髪の形が余り突飛だったので、よく記憶しているが、二十二、三に見える縁なし眼鏡をかけた濃化粧《あつげしよう》の異様な娘さんで、通りかかったのは二時少し過ぎであった。「新派《しんぱ》の舞台から飛び出して来たんじゃないかと思いましたよ。妙な娘さんでございますね」と、刑事はおかみさんの声色《こわいろ》をまぜて報告した。そして不思議な一致は、おかみさんも、乞食と同じように、その女の帰るところを見ていないことだ。女は来た時とは反対の道を通って帰ったのかも知れない。或いは、煙草店の主婦が用事に立っている隙に通りすぎたのかも知れない。

躄乞食の証言が決して出鱈目でなかったことがわかった。庇髪に矢絣の、明治時代の小説本の木版の口絵にでもありそうな娘さんが、昭和の街頭に現われたのだ。それだけでもなんとなく気違いじみた、お化けめいた感じなのに、その不気味な令嬢が美しい未亡人の裸体殺人事件の現場に出入りしたのだから、これが人々の好奇心をそそらないわけがなかった。たとえ直接犯人ではないとしても、この娘こそ怪しいのだと考えないではいられなかった。

綿貫検事は、未亡人の実兄や女中をとらえて、二人の人物に心当たりはないかと尋ねたが、洋服の紳士の方は余り漠然としていて見当がつかぬし、矢絣の娘の方は、そんな突拍子《とっぴょうし》もない風体《ふうてい》の女はまったく知らない、噂を聞いたことすらないとの答えであった。

以上が当夜捜査の人たちが摑《つか》み得た手掛かりらしいもののすべてであった。僕が現場で見聞《けんぶん》し、後日綿貫検事から聞き込んだ事柄のすべてであった。この事件の最も奇怪な点だけを要約すると、被害者が全裸体であったこと、致命傷のほかに全身に六カ所の斬り傷があって、その血がてんでんに出鱈目の方向へ流れていたこと、現場に奇妙な図形を記した紙片が落ちていて、それが唯一の証拠品であったこと、時代離れのした庇髪に矢絣の若い女が現場に出入した形跡のあったことなどであるが、しかも更らに奇怪なことは、事件後約一カ月の今日まで、これ以上の新しい手掛かりはほとんど発見されていないのだ。第一の事件を迷宮に残したまま、第二の事件が起こってしまったのだ。という意味は、姉崎未亡人惨殺事件は、殺人鬼の演じ出したいわば前芸《まえげい》であって、本舞台はまだあとに残されていた。彼の本舞台は、降霊術《こうれいじゅつ》の暗闇の世界に在ったのだ。悪魔の触手《しょくしゅ》は遠くから近くへと、徐々にわが黒川博士の身辺に迫って来たのだ。

では第一信はここまでにして、まだ云い残している多くの事柄は次便に譲ることにしよう。夜が更《ふ》けてしまったのだ。この報告だけでは、君は若しかしたら事件に興味を起こし得ないかも知れぬ。探偵ごっこを始めるには余りに乏しい材料だからね。だが第二信では、幾人かの心理的被疑者を君にお目にかけることが出来るだろうと思う。

十月二十日

祖《そ》父《ぶ》江《え》進《しん》一《いち》

岩《いわ》井《い》坦《たん》君

註。——本子中「註」と小記した箇所の上欄に、左の如き朱筆の書き入れがある。

受信者岩井君の筆蹟であろう。この躄乞食を証人としてでなく犯人として考えることは出来ないのか。祖父江はその点に少しも触れてはいないが、この醜怪な老不具者が真犯人だったとすれば、少なくも小説としては、甚だ面白いと思う。なぜ一応はそれを疑って見なかったのであろう。

第二信

早速返事をくれて有難う。君の提出した疑問には、今日の手紙の適当な箇所でお答えする積りだ。この手紙は前便とは少し書き方を変えて、小説家の手法を真似て、或る一夜の出来事を、そのまま君の前に再現して見ようと思う。そういう手法を採る理由は、その夜の登場人物がいろいろな意味で君に興味があると思うし、そこで取りかわされた会話は、ほとんどまったく姉崎未亡人殺害事件に終始し、したがって君に報告すべきあらゆる材料が、それらの会話のうちに含まれていたので、その一夜の会合の写実によって、僕の説明的な報告を省くことが出来るからだ。それともう一つは、説明的文章では伝えることの出来ない、諸人物の表情や言葉のあやを、そのまま再現して、君の判断の材料に供したい意味もあるのだ。

九月二十五日に姉崎曾恵子さんの仮葬儀が行われたが、その翌々日二十七日の夜、黒川博士邸に心霊学会の例会が開かれた。この例会は別に申し合わせをしたわけではなかったけれど、期せずして、姉崎夫人追悼《ついとう》の集まりのようになってしまった。

僕は幹事という名でいろいろ雑用を仰せつかっているものだから（二十三日に姉崎家を訪ねたのもその役目がらであった）、定刻の午後六時よりは三十分ほど早く中野《なかの》の博士邸をおとずれた。君も記憶しているだろう。古風な黒板塀に冠木門《かぶきもん》、玄関まで五、六間もある両側の植込み、格子戸《こうしど》、和風の玄関、廊下を通って別棟の洋館、そこに博士の書斎と応接室とがある。僕は女中の案内でその応接室に通った。いつの例会にもここが会員たちの待合所に使われていたのだ。

応接室には黒川博士の姿は見えず、一方の隅のソファに奥さんがたった一人、青い顔をして腰かけていらしった。君は奥さんには会ったことがないだろうが、博士には二度目の奥さんで、十幾つも年下の三十を越したばかりの若い方なのだ。美人というほどではないけれど、痩型の顔に二重瞼《ふたえまぶた》の大きな目が目立って、どこか不健康らしく青黒い皮膚がネットリと人を惹きつける感じだ。挨拶《あいさつ》をして、「先生は」と尋ねると、夫人は浮かぬ顔で、

「少し怪我《けが》をしましたの、皆さんがお揃いになるまでと云って、あちらで寝《やす》んでいますのよ」

と云って、母屋《おもや》の方を指さされた。

「怪我ですって？　どうなすったのです」

僕はなんとなく普通の怪我ではないような予感がして、お世辞でなく聞き返した。

「昨夜遅くお風呂にはいっていて、ガラスで足の裏を切りましたの。ほんのちょっとした怪我ですけれど、でも……」

僕はじっと奥さんの異様に光る大きい目を見つめた。

「あたしなんだか気味がわるくって、ほんとうのことを云うと、こんな心霊学の会なんか始めたのがいけないと思いますわ。えたいの知れない魂《たましい》たちが、この家の暗い所にウジャウジャしているような気がして。あたし、主人にお願いして、もうほんとうに止していただこうと思うんですの」

「今夜はどうしてそんな事おっしゃるのです。何かあったのですか」

「何かって、あたし姉崎さんがお亡くなりなすってから、怖くなってしまいましたの。あんまりよく当たったのですもの」

迂闊にも僕はそのことをまったく知らなかったので、びっくりしたような顔をしたに違いない。

「あら、ご存知ありませんの。家《うち》の龍《りゅう》ちゃんがピッタリ予言しましたのよ。事件の二日前の晩でした。突然トランスになって、誰か女の人がむごたらしい死に方をするって。日も時間もぴったり合っていますのよ。主人、お話ししませんでして」

「驚いたなあ、そんな事があったんですか。僕ちっとも聞いてません。姉崎さんということもわかっていたのですか」

「それがわかればなんとか予防出来たんでしょうけれど、主人がどんなに責めても、龍ちゃんには名前が云えなかったのです。ただ繰り返して美しい女の人がって云うばかりなんです」

龍ちゃんというのは、黒川博士が養っている不思議な盲目の娘で、恐らく日本でたった一人の霊界通信のミディアム(注14)なのだ。その娘は今に君の前に登場するであろうが、彼女が冥界《めいかい》の声によって、あらかじめ姉崎未亡人の死の時間を告げ知らせたという事実は、僕をギョッとさせた。あのめくらが、いつかの日真犯人を云い当てるのじゃないかな、という恐ろしい考えがチラッと僕の心をよぎった。

「それに、昨夜の事でしょう。祖父江さん、主人はただ怪我をしただけではありませんのよ」夫人は僕の方へ顔を近づけて、ギラギラ光る目で僕の額を見すえて、ひそひそと云われるのだ。「何か魂のようなものを見たのですわ、きっと。湯殿《ゆどの》の脱衣室の鏡ね、あの大きな厚い鏡を、主人は椅子でもってメチャメチャに叩き割ってしまいましたのよ。きっと何かの影がそこに写ったからですわ。尋ねても苦笑いをしていて、なんにも云いませんけれど。そのガラスのかけらを踏んだものですから、足の裏に少しばかり怪我をしたんですの」

「では、今夜の会はお休みにした方がよくはないのですか」

「いいえ、主人は是非いつものように実験をやって見たいと申していますの。もう部屋の用意もちゃんと出来ていますのよ」

そこへ咳《せき》ばらいの声がして、ドアが開いて、黒川先生がはいって来られた。君も知っているように、先生の風采は少しも学者らしくない。髭がなくて色が白く、年よりはずっと若々しくて、声や物腰が女のようで、先生の生徒たちが渾名《あだな》をつける時女形《おんながた》の役者を連想したのも無理ではないと思われる。

先生は「やア」と云って、そこの肘掛椅子《ひじかけいす》に腰をかけられたが、僕たちの取りかわしていた話題を鋭敏に察しられた様子で、

「大した怪我じゃないんだ。こうして歩けるんだからね。ばかな真似をしてしまって」

左足に繃帯《ほうたい》が厚ぼったく足袋《たび》のようにまきつけてある。

「犯人はまだわからないようだね。君はあれから検事を訪問しなかったの？」

先生は風呂場の鏡のことを僕が云い出すのを恐れるように、すぐさま話題を捉えられた。あれからというのは僕たちが姉崎さんの葬式でお会いしてからという意味なのだ。

「ええ、一度訪ねました。しかし、新しい発見は何もないと云っていました。その筋でも、やっぱり例の矢絣の女を問題にしているようですね」

僕が矢絣の女というと、先生はなぜかちょっと赤面されたように見えた。先生が顔を赤らめられるなんて非常に珍しい事なので、僕は異様の印象を受けたが、その意味は少しもわからなかった。

「お前、今家に紫の矢絣を着ているものはいないだろうね。女中なんかにも」

先生は突然妙なことを奥さんに尋ねられた。

「単物《ひとえもの》の紫矢絣なんて、今時誰も着ませんわ。あたしなんかの娘の時分には、流行っていたようですけれど」

「君、非常に極端な霊魂の(注15)マティリアリゼーションということを考えることが出来るかね」先生は僕を見て、何かためすような調子で云われた。「例えばクルックスの本にある霊媒《れいばい》のクック嬢は暗闇の中でケーティ・キングという霊魂の肉身を出現させることが出来たが、ああいうマティリアリゼーションをもっと極度に考えると、霊魂は昼《ひる》日中《ひなか》、賑やかな町の中を歩くことだって出来るんじゃないか」

僕には先生の声が少し震えているように感じられた。

「それはどういう意味なんですか。先生はあの紫矢絣の女が生きた人間ではなかったとでもおっしゃるのですか」

「いや、そうじゃない。そういう意味じゃないんだけれど」

先生は何かギョッとしたように、急いで僕の言葉を打ち消された。僕は先生の目の中をじっと見つめていた。

「君は探偵好きだったね。コナン・ドイルの影響を受けて心霊学にはいって来たほどだからね。何か考えているの」

「あの現場に落ちていた紙切れの符号の意味を解こうとして考えて見たことは見たんですけれど、わかりません。そのほかには今のところまったく手掛かりがないのですから」

「符号って、どんな符号だったの。その紙切れのことは僕も聞いているが」

「まったく無意味ないたずら書きのようでもあり、何かしら象徴《しょうちょう》しているようにも見える、変な悪魔の符号みたいなものです」

僕は手帳を出して前便に記した図形を書いてお見せした。

黒川先生はその手帳を受け取って一目《ひとめ》見られたかと思うと、怖いもののように僕の手に突き返して、椅子の肘掛に頬杖《ほおづえ》をつかれた。それはなんとなく不自然な姿勢であった。先生は僕の視線から顔を隠すためにそんな姿勢を取られたのではないかとさえ思われた。そして、

「君、それは、あの」

と喉につまったような声で切れ切れにおっしゃった。確かに狼狽《ろうばい》を取りつくろおうとしていらっしゃるのだ。

「ご存知なのですか、この符号を」

「いや、むろん知らない。いつか気違いの書いた模様を見た中に、こんなのがあったのを思い出したのさ」

だが先生の口調にはどことなく真実らしくない響きが感じられた。

「ちょっと拝見」と云って奥さんも僕の手帳をしばらく見ていらしったが、

「躄の乞食が証人に立ったのでしたわね」

と突然妙なことをおっしゃるのだ。

「躄車に乗っていたのでしょう。躄車……ねえ、これ躄車の形じゃないこと。この四

角なのが箱で、両方の角《つの》が車で、斜《はす》の線は車を漕ぐ棒じゃないこと」

「ハハハハ、子供の絵探しじゃあるまいし」

先生は一笑に附してしまいなすったが、この奥さんの着想《ちゃくそう》は、僕をびっくりさせた。子供だましと云えば子供だましのようだけれど、女らしく敏感な面白い考え方だ。

「そういえば、乞食だとか山窩《(注16)さんか》などがお互いに通信する符号には、こんな子供のいたずら書きみたいなのがいろいろあったようですね」

僕も一説を持ち出した。

「それは僕も考えていた。どうして警察ではその変な乞食を疑って見なかったのだろう。そいつこそ現場附近にいた一ばん怪しい奴じゃないのかい」

この先生の疑いに僕が答えた言葉は、同時に君の手紙にあった疑問への答えにもなるのだ。

「あの乞食を一と目でも見たものには、そんなことは考えられないのです。あいつは血なまぐさい人殺しなどをやるには年を取り過ぎています。力のない老いぼれなんです。それに手は片方しかないし、足は両方とも膝っきりの躄ですから、あいつが土蔵の二階へ上がって行くなんてまったく不可能なんです。僕はほかに達者な相棒《あいぼう》がいて、躄は見張り役を勤めたのではないかと空想したのですが、それも非常に不自然です。そんな乞食などがどうして蔵の合鍵をこしらえることが出来たかということ、犯人が乞食とすれば、何か盗んで行かなかった筈はないということ、躄がなんの必要があって危険な現場附近にいつまでもぐずぐずしていたかと云うことなどを考えると、この空想はまったく成り立たないのです」

「それじゃ、この符号は躄車やなんかじゃないのですわね」

奥さんはあきらめきれないような顔であった。実を云うと僕自身も、これという理由があるわけではなかったけれど、躄車説には妙に心を惹《ひ》かれていた。

三人の犯罪談はそれ以上発展しなかった。先生は煙草をふかしながら何か考え込んでいられるし、奥さんはポツリポツリ姉崎さんの思い出話のようなことをお話ししすったが、それも途切れ勝ちで、なんとなく座が白《しら》けているところへ、もう時間と見えて次々と会員がやって来た。

一ばん早く来たのは園田《そのだ》文学士で、この人は僕よりは一年先輩なのだが、卒業以来ずっと黒川先生の研究室にいて、先生の助手のようにして実験心理学に没頭《ぼっとう》している、度の強い近眼鏡をかけて、いつでもネクタイがまがっているような、如何にも学者くさい男だ（黒川博士の専攻は心霊学などにはまったく縁遠い実験心理学であって、こういう妙な会を主宰《しゅさい》していられるのは、先生の道楽《どうらく》に過ぎないことを、君も多分知っていると思う)。

その次には槌野《つちの》君がはいって来た。槌野君は大学とは関係のない素人の熱心家で、俗に一寸法師という不具者なのだ。三十五歳だというのに背は十一、二の子供ぐらいで、それに普通の大人《おとな》よりは大きな頭が乗っかっている。非常に貧乏な独り者で、二階借りをして筆稿《ひっこう》かなんかで生活して、霊界のことばかり考えている変わり者だ。いつも地味な木綿縞の着物に茶色の小倉の袴《はかま》をはいて、坊主頭にチョビ髭をはやした、しかつめらしい顔で黙りこくっている。

その二人が加わってしばらく雑談をかわしているところへ、熊浦《くまうら》氏がやって来た。有名な妖怪学者だから君も名は聞いているだろう。昔妖怪博士《ようかいはかせ》と渾名された名物学者があった。あらゆる不可思議現象に現実的な心理学的解釈を加えて尨大《ぼうだい》な著述を残したので知られている。熊浦氏はその人の後継者のように云われ、同じ「妖怪」という渾名をつけられているが、昔の妖怪博士とは違って、博士の肩書など持たない私学出の民間学者で、妖怪と心理学とを結びつけるのではなくて、妖怪そのものに心酔《しんすい》している中世的神秘家なのだ。

熊浦氏は黒川博士とは同郷の幼馴染《おさななじみ》だと聞いているが、現在では地位も、境遇も、性格もひどく違っている。黒川先生は前途の明るい官学の教授で、親から譲られた資熊浦氏は女性的で如才《じょさい》のない社交家であるのに反して、熊浦氏はただジャーナリスティックな虚名《きょめい》を持っているほかには、地位もなく資産もなく、妻子さえないまったくの孤独者で、僅かに著作の収入で生活しているのだ。性格も陰鬱《いんうつ》で厭人的《えんじんてき》で、広い荒家《あばらや》に召使の老婆とたった二人で住んでいて、人を訪ねたり訪ねられたりすることもほとんどないような生活をしている。この心霊学会に出席するのが同氏の唯一の社交生活ではないかと思われる。

心霊学界の創立者は実を云うと黒川博士ではなくて熊浦氏であったのだ。熊浦氏の熱心と、同氏が発見した珍しい霊媒とが、つい黒川博士を動かして、こういう会が出来上がった。その珍しい霊媒というのは、先にちょっと触れた龍ちゃんという盲目の娘のことで、三月《みつき》ほど前までは熊浦氏の手元で養われていたのを、黒川先生が引き取って世話をしているのだ。

熊浦氏の容貌風采《ようぼうふうさい》は、変わり者の多い会員の中でも殊更に異様だ。氏はいつも色のさめた、しかし手入れの行き届いた折目《おりめ》正しいモーニングを着用して、夏でも白い手袋をはめて、よく光った靴をはいて、骸骨《がいこつ》の握りのついたステッキをついて、少しびっこを引きながらやって来る。カラーは古風な折目のない固いのを使用しているが、そのカラーの上に一団の毛髪の塊《かたまり》が乗っかっているように見える。熊浦氏はそれほど毛深いのだ。頭は三寸ほども伸びた毛をモジャモジャと縮らせ、ピンとはねた口髭、三角型に刈り込んだ顎髯、それがずっと目の下まで密生して、顔の肌を埋めつくしている。その毛塊《もうかい》のまん中に鼈甲縁《べっこうぶち》の近眼鏡がある。それが園田学士以上に強度のものだ。

熊浦氏は会合に出ると、光線が怖いというように、いつも電燈から最も遠い椅子を選ぶ癖がある。今日もそのためにわざと残してあった隅っこの椅子に一人離れて腰かけて、しばらく黙って一同の会話を聞いていたが、突然太いしわがれ声で喋り出した。

「どうも、今度の、犯罪は、この心霊研究会に、深い因縁がありそうだわい。臭い。わたしにはその匂いが、プンと来るような気がする。霊魂不滅を、信仰して、あの世の魂と、遊んでいると、生命《いのち》なんて、三文の、値打《ねうち》もなくなるんだ。ウフフフフ……どうだい、槌野君、そうじゃ、ないか」

熊浦氏は、ゆっくりゆっくり地の底からでも響いて来るようなザラザラした声で云うのだ。彼の積りではこれが一種の諧謔《かいぎゃく》らしいのだが、とても冗談などとは思えない重々しい喋り方だ。一つにはひどい吃のせいもあるのだけれど。

呼びかけられた一寸法師の槌野君は、彼の癖でパッと赤面して、広いおでこの下から、上眼《うわめ》使いに一座をキョロキョロ見廻して、居たたまらない様子をした。彼は冗談に応酬《おうしゅう》するすべを知らないのだ。

「実に、絶好の、実験だからね。心霊信者が、死ねば、すぐさま、霊界通信の、実験が、始められるのだからね。みんな、姉崎夫人のスピリットを、呼び出したくて、ウズウズしているんじゃないかい」

いつも実験の時のほかはまったく沈黙を守っている熊浦氏が、どうしてこんなにお喋りになったのかと不思議であった。何かよほど昂奮しているのに違いない。

「止したまえ。つまらないことを」

黒川先生が、不愉快でたまらないのをじっと我慢している様子で、作った笑顔でおっしゃった。

「これは、冗談だ。だが、黒川君、今度は、まじめな話だが、僕は、昨夜、非常に遅く、十二時頃だった。この裏の、八幡《はちまん》さまの、森の中を、歩いていて、あいつに出くわしたのだよ。二百三高地に、矢絣のお化けにさ」

それを聞くと会員たちはみんなハッとして話し手の鬚面を見たが、殊に黒川先生は顔色を変えてビクッと身動きされた。僕もまっ青になるほど驚いていたに違いない。

熊浦氏の荒屋は、同じ中野の、黒川邸から七、八丁隔《へだ》たった淋しい場所にあって、ちょうどその中間に森の深い八幡神社がある。僕もその八幡神社へは行ったことがあって、よく知っていた。この妖怪学者は、天日をきらって昼間は余り外出しないくせに、深夜人の寝静まった時などに歩き廻る趣味を持っていると聞いていたが、昨夜もその夜の散歩をしたのであろう。

「それはほんとうですか」

僕が聞き返すと、熊浦氏は鬚の奥でかすかに笑ったように見えたが、

「ほんとうだよ。僕が歩いていると、ヒョッコリ、社殿の横の、暗闇から、飛び出して、来たんだ。常夜燈《じようやとう》の電気で、ボンヤリ、庇髪と、矢絣が見えた。だが、僕が、おやッと気がついた時には、そいつは、もう、非常な勢いで駈け出していたんだよ。わしは、足がわるいもんだから、とうていかなわん。追っかけたけれど、じきに見失った。恐ろしく、早い奴だったよ。女のくせに、まるで、風のように走りよった。あとで、境内《けいだい》を、念入りに、歩き廻って見たが、もうどこにも、いなかったがね」

「ですが、その変な女は、案外犯罪にはなんの関係もない、気違いかなんかじゃないでしょうか。気違いなら知り合いでなくったって、どこの家へでもはいって行くでしょうし、夜中に森の中をさまようこともあるでしょうからね。僕たちは少し矢絣に拘泥《こうでい》し過ぎてるんじゃないかしら。犯罪者がわざわざ、そんな人目に立ちやすい風俗をするいわれがないじゃありませんか」

僕がそういうと、熊浦氏は僕の方へ、近眼鏡をキラリと光らせた。

「それは君、ひどく、常識的な、考え方だよ。そりゃ、気違い女かも知れない。だが、気違い女なら、二、三日もすれば、捕まって、しまうだろう。若《も》し、幾日たっても、捕まらなんだら、そいつは、気違い女やなんかじゃないのだ。それから、黒川君」と顔の向きを変えて、「僕は、一つ、不思議に、思っていることが、あるんだが、あの日に、姉崎の後家《ごけ》さんは、誰か、秘密な客を、待ち受けて、いたんじゃあるまいか。書生も、子供も、留守の時に、どんな急ぎの、用事だったか、知らんが、女中を、使いに出して、一人ぽっちに、なるなんて、偶然のようでは、ないじゃないかね」

「ウン、そういう事も考えられるね。しかし、そんなことを、ここで論じ合って見たって、始まらんじゃないか。餅《もち》は餅屋にまかせておくさ」

黒川先生はさも冷淡に云いはなたれたが、僕の見るところでは、先生は決して、言葉どおりこの事件に冷淡ではなかった。

「餅は、餅屋か。それも、そうだな。ところで、祖父江君、君は、死体解剖の結果を、聞かなかったかね」

「綿貫検事から聞きました。内臓には別状なかったそうです。姉崎さんはあの日十時頃に、遅い朝食を採られたきりだそうですが、胃袋は空っぽで、腸内の消化の程度では、絶命されたのは、一時から二時半頃までの間ではないか、という程度の、やっぱり漠然としたことしかわからなかったそうです」

「それは、まったく発見出来なかったというのです」

「精虫《せいちゅう》は?」

「ホホウ、それは、どうも」

この対話によって、熊浦氏が何を考えていたかが、君にも想像出来るだろう。同氏は僕の明確な否定に、或る失望を感じたに違いないのだ。ここに至って、僕はこの変物《へんぶつ》の妖怪学者に一種の好意を感じないではいられなかった。彼も亦《また》僕らと同じミステリイ・ハンタアズの一人であったのだ。日頃陰鬱で黙り屋の同氏が、この夜に限って、かくも雄弁であったのは、まったく犯罪への好奇心に由来していたのだ。僕はここに一人のよき話し相手を得たことを、ひそかに喜ばしく感じた。

「ホホホホ、まるで刑事部屋みたいね。それともファイロ・ヴァンスの事務所ですか」

突然美しい声が聞こえたので、振り向くと、ドアの前に二人の少女が手をつないで立っていた。一人は黒川博士のお嬢さん鞠子《まりこ》さん、もう一人はさっきから話題に上っていたミディアムの龍ちゃんだ。鞠子さんが現在の夫人の娘ではなくて、十年ほど前になくなられたという先夫人のお子さんであることは云うまでもない。この二人の少女は同年の十八歳で、ほとんどお揃いと云ってもいい不断着のワンピースに包まれていたが、その容貌の相違は、実に際立《きわだ》った対照をなしていた。

鞠子さんは髪を幼女のようなおかっぱにして、切り下げた前髪が眉を隠さんばかりの下から、絶えず物を云っている大きな目が、パッチリ覗いて、すべっこい果物みたいな唇が、いつでも笑う用意をして、美しい歯並を隠しているような、非常に美しい人であるのに比べて、手を引かれている龍ちゃんの方は、両眼ともとじつけられたような盲目だし、その上ひどく縹緻《きりょう》がわるいのだ。色が黒くて、おでこで、鼻が平べったくて、頬が骨ばっていて、唇は蒲団《ふとん》を重ねたように厚ぼったくて、それが異様に赤いのだ。彼女が笑うと印度人のようだ。若し目があいていたら、その目も印度人のように敏感で奥底が知れなかったことだろう。

これで心霊研究会の会員がすっかり揃った。時によって飛び入りの来会者はあるけれど、常連《じょうれん》は今この部屋に集まった五人の男と二人の女と一人の霊媒、合わせて八人のささやかな会合なのだ。前月までの例会には、それに姉崎未亡人が加わって、女性会員は三人であったのだが。

「龍ちゃん、今夜気分はどう？」

黒川夫人が、いたわるように盲目の少女に呼びかけなすった。

「わからないわ」

龍ちゃんは十歳の少女のようにあどけなく、ニヤニヤと笑って、空中に答えた。

「いいらしいのよ。さっきからご機嫌なんですもの」

鞠子さんが側からつけ加えた。この娘さんはお父さんにはもちろん、継《まま》しいお母さんにでも、まるでお友達のような口をきくのだ。

「では、あちらの部屋へ行きましょう」

黒川先生は立ち上がって、先に立って書斎のドアをお開きなすった。一同は、そのあとから足音を盗むようにして、もう緊張した気持になりながら、実験場の設備をした先生の書斎へはいって行った。だが、それから間もなく、霊媒の口からあんな恐ろしい言葉を聞こうとは、そして、会員の一人残らずが、まるで金縛《かなしば》りのような身動きもならぬ窮地《きゅうち》におちいろうとは、誰が想像し得ただろう。

君は恐らく降霊会というものに出席した経験がないであろうが、それは一般に軽蔑《けいべつ》されているほどつまらないものではない。暗闇の中で、幾人かの人間が死のように静まり返って、どこからともなく聞こえて来る幽冥界《めいかい》の声を聞く時、或いは朦朧《もうろう》と現われ来るエクト・プラスムのこの世のものならぬ放射光《ほうしゃこう》を目にする時、人々は名状しがたき歓喜を味わうのだ。如何なる科学者も、唯物論者《ゆいぶつろんしゃ》も、一度この不可思議な声を聞き、光を見たならば、彼らの科学を裏切って、冥界の信者とならないではいられぬのだ。

アルフレッド・ラッセル・オレース、ウィリアム・ジェームス、ウィリアム・クルックスのような純正科学者をさえ冥界の信者たらしめた力が何であったかを考えて見なければならない。奇術師的な降霊トリックの如きものと混同してはいけない。あれは霊界交通の外道《げどう》に過ぎないのだ。そんな子供だましのトリックが、トリックの専門家である探偵小説家を——コナン・ドイルを欺《あざむ》き得たとは考えられないではないか。

先生の書斎は、四方の書棚も窓も壁も黒布でおおい隠して、一つの大きな暗箱《あんばこ》のようにしつらえられていた。一方の壁に近く小円卓《しょうテーブル》と一脚の長椅子が置いてあって、それを中心にして、七脚の椅子がグルッと円陣を張っている。机などはすっかり取りかたづけられ、室内にはそのほかに何もない。小円卓の上に小さい卓上電燈がついていて、それがボンヤリと異様な舞台を照らしている。

一同はまったく無言で、それぞれの位置に着席した。正面のソファには霊媒の龍ちゃんが長々と横たわり、その右隣の椅子には黒川博士、左隣には妖怪学者の熊浦氏が腰かけ、ほかの一同も思い思いの椅子を選んで腰をおろした。

閉め切った部屋は、空気のそよぎさえなく、少しむし暑い感じであったが、じっと気を澄ましていると、温度に無感覚になって行くように思われた。

余りに静かなので、一人一人の呼吸や心臓の音までも聞き取れるほどであった。

黒川先生はやや十分ほども、姿勢を正して瞑目《めいもく》していらしったが、霊媒の呼吸が寝入ったように整って来た時、ソッと手を伸ばして卓上燈のスイッチをお切りなすった。部屋は冥界の闇にとじこめられた。

それから又五分ほどの間、実験室には死のような沈黙が続いた。じっと目を凝《こ》らしていると、まったく光のない密閉された室内ではあったが、何かしらモヤモヤと、物の形が見分けられるように思われた。中にも、長椅子に横たわっている龍ちゃんと、ちょうど僕の向かい側に腰かけている鞠子さんの服装が、闇をぼかして、薄白く浮き上がって来た。

「織江《おりえ》さん、織江さん」

突然、闇の中に人の声がして、その部屋にはいない人物の名を呼ぶのが聞こえた。黒川博士が霊媒の龍ちゃんのコントロールを呼び出していらっしゃるのだ。コントロールというのは、謂わば龍ちゃんの第二人格であって、盲目の少女の声を借りて、幽冥界からこの世に話しかける霊魂のことだ。龍ちゃんの場合は、その霊魂は織江さんという女性にきまっている。いつの世いかなる生活を営んでいた女性なのか、誰も知らない。ただ織江さんという名を持つ、一つの魂なのだ。

黒川先生の陰気な声が、二、三度その名を繰り返すと、やがて、いつものように、闇の中に苦しげな呼吸が聞こえて来た。ほとんどうめき声に近い荒々しい呼吸。龍ちゃんの肉体の中に、まったく別の魂が入り込んで、それが龍ちゃんの声帯を借りて物を云おうとする。痛ましい苦悶《くもん》なのだ。僕はこれを聞く度に、降霊実験は外科手術《げかしゅじゅつ》と同じように、或いはそれ以上に残酷なものだと感じないではいられぬ。

しかしこの苦悶は長く続くわけではなかった。今にも死にそうな息遣いが、突然静かになると、喰いしばった歯と歯の間から漏れるような、シューシューという異様な音が聞こえはじめる。まだ言葉になりきらない魂の声だ。

彼女は何か言おうとあせっている。時々人の言葉のような調子にはなるけれど、熱病患者の譫言《うわごと》のように、舌がもつれて意味がとれぬ。まっ暗な部屋で、全く理解の出来ない、しかも意味ありげな声を聞くのは、決して気味のよいものではない。聞いている方で、ふと俺は気が違ったんじゃないかしらという、変てこな錯覚を起こすことさえある。

だが、それを我慢しているうちに、声がだんだん意味を持ちはじめる。異様に低いしゃがれ声ではあるけれど、充分聞き分けられる程度になる。

「わたし、いそいで、お知らせしなければならないのです」

暗闇の中に、ゆっくりゆっくりと、まったく聞き覚えのない、低い無表情な声が、まるで井戸の底からでもあるように、不思議な反響を伴って響いて来る。

「織江さんですか」

黒川先生の落ちついたお声が聞こえる。

「そうです。わたし、執念《しゅうねん》深い魂の悪だくみをお知らせしたいのです……その魂が、一所懸命にわたしの口を押さえようとして、もがいているのですけれど、わたしはそれを押しのけて、お知らせするのです」

言葉がとぎれると、暗闇と静寂《せいじゃく》とが、一そう圧迫的に感じられる。誰も物を言わなかった。何かしら恐ろしい予感におびやかされて、手を握りしめるようにして、おし黙っていた。

「一人美しい人が死にました。そして、又一人美しい人が死ぬのです」

ギョッとするようなことを、少しも抑揚《よくよう》のない無表情な声が言った。

「あなたは、姉崎曾恵子さんのことを云っているのですか。そして、もう一人の美しい人というのは誰です」

黒川先生が、あわただしく聞き返された。先生のお声はひどく震えていた。

「わたしの前に腰かけている、美しい人です」

余りに意外な言葉であったものだから、咄嗟《とっさ》にはその意味をつかむことが出来なかった。だが、考えて見ると「織江さん」が、私の前というのは現実のこの部屋のことに違いない。霊媒の龍ちゃんの正面に腰かけている人という意味に違いない。

「止して下さい。もうこんな薄気味のわるい実験なんぞ。どなたか、電気をつけて下さいまし」

突然、耐《たま》りかねた黒川夫人が、上ずった声で叫びなすった。無理ではない。今霊魂が喋ったのは、黙って聞いているのには、余りに恐ろし過ぎる事柄であったのだから。この席で「美しい人」と云えばさしずめ鞠子さんだ。でないとしたら、黒川夫人のほかには、そんなふうに呼ばれる人物はない。いずれにしても、夫人の身としては、黙って聞いてはいられなかったに違いない。

「いや、お待ちなさい。奥さん。これは、非常に、重大な予言らしい。我慢して、もう少し聞いて、見ましょう」

熊浦氏の特徴のある吃り声が制した。

「むごたらしい殺し方も、そっくりです。二人とも、同じ人の手にかかって死ぬのです」

無表情な声が、又聞こえはじめた。滑稽なほどぶッきらぼうで冷酷な調子だ。

「同じ人？　同じ人とは、いったい、誰のことだ。あんたは、それを、知っているのか」

熊浦氏がいつの間にか、黒川先生に代わって、聞き役になっていた。彼のは魂の声を導き出すというよりは、まるで裁判官の訊問みたいな口調であった。

「知っています。その人も、今私の前にいるのです」

「この部屋にいると、云うのですか。われわれの中に、その、下手人が、いるとでも、云うのですか」

「ハイ、そうです。殺す人も、殺される人も」

「誰です、誰です、それは」

そこでパッタリと問答が途絶《とだ》えた。「織江さん」はこの大切な質問には、急に答えることが出来なかった。問う方でも、それ以上せき立てるのが躊躇された。魂は七人の会員のうちの誰かが殺されると云うのだ。しかも、その下手人も会員の一人だと明言しているのだ。

それから、あの恐ろしい出来事が起こるまで、ほんの数十秒の間が、どんなに長く感じられたことだろう。じっと息を殺していると、余りの静けさに、僕はその広い闇の中にたった一人取り残されているような、妙な気持になっていった。目の前に赤や青や紫の、非常にあざやかな煙の輪のようなものが、モヤモヤと浮き上がって、それが、見る見る、血の縞に、あの姉崎夫人の白い肉塊を縦横に彩っていたむごたらしい血の縞に変わっていった。

ふと気がつくと、闇の中に何かしら動いているものがあった。ぼんやりと白い人の姿だ。龍ちゃんがソファから立ち上がってソロソロと歩き出しているように思われた。

「龍ちゃん、どうしたんだ。どこへ行くのだ」

黒川先生のびっくりしたような声が聞こえた。

白いものは、しかし、少しも躊躇せず、黙ったまま、宙を浮くように進んで行く。そして、おぼろに見える二つの白い塊が、龍ちゃんと鞠子さんとの白っぽい洋服が、だんだん接近して行って、やがて、ピッタリ一つになったかと思うと、

「この人です。執念深い魂が、この人を狙《ねら》っているのです」

という声が聞こえた。と同時に、ワワ……と、笑い声とも泣き声ともつかぬ高い音が、暗闇の部屋じゅうに拡がった。鞠子さんが死にもの狂いの悲鳴を上げたのだ。

僕はもう我慢が出来なくなって、椅子を離れると、声のした方へ駈け寄った。あちらからも、こちらからも、黒い影が、口々に何か云いながら、近づいて来た。

「早く、電気を、電気を」

誰かが叫んだ。黒い影がスイッチの方へ走って行った。そして、パッと室内が明る

くなった。

五人の男に取り囲まれた中に、鞠子さんは黒川夫人の胸に顔を埋めるようにして、取りすがっている。その足もとに、霊媒の龍ちゃんが長々と横たわっていた。彼女は気力を使い果たして、気を失ってしまったのだ。

今はもう降霊術どころではなかった。黒川先生と奥さんとは、まっ青になって震えおののく鞠子さんを慰めるのにかかりきりであったし、ほかの会員たちは、黒川家の書生や女中と一緒になって、失神した龍ちゃんの介抱に努めなければならなかった。

斯様《かよう》にして、九月二十七日の例会は、実にみじめな終わりを告げたのだが、騒ぎが静まって、龍ちゃんは失神から回復するし、鞠子さんも笑顔を見せるようになっても、会員たちは一人も帰らなかった。帰ろうにも帰られぬ羽目《はめ》になってしまったのだ。というのは、「織江さん」の魂が、姉崎夫人の下手人は、そして又、鞠子さんを同じように殺害するという犯人は、心霊研究会の会員の中にいると明言したからだ。

黒川先生ご夫婦と鞠子さんを除いた四人の会員、熊浦氏と、園田文学士と、一寸法師の槌野君と、僕とが、応接室に集まって、気まずい顔を見合わせていた。

「わたしは、あの娘の、予言は、十中八九、的中すると、思う。あいつは、わしの家に、居る時分から、一度も出鱈目を、云ったことは、ないのだ」

熊浦氏が沈黙を破って、例のザラザラした吃り声ではじめた。彼はそんな際にも、日頃の癖を忘れないで、他の三人からはずっと遠い、隅っこの椅子に腰かけて、電燈がまぶしいとというように、額に手をかざしていた。

「僕はどうも信じられませんね。それに下手人がこの会員のうちにいるなんて、実にばかばかしいと思う。今夜は龍ちゃん、どうかしてたんじゃありませんか。姉崎さんの事件が、あの子の鋭敏な心に、何か暗示的に働きかけて、さっきのような幻影を描かせたんじゃありませんか」

僕が反駁《はんばく》した。僕は君も知っているように常識的な男だ。霊界通信についても、他の会員たちのような盲目的な信仰は持っていない。むろん会に加わっているぐらいだから、一応の理解はあるのだけれど、信仰というよりは、むしろ好奇心の方が勝ちを占めている程度だ。自然、こういう異常な場合になると、つい常識が頭をもたげて来る。

「いや、それは霊媒自身については云えるか知れませんが、コントロールは無関係です。『織江さん』の魂が、あの事件に影響されて、嘘を云うなんてことは、考えられません」

槌野君が思い切ったように、顔を赤くして主張した。この一寸法師は、前にも記した通り、会員中でも第一の霊界信者なのだ。彼は社交的な会話では、はにかみ屋で、黙り勝ちだけれど、霊界のこととなると、人が違ったように勇敢《ゆうかん》になる。

「うん、そうだ。わしも、槌野説に、賛成だね。現に、われわれの『織江さん』は、姉崎未亡人の、惨死を、ちゃんと、云い当てて、いるじゃないか。あれは、嘘を、云わなかった。だから、今度の、予言も、嘘でないと、考えるのが、至当《しとう》だ」

熊浦氏は、人一人の命にかかわる事を、不遠慮に断言する。

「しかし、少なくともわれわれのうちに犯人がいるという点だけは、どうも合点《がてん》が出来ませんよ。第一、われわれ会員には、姉崎さんを殺すような動機が皆無《かいむ》じゃありませんか。姉崎さんが生前例会に顔出しをしていたということだけで、あの殺人事件と、この会とを結びつけて考えるのは、少し変だと思いますね」

僕が云うと、熊浦氏は皮肉な笑い声を立てて、ギラギラ光る眼鏡で僕を睨《にら》みつけながら、

「動機がないって？　そんな、ことが、わかるもんか。なるほど、あの人は、表面上は、ただの、会員に、過ぎなかった。だが物の裏を、考えて、見なくちゃ、いかんよ。裏の方では、会員のうちの、誰かと、あの未亡人と、どんな深い、かかり合いが、あったかも知れん。あの人は、若くて、美しい、未亡人だったからね」

と意味ありげに云った。

誰も反対説を唱えるものはなかった。僕も未亡人が美しかったという論拠にはまっ

たく同感であった。僕は曾恵子さんの顔ばかりでなく、身体の美しさまで、まざまざと見せつけられていたのだから。それにしても、若し「織江さん」の魂が云ったように、会員のうちに下手人がいるのだとしたら、あの美しい身体にむごたらしい血の縞を描いた奴は、あのか細い喉を無残にえぐった奴は、いったいこのうちの誰だろうと、三人の顔を見比べないではいられなかった。

「すると、僕たちのうちの誰かが、殺人者だということになるわけですね」

無闇《むやみ》にスパスパと両切り煙草をふかし続けていた園田文学士が、青い顔をして、少し声を震わせて、口をはさんだ。

「そうです、龍ちゃんが、気絶さえ、しなければ、犯人の名前も、わかったかも知れん。しかし、肝腎《かんじん》のミディアムが病人に、なってしまっては、当分、『織江さん』の魂を呼び出す見込がない。実に、迷惑な話だ。僕らは、お互いに、疑い合わねば、ならんようなことに、なってしまった。どうだ、諸君、ここで、銘々《めいめい》の、身の明かしを、立てて、サッパリした、気持で、別れる、ことにしては」

熊浦氏が提案した。

「身の明かしを立てるというのは？」

園田文学士が聞き返す。

「訳《わけ》のない、ことです。アリバイを、証明すれば、いいのだ。あの、殺人事件の、起こった時間に、諸君がどこに、いたかということを、ハッキリ、させれば、いいのです」

「それはうまい思いつきですね。じゃ、ここで順番にアリバイを申し立てようじゃありませんか」

僕はさっそく、熊浦氏の提案に賛成して、先《ま》ず僕自身のアリバイを説明した。それに続いて、槌野君、園田氏、熊浦氏の順序で、九月二十三日の午後零時半から四時半頃までの行動を打ち明け合った。

先ず、僕自身は、先便にも書いた通り、姉崎家を訪問するまでは、午後からずっと、勤め先の新聞社にいたのだし、槌野君は、朝から、二階借りをしている部屋に坐りつづけて、一度も外出しなかったと云うし、園田文学士は大学の心理学実験室で、ある実験に没頭していたと云うし、熊浦氏もあの日は昼間一度も外出しなかった、それは婆やがよく知っているはずだとのことで、一応は皆アリバイが成立した。その席に証人がいたわけではないのだから、疑えばどのようにも疑えたけれど、ともかくも一同の気やすめにはなった。

「だが、ちょっと待って下さい」

僕はふと、あることを気づいて、びっくりして云った。

「僕たちは、飛んでもない思い違いをしているんじゃないでしょうか。姉崎さんの事件で一ばん疑わしいのは、紫矢絣の妙な女でしたね。たとえあれが真犯人でないとしても、先ず僕たちは、犯人が男性か女性かという点を、先に考えて見なければならないのじゃありませんか」

それを云うと、園田氏と槌野君とは、なんとも云えぬ妙な顔をして、僕を見返した。云ってはいけない事を云ってしまったのかしらと、ハッとするような表情であった。

熊浦氏の大きな鼈甲縁の眼鏡も、詰《なじ》るように僕の方を睨みつけた。

「女性といって、君、会員のうちには、鞠子さんと、霊媒を、除けば、たった、一人しか、いないじゃないか」

如何にも、そのたった一人の女性は黒川夫人であった。

僕はうっかり恐ろしいことを云ってしまったのだ。

「いや、決してそういう意味じゃないのですけれど、矢絣の女があんなに問題になっていたものだから、つい女性を連想したのです」

「うん、矢絣の、女怪《じょかい》か。少なくとも、今の場合、あいつは、濃厚な嫌疑者だね」

熊浦氏は思い返したように相槌《あいづち》を打って、

「矢絣の女と、今夜の、『織江さん』の、言葉とを、両立させようと、すれば、犯人が、女性では、ないかという、疑いが、起こるのは、無理もない。女性なれば、矢絣の着物を着ることも、庇髪に、結うことも、自由だからね」

彼はそこまで云うと、プッツリ言葉を切って、異様に黙り込んでしまった。疑ってはならない人を疑ったのだという意識が、一同を気まずく沈黙させた。

「それはそうと、姉崎さんの死骸のそばに落ちていたという、証拠の紙切れには、いったい何が書いてあったのですか。祖父江さんはご承知でしょうが」

園田文学士が、白けた一座をとりなすように、まったく別の話題を持ち出した。

僕は、まだこの人たちには、それを見せていないことに気づいたので、さいぜん黒川先生に描いて見せた手帳のページを開いて先ず園田氏に渡した。

「これですよ。奥さんは、甓車を象徴した記号じゃないかとおっしゃったんですが、女って妙なことを考えるものですね」

近眼の文学士は、僕の手帳を、近々と目によせて、一と目見たかと思うと、実に不思議なことには、黒川先生と同じように、何かギョッとした様子で、急いでそれを閉じてしまった。

「祖父江さん、ほんとうにこんな記号を書いた紙が落ちていたのですか。まったくこの通りの記号でしたか、思い違いではないでしょうね」

園田氏は驚きを隠すことが出来なかった。

彼はこの記号について、何事かを知っているのだ。

「ええ、間違いはない積りです。ですが、あなたは、それに見覚えでもあるのですか」

「待って下さい。そして、その紙切れはどんなものでした。紙質や大きさは」

「ちょうど端書《はがき》ぐらいの長方形で、厚い洋紙でした。警察の人は上質紙だと云っていました」

園田氏の眼鏡の中のふくれた眼球《めだま》が、一そうふくれ上がって来るように見えた。青い顔が一そう青ざめて行くように見えた。

「どうしたんです。この記号の意味がおわかりなんですか」

僕は詰めよらないではいられなかった。

「実は知っているんです。一と目見てわかるほど、よく知っているんです」

彼は正直に打ち明けてしまった。

「ふん、そいつは、耳よりな、話ですね。どれ、僕にも、見せてくれたまえ」

熊浦氏も自席から立って来て、手帳を受け取ると、記号のページを眺めていたが、

「こりゃ、わしには、サッパリ、わからん。だが、園田君、この記号を、知って、いるからには、君は、犯人が、誰だと、いうことも、見当が、つくのだろうね」

と、まるで裁判官のような調子で尋ねる。

「いや、それは、そういうわけじゃないのです」

園田氏は、非常にドギマギして、救いを求めるように、キョロキョロと三人の顔を見くらべながら、

「たとえ、僕に犯人の見当がつくとしても、それは云えません……少し考えさせて下さい。僕の思い違いかも知れません。たぶん思い違いでしょう……そうでないとすると、実に恐ろしい事なんだから……」

彼は青ざめた顔に、ブツブツと汗の玉を浮かべて、乾いた唇を舐《な》めながら、途切れ途切れに云うのだ。

「ここでは、云えないのですか」

「ええ、ここでは、どうしても、云えないのです」

「さしさわりが、あるのですか」

「ええ、いや、そういうわけでもないのですが、ともかくもう少し考えさせて下さい。いくらお尋ねになっても、今夜は云えません」

園田氏は、三人の顔を、盗み見るようにしながら、頑強に云い張った。

結局僕たちは、記号の秘密を聞き出すことが出来ないまま、黒川邸を辞することに

なった。先生は会員を見送るために玄関まで出ていらしったが、その心配にやつれたお顔を見ると、誰も殺人事件のことなど話し出す気になれなかった。奥さんは、気分が悪いといって寝んでいるから、失礼するとのことであった。

その帰り途、熊浦氏は程遠からぬ自宅へ、僕は省線の駅へと別れる時、この奇妙な妖怪学者が、ソッと僕に囁いた一とことは、俄かにその意味を捉えることは出来なかったけれど、実に異様な印象を与えた。

「ね、祖父江君、君に、いい事を、教えてやろうか。黒川君の、奥さんはね、娘の時分に、着たのだと、云って、箪笥の、底にね、紫矢絣の着物を、持って、いるのだよ。僕は、ずっと前に、それを、見たことが、あるんだよ」

熊浦氏はそう云ったかと思うと、僕が何を尋ねるひまもないうちに、サッサと、向こうの闇の中へ消えて行ってしまったのだ。

以上が九月二十七日の夜の出来事のあらましだ。僕はこういう小説体の文章には不慣れだし、今日はなんとなく疲れているので、粗雑な点が多かったと思う。判読して下さい。

第三信は引き続いて、明日にも書きつぐつもりだ。

十月二十二日

祖父江生

岩井大兄

（『新青年』昭和八年十一月より翌九年一月号までにて中絶）

「悪霊」についてお詫び

江戸川乱歩

「悪霊」二ヶ月も休載しましたうえ、かくのごときお詫びの言葉を記さねばならなくなったことは、読者、編輯者に対してまことに申し訳なく、またみずから顧みて不甲斐なく思いますが、探偵小説の神様に見放されたのでありましょうか、気力・体力共に衰え、日夜苦吟すれどもいかにしても探偵小説的情熱を呼び起こし得ず、脱け殻同然の文章を羅列するに堪えませんので、ここに作者としての無力を告白して、「悪霊」の執筆をひとまず中絶することにいたしました。

しかし、探偵小説への執心をまったく失ってしまったというわけではありませんから、気力の恢復を待って、ふたたびこの雑誌の読者諸君にまみえるときの来るのを祈っております。

「悪霊」失敗の一つの理由は、種々の事情のために全体の筋立て未熟のまま執筆を始めた点にもあったと思いますが、未熟ながらもその大筋なり、いくつかの思いつきなりはこのまま捨て去るにも忍びませんので、それらが有機的に成熟するのを待って（現在の気力では、それには相当長い期間を要しますが）いつか稿を改めて発表したいとも考えております。

（『新青年』昭和九年四月号掲載）

注1　待合
　会合の場を提供する待合茶屋のこと。芸妓を呼び、遊興・飲食をする場所。
注2　ごかい
　海岸の岩の下などにいる数センチの細長い生き物。釣り餌として使われる。
注3　貴翰
　あなたの手紙。
注4　花柳界
　芸者や遊女のいるところ。花街。歓楽街。
注5　五千円
　底本では戦後の物価にあわせ「五十万」となっているが、他社版とあわせた。現在の数百万円。
注6　鉈豆煙管
　なたまめのさやに似た形の、平たく短いキセル。
注7　相馬の古御所
　平将門の屋敷跡。歌舞伎・浄瑠璃の題でもある。歌川国芳の描く巨大な髑髏の絵で有名。
注8　細引
　細引き縄。麻などをよりあわせた細い縄。

注9　五万円
底本では戦後の物価にあわせ「一千万円」となっているが、他社版とあわせた。現在の数千万円。

注10　待女郎
婚礼のとき、戸口で花嫁を迎え入れ、世話をする女性。

注11　八幡の藪知らず
迷路のこと。千葉県市川市にある出られないという伝承のある森の名から。

注12　顱頂骨
頭頂骨。頭頂部から後ろにかけての広い部分をおおう骨。

注13　袖畳み
和服の略式の畳み方。着物の背を折り、揃えた両袖を折り返す。

注14　ミディアム
霊媒。死者の霊など超自然的な存在と交信する人。

注15　マティリアリゼーション
実体化、物質化すること。

注16　山窩
山に住む定住していない人々のこと。

『幽鬼の塔』解説

落合教幸

昭和四（一九二九）年に「孤島の鬼」「蜘蛛男」を書いてから、乱歩は一般向け長篇小説の連載を続けていく。途中、昭和七（一九三二）年と昭和十（一九三五）年には休むことになるが、その後も月刊誌での長篇小説の連載は続いていった。

だが、戦時の意識が広まり、探偵小説などへの風当たりが強くなるなかで、乱歩の小説にも抑圧が及んでいった。ついに乱歩は執筆から手を引くことになる。その最後の作品となったのがこの「幽鬼の塔」である。

乱歩の長篇小説は、明《あけ》智《ち》小《こ》五《ご》郎《ろう》が活躍する「蜘蛛男」「魔術師」「黄金仮面」「吸血鬼」と続けて書かれた。ここで明智はいったん退場するのだが、しばらくの空白期間を置き、昭和九（一九三四）年に「黒蜥蜴」「人間豹」で復帰した。さらに昭和十一（一九三六）年には「怪人二十面相」、翌十二（一九三七）年には「少年探偵団」で、明智小五郎を登場させ、少年向けの小説にも乱歩は進出していった。

明智がひとまず休養に入ってから、再び活動を始め、少年物にまで展開していくこの時期は、乱歩にとっても転換期といえる重要な時期であった。昭和七年の休筆の際には、乱歩は旅行をしたり、あるいは精神分析やギリシャ古典の著作を読んだりするなど、探偵小説から少し離れるような時期となった。

のちに述べるように、昭和九年に「悪霊」で失敗し、昭和十年にまたも休筆となる。このときの乱歩は、年少の友人、井上良夫《いのうえよしお》の影響もあって、海外探偵小説を読むことになる。探偵小説の潮流は、それまでの、ポーやコナン・ドイル、チェスタトンといった短篇から、ヴァン・ダイン、クイーン、クロフツ、クリスティ、カーなど、長篇の時代に入っていた。

昭和十年前後は、日本の探偵小説が盛り上がりを見せた時期でもある。乱歩は自らが望むような探偵小説を書くことはできなかったが、評論を書き、傑作選の編纂にかかわることで貢献している。こうした作業により、乱歩の探偵小説観は更新されたのである。

こうして得た探偵小説の知識は、その後の乱歩の小説にも影響した。

乱歩の長篇小説には、別の作家の書いたものを書き直した、翻案小説がいくつかある。その最初は「白髪鬼」で、明治の探偵小説家、黒岩涙香《くろいわるいこう》の書いたものを現代語にして、乱歩流に加工した小説である。涙香は明治のジャーナリストで、多くの海外作品を日本風に翻案した。涙香の探偵小説はすでに古いものとなっていたのだが、多くの探偵作家が影響を受けた。特に乱歩は長篇を書くとき、涙香を強く意識したことを何度も書いている。

乱歩はさらに、涙香の「幽霊塔」を書き直した。どちらも海外の探偵小説をもとにしたものではあるのだが、乱歩にとっては、海外の探偵小説というより、自らの源流としての黒岩涙香を再浮上させようという意識が強かったように見える。

一方、直接の海外探偵小説の翻案は、まず「緑衣の鬼」で始まる。これは乱歩が井上良夫からすすめられて読んだ、フィルポッツの「赤毛のレドメイン家」の影響を受けて書かれた。原作にはない要素がいくつもあり、乱歩の独自性も出ている一方で、大筋では共通するので、乱歩の苦手とする筋の一貫性を保つことはできている。

次に、この「幽鬼の塔」が書かれる。ジョルジュ・シムノンの「サン・フォリアン寺院の首吊人」をもとにしている。日本におけるシムノンの紹介は映画『モンパルナスの夜』公開と、その原作「男の首」が翻訳された昭和十年頃に始まる。昭和十一年から翌年にかけて『シメノン傑作集』全十二巻が春秋社から刊行されている。その中に、伊《い》東《とう》鋭《えい》太《た》郎《ろう》訳「聖フォリアン寺院の首吊男」もある。この時期注目された作家に乱歩も興味をひかれたということだろう。

戦後にはもう一篇、「三角館の恐怖」が書かれている。スカーレットの「エンジェル家の殺人」を翻案したものである。戦後の長篇復帰作ともいえるが、戦中の昭和十八(一九四三)年に井上良夫から借りて読み、互いに感想を書き送った小説でもあった。

乱歩の翻案小説はこれら五編で、涙香物をのぞけば、「緑衣の鬼」「幽鬼の塔」「三角館の恐怖」が海外探偵小説の筋を利用した作品ということになる。これらが書かれたのは、乱歩が海外の作品を数多く読み、研究していた時期と重なっている。

このように、結果的には戦後へとつながっていくことになるのだが、昭和十四(一九三九)年「幽鬼の塔」を最後にして、乱歩はいったん執筆をあきらめざるを得なくなったのだった。

昭和十二年の七月、日中戦争が始まる。この頃から、探偵小説は苦しい状況になっていった。昭和十三(一九三八)年になると、探偵小説専門誌『シュピオ』が廃刊となる。『新青年』も探偵小説から離れていった。

当時、新潮社からは『江戸川乱歩選集』の刊行が始まっていた。しかし次第に検閲が厳しくなり、頻繁に書き替えを命じられるようになった。ついに春陽堂の文庫から、「芋虫」を削除することが命じられる。

横溝正史《よこみぞせいし》の証言によれば、乱歩はある時期までは比較的楽観的に考えていたようだ。だが、こうして一篇でも検閲にかかってしまうと、その後は出版社が及び腰になってしまう。昭和十六（一九四一）年には、乱歩の本は、それまで売れていた本でも重版を見合わせることになるのだった。

「幽鬼の塔」は、新潮社の雑誌『日の出』に昭和十四年四月から翌十五（一九四〇）年三月まで連載された。乱歩は「執筆に熱もなく私の持ち味というようなものが、この作にはほとんど出ていないのである」とのちに書いている。だが、実際に読めばわかるように、過激な表現を抑えたなかで、かえって乱歩の特徴がよく見える作品でもある。

乱歩の作品でしばしば描かれるのは覗き見る場面であることは、多くの読者が感じる所だろう。

もうひとつ、尾行も乱歩が好んで登場人物にさせる行為である。

たとえば、初期の短篇「盗難」では、盗難事件の後、主人公は偶然犯人に似た男を見つけ、跡をつける。しかしそのことに気がついた犯人は、主人公にトリックを仕掛ける。

昭和五（一九三〇）年の「猟奇の果」では、くりかえし尾行が行われる。靖国神社の

豫告
燦然たり日の出四月號出!!
愈々豪華を加へる日の出小說陣!!
幽鬼の塔
江戶川亂步
作者の言葉
現代小說
白頭節
見よ! 傑作揃ひの讀切八篇!
竹田敏彥
次號より愈々發表!!
幽鬼の塔
江戶川亂步

「幽鬼の塔」予告（『貼雑年譜』）

招魂祭で友人によく似た男を見た主人公は、その跡をつける。そのことを後日当人に話すと、彼は自分と似た人間が出没していると打ち明けるのだった。

昭和八(一九三三)年「妖虫」でも、主人公は曲芸の見世物のテントから出てきた男の跡をつけるのだが、その先で男に脅されることになる。

また少年物でも、たとえば昭和十三年の「妖怪博士」が尾行から始まっている。少年探偵団のひとりが、帰宅途中に怪しい人影を見る。それを追って寺の墓地まで行くのだが、そこで見失ってしまう。後日少年探偵団がその墓地を探索するところから事件が進行していく。

相手に感づかれることなく相手を眺めるという意味で、覗きと同様の「隠れ蓑願望」のあらわれである。乱歩はこの「隠れ蓑願望」について随筆で何度か書いていて、覗きのほかに透明人間になることや、整形手術を受けることなど、各種の例を挙げている。広い意味では、都市の群衆の中で無名の存在となることなども、そのひとつといえる。

「幽鬼の塔」には、この尾行という行為のほかにも、不可解な言動をする美女や、不気味な絵を描く画家といった登場人物もあり、これも乱歩らしい配置といえるのではないか。ただ、時局のせいもあってか、これらを充分に書くことができたとは言い難い。

むしろ乱歩作品をいくつか読んできた読者が、そうした連想を補いつつ読むことで、この小説は魅力を増すのかもしれない。

もうひとつの長篇「恐怖王」は、昭和六（一九三一）年六月から翌七年五月にかけて『講談倶楽部』に連載された。『講談倶楽部』は「蜘蛛男」「魔術師」と連載を続けていた雑誌で、「恐怖王」連載第一回は「魔術師」の最終回と同じ号に掲載されている。

乱歩には休筆期間もあるが、逆に数多くの作品を生み出した時期もいくつかある。そのうちのひとつが、この時期だった。これらの連載に加え「猟奇の果」「黄金仮面」「吸血鬼」「盲獣」「白髪鬼」なども書いている。

そして最初の乱歩全集が刊行されたのも、昭和六年であった。平凡社から刊行されたこの『江戸川乱歩全集』は好評で、乱歩にこれまでにない収入をもたらす。乱歩は翌昭和七年には休筆することになるが、その基盤になったのも全集の収入であった。

連載終了後に休筆に入ったことでもわかるように、この時期の乱歩はかなり無理をしていたようである。下敷きとなる小説があった「白髪鬼」はともかく、「盲獣」は乱歩作品の中でも最も過激ともいえる問題作だった。「地獄風景」は全集の附録として発表されたものだったが、「パノラマ島奇談」を語りなおすようなものだった。

そうしたなかで「恐怖王」もまた、うまくまとまらない作品になってしまう。ただ、

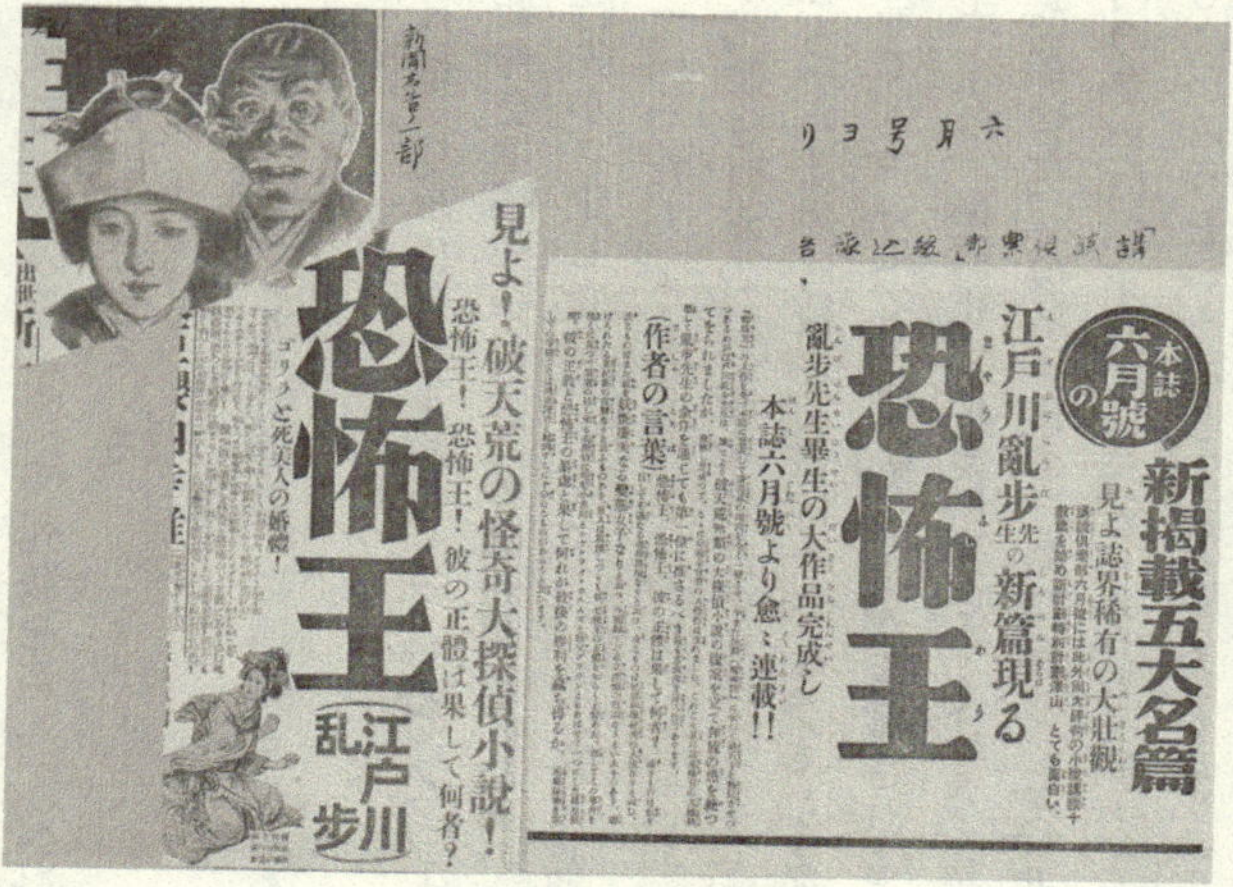
本誌六月號の
新掲載五大名篇
見よ誌界稀有の大壯觀
江戸川亂歩先生の新篇現る
恐怖王
亂歩先生畢生の大作品完成し
本誌六月號より愈々連載!!
(作者の言葉)
見よ!破天荒の怪奇大探偵小説!
恐怖王!恐怖王!彼の正體は果して何者?
恐怖王
江戸川乱歩
ゴリラと死美人の婚禮!

「恐怖王」予告(『貼雑年譜』)

乱歩自身もこの部分は評価しているように、死骸を盗んでそれに細工をするという書き出しは乱歩作品らしいものとなっている。

最後の「悪霊」は、長篇小説として『新青年』に連載されたものの、中絶した作品である。

昭和七年と翌昭和八年、乱歩は各地を旅行している。そうしたなかで、『新青年』編集後記には、乱歩が新作を準備中であるとの記述が出始める。当時の編集長は水谷　準《みずたにじゅん》であった。乱歩は旅行先から出した絵ハガキに、小説の筋を考えていると書いたため、予告も具体的になっていった。

ようやく第一回が掲載されたのは、昭和八年の十一月号だった。翌九年の一月号まで三回連載したところで、乱歩は続きを書けなくなってしまう。二月、三月号と休載となったのち、四月号ではついに、乱歩の謝罪文が掲載されることになった。

そして、この連載中止は、横溝正史にも批判されている。横溝は『新青年』に「江戸川乱歩へ」という文を寄せた。「復活以後の江戸川乱歩こそ、悲劇のほかの何者でもない」と始まって、「何のために二年間の休養をしていたのだと云いたくなる」「あとはどんな仕事をしてもよかろうというのじゃお話にならない」といった強い批判をした

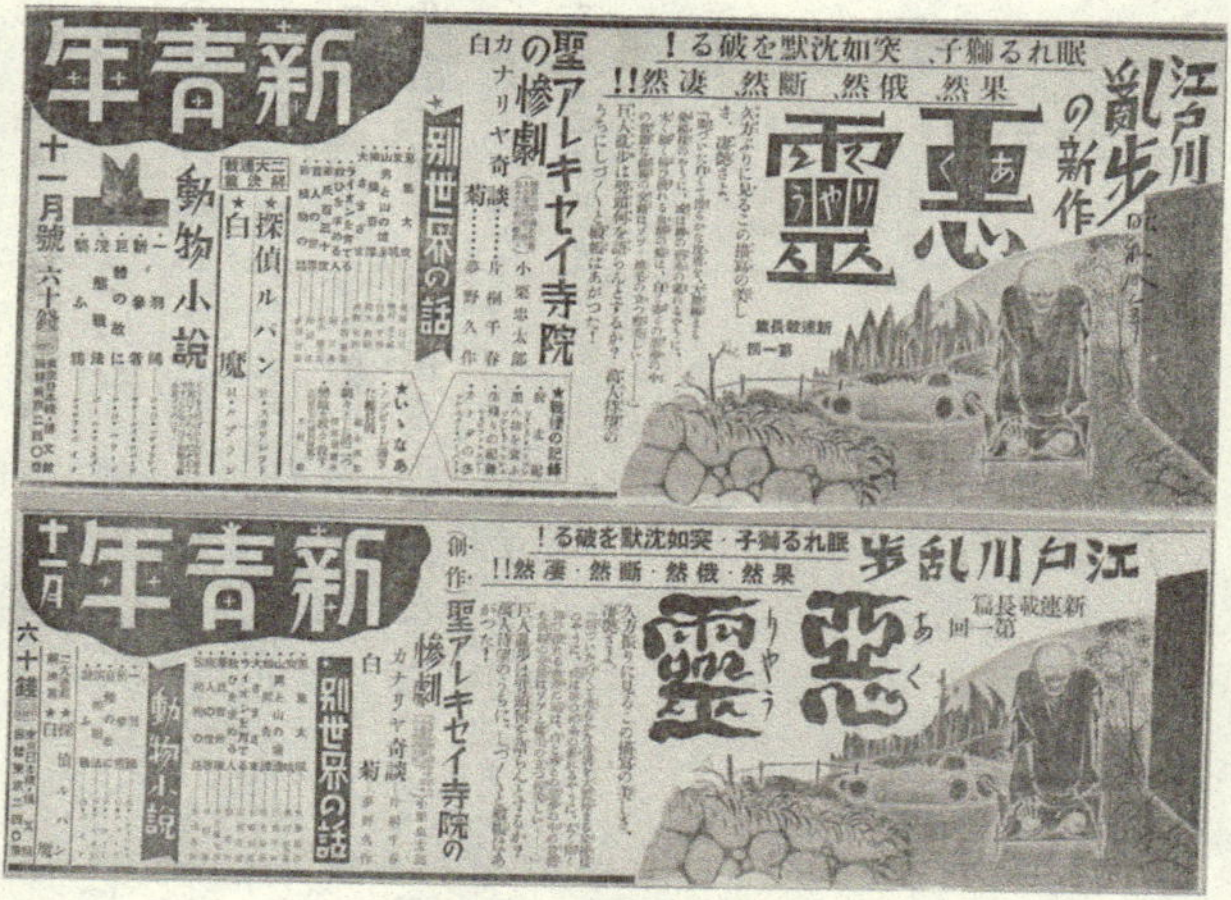

江戸川亂歩の新作
眠れる獅子、突如沈黙を破る！
果然、俄然、断然、凄然!!
悪《あく》霊《りやう》
新連載長篇 第一回
新青年
十一月號 六十錢
聖アレキセイ寺院の惨劇 小栗虫太郎
カナリヤ奇談……片桐千春
白菊……夢野久作
別世界の話
探偵ルパン
白魔
動物小説
江戸川乱歩
眠れる獅子・突如沈黙を破る！
果然・俄然・断然・凄然!!
新連載長篇 第一回
悪《あく》霊《りやう》
新青年
十一月
六十錢
創作 聖アレキセイ寺院の惨劇
カナリヤ奇談
白菊
別世界の話
動物小説

「悪霊」広告（『貼雑年譜』）

のだった。

こうした批判を、直接言うのではなく雑誌に載せたことは、乱歩にとって心外であった。乱歩と横溝の交流はそれでも続いていくのだが、戦後に横溝が謝罪するまで、このときのわだかまりが残っていたと乱歩は『探偵小説四十年』で書いている。

こうした経緯で、この「悪霊」は序盤のみとなってしまった。ただ、乱歩の作品の多くに言えるように、非常に興味深い書き出しになっている。このまま続けても整合性のある物語にはならなかったかもしれないが、乱歩にとって重要な作品でもあるので、本文庫に収録することにした。

監修／落合教幸
協力／平井憲太郎
立教大学江戸川乱歩記念大衆文化研究センター

本書は、『江戸川乱歩全集』（春陽堂版　昭和29年〜昭和30年刊）収録作品を底本としました。旧仮名づかいで書かれたものは、なるべく新仮名づかいに改め、筆者の筆癖はそのままにしました。漢字は変更すると作品の雰囲気を損ねる字は正字体を採用しました。難読と思われる語句には、編集部が適宜、振り仮名を付けました。

本文中には、今日の観点からみると差別的、不適切な表現がありますが、作品発表当時の時代的背景、作品自体のもつ文学性、また筆者がすでに故人であるという事情を鑑み、おおむね底本のとおりとしました。

説明が必要と思われる語句には、最終頁に注釈を付しました。

（編集部）

江戸川乱歩文庫
幽《ゆう》鬼《き》の塔《とう》
著　者　江《え》戸《ど》川《がわ》乱《らん》歩《ぽ》

2019年12月20日　初版第1刷　発行

発行所　株式会社　春陽堂書店
104-0061　東京都中央区銀座 3-10-9
KEC 銀座ビル 9F
編集部　電話 03-6264-0855

発行者　伊藤良則

印刷・製本　株式会社マツモト

乱丁・落丁本は、ご面倒ですが小社営業部宛ご返送ください。
送料小社負担にてお取替えいたします。

ISBN978-4-394-30175-2 C0193